FLORET
READING

小花阅读

我们只写有爱的故事

青春阅读　幸得相见

大鱼

有爱的青春陪伴者

chengrenba

niyexihuanwo

正月初三 著

承认吧，你也喜欢我

百花洲文艺出版社
BAIHUAZHOU LITERATURE AND ART PRESS

作者简介

正月初三

| 小 花 阅 读 签 约 作 者 |

生于一九九七年正月初三，是大冬天里很喜庆的一个日子。

水瓶座，长时间抽风，不定期正常。

喜欢钓鱼，种树，养花，看云，泡茶，听戏。梦想养一只膘肥体壮的大鹅。

即将上市：《忽然之间心动了》

新浪微博：@正月初三不想动弹

"不要把喜欢的事变成谋生的手段，不然即使再喜欢，有一天也会开始厌烦。"

这是我大学毕业的时候，班长给我的赠言。

对，我毕业于中文系，我的同学们大多考研、考公务员、考老师，几乎没有例外。

但是我有我的固执，所以只投了一份简历，就是给大鱼。我不知道我会不会终有一天厌倦，但是我不后悔。

我是一个很佛系的人。我没什么宏图大志，除了热爱着我的工作和热爱着赚钱，我其实挺渴望过没羞没臊的能吃能玩能睡的败家人生。

这是我通过的"小花阅读"兼职作者的第一个故事，很不容易。

因为在它之前，我大概退掉了邮箱里两百余篇稿子。

不是因为过于苛刻，只是我希望我做的每一本书，都可以带来点什么。

这个故事不离奇也谈不上深刻。

它太普通了，就像天空中偶尔飘过的尘埃，夹在教室的某个角落。它描绘的场景是我们大多数人平凡的青春，像太阳每日起落一样普通的生活。

但是它独特的没心没肺的欢乐语调，和炽热鲜活的校园气息，击中了我。

我把这个故事总结为，一个下凡的仙女和老干部艺术家碰撞出了魔幻的生活气息。

我喜欢夏晚淋的坦荡直率、无所畏惧。她不完美，也从不刻意掩饰。看完故事，只觉得，哦，那就是她自己，肆意又快活的自己。

我向往顾淮文的漫不经心，随缘无谓。我把他当作另一个我，在另一个和我们平行的时空中，过着我望尘莫及的痛快人生。

我还想养一只故事里胖乎乎的"奥蕾莎"。月光斜斜地洒进落地窗，它躺在窗沿上打盹，它也拥有着我喜欢的懒洋洋又宁静的幸福。

透过正月初三的文字，我偶尔会回想起我的大学——那些阳光照进教学楼的午后，我趴在课桌上听老师慢悠悠地讲《红楼梦》的日子；那些站在人群穿梭的屋檐下，等待着喜欢的男孩来接我下课的日子。当然，还有一些狼狈与不堪的日子，这些何尝不是生活的一面。

看这个故事，我很快乐。

正月初三是个很认真的作者。这是她写的第一个故事。她交全稿的那一天，我打开电脑，后知后觉地发现，一路磕磕碰碰地改文，竟存下了十几个标红的文档。

她老是和我开玩笑说，我的书会不会一本也卖不出去？

我也跟她开玩笑说，我呸，闭上你的乌鸦嘴吧。

虽然我平时不太夸她，但是我还是要真诚地说，认真又有趣的人，不！会！被！辜！负！

去疯，去爱。

一起健身，一起成长，一起暴富，一起环游世界，多痛快！

虽然有时候相爱一场，结局未必美满。可是，有没有勇敢过，真的很不一样。

愿你可以，尽兴地去爱一个人，追一个梦，以及做一个可爱的人。

编辑 娄薇

目 录

/第一章/
一 月 春 林 初 生 ・・・・・・・ 001

/第二章/
二 月 好 风 如 水 ・・・・・・・ 015

/第三章/
三 月 人 间 春 斜 ・・・・・・・ 034

/第四章/
四 月 泪 如 雨 下 ・・・・・・・ 052

/第五章/
五 月 离 愁 浩 荡 ・・・・・・・ 078

/第六章/
六 月 灯 火 荧 煌 ・・・・・・・ 101

/第七章/
七 月 热 浪 翻 涌 ・・・・・・・ 134

Contents

/ 第八章 /
八月风琴燃烧 · · · · · · · · 159

/ 第九章 /
九月空气脆甜 · · · · · · · · 183

/ 第十章 /
十月晚风滞留 · · · · · · · · 208

/ 第十一章 /
十一月冬风得逞 · · · · · · 218

/ 第十二章 /
十二月时光狡黠 · · · · · · 237

/ 番外一 / · · · · · · · · · 255

/ 番外二 / · · · · · · · · · 266

/ 后记 / · · · · · · · · · · 274

试问哪一个刚从高考魔爪下逃脱的
青春少女不想迎来一片自由的天空?

这是一根不太完美,却十分少见的红土沉香。圈里人叫它"树抱石",指的就是这种情况:沉香里夹了块石头。

顾淮文拿到这块"树抱石"已经大半年了,今天终于知道该怎么样来利用它的纹路和特殊质地,雕一件可以卖出好价钱的小玩意儿。

雕成一个佛抱着石头的样子。

这个灵感源于昨晚他的一个梦。

漆黑的隧道或者什么别的闭塞的空间里,顾淮文手握着点不燃的火把,一个人摸着湿漉漉的墙壁试探着往前走。

走到第 8934 步的时候,一个笑眯眯的光头小老头儿,乘着金色的云彩，慢条斯理地飘到他的面前，怀里抱着一块圆滚滚的石头。

梦里，他当然不知道自己在做梦。

看到这个一般人会立马跪下许愿的情景，他只觉得疑惑，自己什么时候无聊到数自己走了几步了？然后就是赞叹——居然走了接近九千步，真是热爱运动的健康人类啊。

原因很简单，顾淮文是一个坚定的无神论者，他认为所谓的神佛鬼怪是某些人别有用心的杜撰。

就算不是这样，就算世上真的存在某种超自然的东西，也离他很远。

离得很远的事情，也就相当于不存在吧。

小老头儿被忽视了也不生气，看着直到现在还站得笔直的顾淮文，问："有什么愿望吗？"

顾淮文想了想，自己不缺钱……嗯，在现在这个时代，不缺一般等价物的话，那就相当于什么都不缺了。

他说："我希望世界和平。"

语气太敷衍，一直好脾气的小老头儿终于皱了眉，顺手就把怀里那块石头朝他丢了过来，然后气呼呼地乘着云彩飘走了。

临走前，小老头儿撂下一句话："我看你是缺点儿烦恼。"

石头挺沉，把顾淮文压醒了，他一看，是他养的猫跳到了他胸口上。

难怪那个原本和颜悦色的小老头儿突然变脸朝他扔石头，他在梦里还嘀咕小老头儿人设塑造得不到位。

"奥蕾莎，你真的可以少吃点儿了。"顾淮文把在他胸口跳恰恰的猫

拂下身，随手抓起一件白褂披着就往工作室走。

他终于知道那块不规则的树抱石该怎么雕了。

趁着脑子里那个具体的意象还没消失，顾淮文不敢分心，眼睛一眨不眨地拿着铅笔迅速把大致框架画好。

正要再细细勾勒边角，座机响了。

他的手机在卧室，知道工作室座机号码的，只有他师父和爹妈。

最好是真的有紧急突发情况。顾淮文快步向前接起电话。

是他在国外采风的师父雷邴："快快，收拾收拾去机场接一个人！"声音中气十足，丝毫听不出说话的人已经六十五岁了。

"师父，"顾淮文面无表情道，"我说过吧，生死攸关的时候才能打这个电话。"

"我也说过吧，我还没死，让你做什么你就做什么。"

电话那头的老头儿是顾淮文的师父，从小就带着顾淮文在闷热的屋子里埋头雕萝卜、土豆练习手法的人，要尊敬。

做好心理建设的顾淮文勉勉强强从牙缝里挤出三个字："几点到？"

"四点落地。"雷邴很欣慰。他的这个大徒弟，外界总是传得他好像冷淡孤高得不得了，其实就听他的话。"是我一熟人的孙女，要来这儿读大学。人生地不熟的，你接到人了带着人逛逛，熟悉一下环境。"

人老了是不是都这样，对一个熟人的孙女也这么热心吗？

"只是一个熟人的孙女，没必要这么周到吧？"

顾淮文得到的回复是对面挂断电话后的嘟嘟声。

再看看桌上只画了一个轮廓的草图，他终究没忍住骂了句脏话。

现在接着画已经不行了。干他们这一行的，最忌讳被中途打断。从设计草图到动手雕刻，到最后完工，必须是一个完整连续的时间段。

感觉过了就是过了，再来补充续写，因为心境的不同，结果肯定不会好。

顾淮文暴躁地朝桌子腿踢了一脚，力道之猛，令他自己捂着脚蹦了半天。

飞机下午四点落地，现在已经三点半了。

尽管如此，顾淮文并没有要加快步伐的打算。相反，他慢吞吞地穿好衣服，奥蕾莎是他心爱的宠物，临走前怎么可以不给它喂点儿猫粮呢？

刚好他从醒来还没有吃过饭，打开冰箱也没有现成的面包牛奶，只好烧水煮饺子。

真可惜，不能准时去接那个女的了。

顾淮文惋惜地摇摇头，同时慢条斯理地吃着速冻饺子，不嚼够三十下不咽肚。

一切弄完，顾淮文出门时已经四点半了。

到机场的时候，他翻出雷祁发来的号码拨打过去。

嘿，小姑娘竟然关机了！因为已经错过了接机的时间，他也不知道该在哪个出口等。

真是太可惜了。

顾淮文满意地点头，对着"国内出口"几个字拍了张照。

转身走的时候，突然，听到侧后方传来一个清脆的声音——

"你是来接我的吗？"

　　顾淮文向声源望去，是一个带点儿男孩子气的女生，瘦瘦小小的，穿着印花白T恤和直筒牛仔裤，坐在机场出口前的圆石头路障上。她跷着腿，背上背着一个青灰色的系带书包，书包拉链上系着一个黄黑相间的加菲猫挂件，左手搭着行李箱拉杆，右手拿着个啃了一半的苹果。素面朝天，白白净净。

　　长得还算是顺眼，声音也还可以，柔软但又不黏腻。

　　整个人像是，嗯，在秋天清冽的空气里，坐在白色椅子上，喝一杯加了些许蜂蜜的青柠檬水。就是这种感觉。

　　很明显，他并不排斥这种感觉。所以顾淮文自己都没意识到自己挑了挑眉，小指微不可察地弯了一下，然后利索地把手机揣进兜里，问道："你认识雷祁吗？"

　　"今天早上刚认识的。我爷爷说他会来接我，但——"夏晚淋不敢置信地看着顾淮文，她爷爷的朋友怎么也该六十岁以上吧？这个人已经六十岁了？驻颜有方啊！

　　"我不是雷祁。"顾淮文一眼看透夏晚淋在想什么，扼腕叹息，尽管她长得合他眼缘，但脑子有问题，他看着像爷爷辈的吗？

　　"不好意思，路上堵车来得有点晚。等很久了吧？"

　　"还行，就一个多小时的样子。"夏晚淋笑眯眯道，"我长这么大，还是第一次等人。"

　　"嗯，生活阅历总是慢慢积累的嘛。"

　　顾淮文点点头，丝毫看不出愧疚的样子，拉过夏晚淋的箱子，率先走了出去。

　　"……"

　　夏晚淋深呼吸一口气，压下即将脱口而出的脏话。地皮子没踩熟，还得暂时仰人鼻息，要冷静。但她盯着顾淮文背影的眼睛里，还是盛满了愤怒，熊熊燃烧的愤怒。

她狠狠咬了一口苹果，力道之大，深达果核。

刚才她可是看得清清楚楚，这个男人根本没有要接她的想法，机场大门都没有要进的意思，过来瞄了一眼就准备走。拍照估计也是为了给雷祁爷爷一个交代。

要不是她觉得机场里太闷，拎着箱子出来了，她还真会错过他。

但是，也好。她来这么远的地方读书，为的就是没有人管她。

试问哪一个刚刚从高考魔爪下逃脱的青春少女不想迎来一片自由自在的天空？

喊，搞得好像她一定得这个人接一样。

天行健，都市丽人当自强不息。

夏晚淋打定主意，小跑到顾淮文身边，问他："你叫什么名字？"

"要买凶杀我吗？"顾淮文向下睨她一眼。

"等我有钱了会这么做的。"夏晚淋笑颜明媚，"我叫夏晚淋。因为我妈在一个夏天的傍晚出去买菜，中途下雨了，我妈淋了雨，回来我就出生了。"

"真是一个寓意深刻的名字。"顾淮文点点头，"哪所学校？"

"啊？"

"你别告诉我你来这里是为了观光。"

"哦，大学啊。师大。"夏晚淋个子矮，要跟上顾淮文的步伐得小跑。这一路小跑过来，夏晚淋作为一个热衷灵魂蹦迪、肉身不动的当代女孩，累得气喘吁吁，"咱……咱们商量一下，要不，你……走慢一

点呗？"

顾淮文叹一声气，停下来等夏晚淋。后者正手撑着膝盖，半弯着腰喘气。不一会儿，她额前的小碎发就已经湿了，弯弯曲曲地贴着，像是某种古老神秘的花纹。

跟"树抱石"的纹理有些相似……所以早上的草图没画完也没事儿！他知道那块沉香的边缘该怎么处理了！

面对这个中途打扰他工作，现在又以另一种方式补偿了的夏晚淋，顾淮文眯了眯眼，心情很好地说道："一般来说，腿短的，迈步频率都挺快，你怎么两边都不占？"

"……"

夏晚淋又深呼吸一口气。

再抬头，她又是明艳亮丽的少女："就是说呢，我觉得你一直适应我的步子也不是个办法，要不这样，你送我上出租车，然后我自己去学校？我看你也不是自愿来接我的，巧的是我也不是自愿让你接——主要是我身上没现金，手机没电了不能在线支付。就当作我等你一个小时的补偿，你帮我付下车钱嘛。"

"说这话的时候倒不喘了？"顾淮文抱着手，好整以暇地看着夏晚淋。

站直了也只到顾淮文胸以下的夏晚淋，仰起脖子，一脸真诚："经济学上说达成交易的基础就是互利共惠，我认为我俩现在的情况达到了。"

"我不这样认为。"

顾淮文低头看着夏晚淋额角弯曲的碎发，有限的目光里盛着无限的深情。

不明真相的夏晚淋被顾淮文的眼神看得浑身起了一层鸡皮疙瘩，

心想自己果然魅力太大，才初次见面，这个男的就已经对自己款款情深了。啧啧啧！

她叹一声气，可惜自己不是看见帅哥就喜欢的肤浅女人。这注定没有结果的爱恋啊，就让我亲手切断吧！

夏晚淋同情地看着顾淮文，尽管可惜，但还是坚定地拒绝道："你把我送到学校，你还得再坐车回你住的地方，何必呢？"

"我家就在师大旁边。"

顾淮文还是认真且仔细地观察着夏晚淋的额发，脑子里迅速地完善设计草图，同时嘴里不耽误地说道："你现在闹别扭也只是因为一开始，你就目睹了我不想来接你的样子。关于这个，我道歉。所以现在可以跟我上车了吧？"

这么坚持啊？算了算了，就当圆他一个梦了。不就是想和自己再多待一会儿吗？谁让我外表倾国倾城，内心温柔善良呢？

"那行吧。"死不承认自己就是在闹别扭的夏晚淋说。

车开过跨江大桥，深色的江水像镀金布匹，在阳光下有规律地晃动闪烁着。

顾淮文上了车一直没说话，眼睛也闭着，脑袋靠后枕着椅背，不知道在睡觉，还是在干吗。

夏晚淋在飞机上睡够了，现在精神特好，闲不住地问出一直盘旋在她脑海里的疑问："你为什么不想来接我？毕竟我从小到大人见人爱，就算你不了解我的为人，光是这出挑的外貌也足够让你心甘情愿吧？"

顾淮文噎了一下，喉结上下滑了几次，还是没憋出什么话来。

良久，他才开口："真羡慕你。"

"怎么了？"

"明明没有丝毫实据，你的自信心却源源不断。"顾淮文面无表情地说。

隔了一会儿，他眼睛微微睁开一条缝，看见夏晚淋一脸气鼓鼓的样子，颇为愉悦地扬起了嘴角。

脖子都气红了啊……

啧啧啧。顾淮文挑挑眉，右手小指和无名指摩挲了几下，很是开心。

夏晚淋没住过校，她想象的寝室应该是虽然不宽敞，却是很明亮的。每个人都有一个简单的白色衣柜，铁架床上面睡人，下面是巧妙的组合书桌。

但推开门，现实像白雪公主的后妈，狠狠扇了她一个耳光。

白色衣柜？不存在的，两个老旧的组合衣柜，每个里面四个格子，不如她家里的柜子八分之一大；上床下桌？天方夜谭，四张高低床，上面是床铺下面还是床铺。

小小的空间里还挤了两张半米长的小方桌，一张方桌下面四个柜子……

尽管不想承认，但这一切都表明，她住的是八人寝。

而且并没有电视里的单独卫浴和阳台，也没有充足的阳光，因为是一楼的关系，还颇为阴冷潮湿，具体表现就是夏晚淋穿着 T 恤在外面感觉挺热，进寝室这会儿工夫，背后已经泛凉了。

嗯，挺好。夏晚淋面无表情。

刚才在车上，顾淮文问她要不要出去逛逛熟悉地形，她哪儿来对寝室的热情，那么斩钉截铁地拒绝？

承认吧，
你也喜欢我

空穴来风的期待，果然是失望之源。

打开手机通讯录，看着新存的顾淮文的号码，她的手指在屏幕上敲了几下，还是没有拨出去。

那个穿着白色对襟褂子和浅灰色棉麻宽松裤子的顾淮文，个子那么高，却总是居高临下睥睨她的样子，白瞎了那张好脸蛋。

其实仔细回忆，他长得就"疏远高贵"，端正的眉目大多数时候都透出不耐烦，随时随地给人一种"老子跟你搭话是你的荣幸"的感觉。

不管从哪个方面看，他都实在不像是乐于助人的人。

稀奇他乐于助人一样。夏晚淋翻了个白眼，嗤一声。

上大学了，她得有尊严，为早日成为干练的都市丽人而努力。

都市丽人看着眼前这不如意的一切会怎么做呢？

会接受，然后撸起袖子收拾行李，把身边小环境改善好。

夏晚淋拉开行李箱拉链，拉到一半，看见一只半大的透明蜘蛛从床柱子爬下来。

"哎哟，我去！"

报到登记时间是两天，今天是第二天，再不收拾床真来不及了。夏晚淋冷静一下，把行李箱重新拉好，跟蜘蛛对视了五秒……

寝室里其他人已经来了，床都已经收拾好，只有她的床空着，总之，先把床铺好。

夏晚淋在上铺，在今天之前，她从来没有上过架子床。爬上梯子的第一秒，她就后悔了。床梯上全是灰，等上了床，一摸床板，厚厚的一层灰。

还得拿水和抹布擦了床才能铺床垫，床垫？我去，没买床垫，被褥

也还没买……

她今晚还能成功入睡吗？夏晚淋认认真真地问自己。

算了算了，先去报到。

报到的人多得可以绕地球三圈，都是一群浪过了在最后截止时间来注册的人。

等夏晚淋将一切办完，拿到临时一卡通后，天已经完全黑了。

因为明天就要开始正式上课，今晚要上自习。

夏晚淋连寝室都没来得及回，背着包急匆匆地往人文楼赶。

五个班挤在一个阶梯教室一起上晚自习，夏晚淋到的时候只有后两排还空着位置。

目前为止，她还没见着自己的室友，更没可能建立起友谊。后两排坐的基本都是长得不好看的男生，夏晚淋正在犹豫该坐哪儿，一个齐刘海长得挺乖的女生朝她轻轻地招手。

"坐这儿吧。"

"谢谢。"夏晚淋感激地道谢，"我叫夏晚淋。"

"我叫于婷婷。"

于婷婷应该是个内向的女生，因为夏晚淋坐下后跟她的对话，有且仅有一开始的自我介绍。

那个时候还忍耐不了沉默空气的夏晚淋，率先开了口活跃气氛："你在哪个寝室啊？"

"105，"于婷婷推了下眼镜，"你呢？"

"112，就是最角落的那个挨着仓库的寝室。"夏晚淋撇嘴，"太惨了，感觉自己住在地下室里。"

于婷婷乐了，安慰她住在角落，以后卫生检查最容易被忽略，多好。

夏晚淋一脸惊恐道："还有卫生检查呢？"

铃声响起之后，负责新生的直系学长走进教室，叽叽喳喳说了一些话，夏晚淋坐在后面也没听清。

过了一会儿，学长打开多媒体放视频。

关了灯之后，白板上投影的内容更加清晰，夏晚淋看了一会儿，明白过来这是纪录片，关于沉香雕刻的。

没兴趣。

夏晚淋埋头玩手机，她想问问顾淮文附近有没有什么比较靠谱的酒店，她先住一晚。

然后，然后再说吧……长叹一声气，她真的不想面对寝室那一堆烂摊子。

"有的同学在下面玩手机。"讲台上的直系学长拿着从教管室借来的姗姗来迟的麦克风，声音通过墙上的音箱，清晰而有力地传进耳朵，"我不建议你们这么做，尤其是教室关了灯、拉了窗帘，除了投影仪一片黑暗的情况下。我在讲台上看着你亮着的手机屏幕，就像看着夜空中最亮的星星一样。"

一片哄笑声后，学长摆摆手，示意大家安静，然后慢条斯理地补充道："再说了，好好看一下这部纪录片没坏处，辅导员让你们好好领略一下什么叫匠人精神。要写观后感的。"

……

要写观后感这么重要的事情，不是应该着重提一下的吗？请在一开始就说明好不好？

夏晚淋低声骂了一句，收起手机，专心看起纪录片来。

不得不说，这还是她第一次看纪录片。

以前为什么就没有好好看过一部纪录片呢？

夏晚淋终于知道答案了——因为难看啊！

这部片子没有一点波澜起伏，画外音冷淡得适合殡仪馆，特写镜头晃得人眼晕。半个小时过去了，关于具体怎么刻沉香一点没提到，只是不断说沉香雕刻的历史和重要意义，以及沉香形成的原因。

正在昏昏欲睡，画面里忽然晃过一张熟悉的人脸。

嗯？

夏晚淋愣了愣，刚才她是看到了顾淮文？

"譬如这件重量仅34克的'芝九茎'，出自当代雕刻大师雷邝的大弟子，也是现在国内沉香雕刻第一人——顾淮文之手。在去年北京春季拍卖会上，拍出150万人民币的好价钱，相当于每克沉香就4万多人民币……"

一道亮白的闪电"唰"地劈在心头，夏晚淋一脸震惊，她身边还有这么个富豪呢！

那之后，夏晚淋眼睛瞪得像铜铃，聚精会神地看着白板。

视频里，顾淮文还是穿着对襟白褂，灰色裤子换成了黑色裤子，劲瘦清冷，坐在椅子上，神情淡漠地科普着有关雕刻沉香时的注意事项。

那套衣服下午，在夏晚淋眼里还是奇装异服，现在已经成了仙气飘飘。

"因为沉香是沉香树枯死倒埋土中，经过数百上千年，结晶粹化而成的精华，这注定了它的珍贵和特殊，因此雕刻时要最大限度地利用其本体，我们叫它'顶边雕刻'；也因此雕刻前必须详细周全地考虑好要雕什么样式，尽可能减少浪费，一旦开始雕刻，中途最好就不要中断……"

顾淮文还说了很多，夏晚淋没怎么记住，她现在满脑子就等着下课。

铃声一响，夏晚淋背上早就收拾好的书包，匆匆跟于婷婷打了招呼，一个人就飞奔着回寝室。

她不是突然勤奋地要赶回去收拾行李，她是想到了一个好去处。

"喂？"顾淮文正在阳台上浇花。

"顾淮文，你好，我是夏晚淋！还记得我吧？下午咱们刚见面！"

顾淮文把手机拿得离自己耳朵远了一些："怎么了？"

"你下午老半天不来接我，我错过了买被褥的时间，现在我的床上只有床板儿，我没地方可以睡觉啦，你家住哪儿——"

没等电话那头把话说完，顾淮文就面无表情地挂断了电话。

"奥蕾莎，"顾淮文抱起猫，语气波澜不惊，"你下午怎么不提醒我快点儿去机场？"

突然，他明白了昨晚做的那个梦——老头儿说：我看你是缺点儿烦恼。

这不，烦恼快马加鞭，追上他了。

天苍苍，野茫茫，夏晚淋居然进厨房！

CHENGRENBA
NIYE
XIHUANWO

"一、不可以随便乱动屋里任何东西，无论你有多好奇；二、我晚上不睡觉，明天早上你去上课的时候，动静控制在'无声'状态，吵醒我后果自负；三、以上两条没有一点玩笑成分，我猜你是文科生，所以好好地把我刚才说的话，像背中国共产党的性质一样牢牢地记在心底，可以做到吗？"

顾淮文抱着手站在夏晚淋面前，微微俯身，正视着她的眼睛，严肃地叮嘱。

然而，夏晚淋眼睛却一直追着奥蕾莎的身影。

"你还养猫啊？好胖、好软、好可爱啊！它叫什么名字？"要不是顾淮文还在面前说着什么一二三，她已经蹦过去跟奥蕾莎一起玩了。

"嗯。"提到猫,顾淮文语气好了一点,"它叫奥蕾莎。"

"什么莎?"

"奥蕾莎。"

"奥什么莎?"

"奥蕾莎。"

"奥蕾什么?"

"奥蕾莎!你别跟我说,因为我今天下午没及时去接你,你因此耳朵不好使了?"

"你歧视残疾人就算了,你还吼我。"夏晚淋泪眼汪汪地看着顾淮文。

顾淮文闭上眼,捏了捏拳头,冷静。

"今晚你睡沙发,被子我待会儿拿过来,现在你先去洗澡吧。"顾淮文说。

"其实你给奥蕾莎起的名字本来就怪,一般人的猫都叫'咪咪''番茄''萝卜''土豆'啥的,你看你起的,啥啊都是。"

跟你有半毛钱的关系吗?

顾淮文忽略额角爆发的青筋,继续面无表情地说:"一次性牙刷牙膏在柜子里,不许用我的牙膏,不许用我的毛巾,不许用我的漱口杯。"

我还没嫌弃你呢,夏晚淋翻了个白眼:"那我怎么擦脸?"

"纸。"

"我怎么刷牙?"

"用手捧水。"

"我去!"

"不许说脏话。"

"……"

看着夏晚淋有苦说不出的憋屈样，因为接到她电话而暴躁了一晚上的顾淮文突然觉得周围明亮了很多，神清气爽。

真是一个愉快的夜晚！

一切忙完，已经接近晚上十一点。

夏晚淋蜷在沙发上，盖着被子玩游戏，怀里抱着奥蕾莎。

奥蕾莎整天和顾淮文待在家里，没见过什么生人，骤然出现一个看起来还挺亲切、总是软软地抱着它的人，很是高兴——而且那人怀里还有香香甜甜的味道。

奥蕾莎很满意，它很喜欢夏晚淋，于是奥蕾莎把夏晚淋划作自己人范围，现在正蜷着趴在夏晚淋怀里，甘愿做一个没有灵魂的手机支架。

本来以为第一次离家这么远，怎么也该失个眠，结果游戏刚进行到一半，夏晚淋就困得像有人在她眼皮上糊了胶水，睁都睁不开。

依靠着极高的责任心，夏晚淋逼着自己把一局游戏打完，然后连游戏页面都没退出，直接锁屏睡觉。

一夜无梦。

第二天醒来才六点半。

上午八点十五分上第一节课，从顾淮文家到教室只需要十五分钟。这么多空白的时光，夏晚淋想了想，她决定做一顿美味的早餐。

天苍苍，野茫茫，夏晚淋居然进厨房。

她一心想着顾淮文醒来看见桌上摆着色香味俱全的早餐，对她该多么感激涕零啊！

这也算是为之后远离学校恐怖的学生公寓、顺利入住顾淮文宽敞明亮的家做一个战略性准备。

她光是想一想，就觉得心潮澎湃。

夏晚淋觉得可能是昨晚睡得安稳的缘故，今天早上大脑像开了挂，成语、谚语、歇后语一个一个地往外冒，她几乎想当即来一篇《逍遥游》背背了。

认为自己记忆力超群的夏晚淋，文能记起《苏武传》，理能背出三角函数，就连母猪的产后护理她都能想起一二。

唯独忘了昨晚顾淮文叮嘱她不许发出声音把他吵醒。

于是，在插上电饭锅之后的五分钟里，伴随着一连串铿锵有力的"噗砰嗵嗵"的爆炸声，远在二楼卧室的顾淮文，醒了。

世界上最遥远的距离不是我站在你面前，你却不知道我爱你，而是切切实实的厨房到玄关的距离。

听着顾淮文明显带着怒火的步伐，夏晚淋连围裙都来不及摘，抓起书包、穿着拖鞋就往门外跑。

然而还是晚了一步。

顾淮文凭借着绝对的身高优势带来的腿长优势，手疾眼快地拎起夏晚淋，把她放到椅子上，直视她的眼睛："夏晚淋，我、昨、晚、跟、你、说、过、什、么？"

"奥……奥蕾莎。"夏晚淋战战兢兢地答。

"奥你个头啊！"

"我错了。"夏晚淋诚诚恳恳地道歉，"虽然出发点是觉得您忙了一晚上应该会很累，加上您昨天帮了我很多忙，于是很想为您做一顿美味的早餐，但我没有联系实际，忽略了自己除了微波炉加热剩菜，就

没进过厨房的既定事实，现在不小心炸了您的……您的电饭锅……对不起！"

可能是起太早的原因，顾淮文听着夏晚淋这一串话，前半段觉得像是在吃跳跳糖，噼里啪啦细细密密地在脑海里蹦跶得他头疼；听到最后，不是在吃跳跳糖了，是被一座从天而降的五指山狠狠压在了荒郊野岭。

但顾淮文安慰自己可能是幻听了，于是又确认一遍："炸了我的啥？"

"电饭锅……"

这是他厨房里唯一的煮饭煮菜、热饭热菜的工具，顾淮文面无表情地想。

"夏晚淋，这句话没有侮辱你妈妈的意思，单纯是针对你——当时伯母淋了场雨，然后生下了你，那雨是从你出生起就进了你脑子，这么多年，你脑子进的水就一直没蒸发出来过？"

根据从小到大的经验，被骂的时候如果还嘴，后果往往很严重。

于是，夏晚淋十分知趣地再次诚恳道歉："对不起……"

"电饭锅应该是全人类都会用的家用电器吧？为什么你可以一出手就炸掉一个呢？我们以前是不是见过面，然后我得罪过你，现在你长大了来报复我是吗？"

"我也希望能早点遇见你。我爷爷从来没跟我说过雷邴爷爷的存在，要不是我高中毕业一心想远离家乡，来了这里，可能我这辈子都不知道——"

"行了。"顾淮文暴躁地抓抓头，"还原一下，我看看你到底怎么做到的。"

"其实我在家里看过我妈煮饭，但是我一直都觉得把锅底擦干净是多此一举，反正要加热，加热了不就把水蒸干了，所以为什么还要擦锅底的水？今天我第一次煮饭，觉得要好好证明一下自己的观点——"

顾淮文深呼吸一口气："试验结果呢？"

"是错的。"夏晚淋垂着头，手指捏着自己的衣角揉来揉去，不敢抬头看顾淮文的脸色。

顾淮文叹一声气，他觉得自己好累，好像一夜白头，看尽了世间沧桑。

他走到客厅，拿起钱包抽出三张粉红"毛爷爷"，揉着胀痛的太阳穴走过来，把钱递给夏晚淋："去买点儿吃的——"

"哇！谢谢顾淮文哥哥！"富豪出手就是阔绰，一顿早饭就三百块钱！

"然后拿着你的行李箱出去，别回来了。"

菩萨做证，夏晚淋真的不敢相信自己刚才听到了什么。

当代男性艺术家都这么决绝的吗？艺术家不是应该多情、缠绵、爱美人吗？她这么一个倾国倾城的大美人就这么被赶出家门了？

夏晚淋顽强不息，她扒着门框做最后的斗争："我拉着行李箱去上课多不好啊，现在这么早，我寝室人肯定还没醒呢。谁给我开门啊？我昨天也没来得及去找阿姨要寝室钥匙……"

顾淮文又深呼吸一口气。

如果说昨晚他是后悔自己拖延时间想整夏晚淋向师父抗议从而晚去机场，结果偷鸡不成蚀把米被夏晚淋赖上的话，现在他是悔恨。

"行李箱先放在这儿，下午下了课来取。"

"行李箱都放在这儿了，我也不占地方，你就让我继续住嘛。我保证以后再也不随便证明我的猜想，再也不——"

"夏晚淋。"

顾淮文没等她把话说完，直接打断，一张脸古井无波，看不出喜怒。

但夏晚淋莫名打了个冷战。

"我上课去了。"夏晚淋说。

看着瘦瘦小小的夏晚淋一个人走在路上，九月的清晨已经有些凉了，她只穿着一件墨绿T恤和牛仔裤，背着书包，看着有些萧瑟可怜。

顾淮文皱眉，想把她叫回来，让她多穿件外套再走。

还没具体把话说出口付诸实践，他自己先吃了一惊。

他什么时候这么体贴过？

果然是睡眠不足的原因。

顾淮文摇摇头，锁上门，重新回房间睡觉。

然后，他做了一整天自己欺凌儿童，被警察抓到监狱，出来进法庭的时候，被围观群众拿萝卜叶子和鸡蛋砸的梦。

下午两点的时候，顾淮文被手机来电吵醒。

他一向起床气重，最烦别人中途打扰他睡觉，但这次他无比感激。因为再睡下去，他就要被围观群众的菜叶子砸死了。

他拿起手机，一看是师父。

"师父？您怎么又给我打电话啊？公费出国采风都这么闲的吗？"

"顾淮文！"

完了。他心底陡然一紧，他师父在圈内除了那些什么"国内雕刻第一人"的称号，还有一个更具体的——"霹雳火辣窜蹿天炮"。

是他徒弟们给取的。顾淮文作为他众多徒弟里最有天分，也是最常惹他生气的人，对这个外号深有感触。

因为师父不像他爸越生气声音越平静，他师父是越生气嗓门越大。按目前这个音量，雷祁是到怒气顶峰了。

他大脑一边急速运转思考自己最近犯什么事儿了，一边立马端正态度，毕恭毕敬："师父，您请说。"

"夏国栋跟我说你把人家孙女赶出家门了！我是不是跟你说过夏国栋是我救命恩人？啊？我不在国内是不是就管不了你了？小兔崽子，谁给你的胆子，把人家一初来乍到人生地不熟的小姑娘给赶出去了？出了事儿谁负责？啊？"

"师父，我错了。"顾淮文说。

"少来！现在认错认得比谁都快，其实心里死不服气是吧？从小你就这样，小兔崽子，气死我了，真当我老了糊涂了？说理由！"

顾淮文真是雷祁看着长大的，他心里还真不服气，于是叫他说理由，他就说了："一、您昨天说的是夏晚淋是您一个熟人的孙女，没有画重点，是您救命恩人。说实在的，干咱们这一行的，就是收破烂的也是熟人；二、我不是赶她出门，她有寝室可以住。昨晚我一时大意让她住进我家就是个错误，这是后话，当时是因为她——"顾淮文突然住口。

他忽然意识到一个问题：为什么收留夏晚淋？因为夏晚淋没来得及买被褥、床垫。为什么夏晚淋没来得及买被褥、床垫？因为他没有准时去接人。为什么没有准时去接人？因为不满师父您中途打扰我画草图，还差遣我去干这种没有技术含量的活儿……

那他还能活了吗？

毕竟，师父雷祁一直认为世界上只有他能降得住自己。

要是让师父知道他阳奉阴违……

又回到了最初的起点，那他还能活了吗？

"因为她什么？"雷祁叉着腰，站在英国旅馆阳台上，看着火红的夕阳，生气地问。

"没什么。我错了。"顾淮文压下一卡车的悔恨和脏话，发自肺腑地承认自己的错误。他真的错了——他昨天为什么要拖延时间不立马去接夏晚淋？

"知道就好。"雷祁点点头，他的气来得快去得也快，"好好招待人家小姑娘，她第一次住校不习惯，可以理解。你不还有间卧室空着嘛，我看里面也就是一些画，收拾收拾给她住吧，然后下午带人去超市里买点要用的东西。夏国栋那老东西就指着逮我把柄，说我照顾不周委屈了他孙女呢。这要是在同学群里一说，我脸往哪儿搁？"

短短的一段话，里面却包含了太多内容。顾淮文闭上眼，缓了缓自己眼前发黑的症状。

平静之后，他问："师父……您还有同学群呢？"

"六十岁的人就不能有同学群了？去年我们还同学聚会了呢，就我混得最好。你要是给了夏国栋苗头让他把我名声给毁了，看我回去怎么收拾你。"

"夏国栋不是您救命恩人吗？怎么现在听着又像仇人了？"

"没礼貌！叫人爷爷！"

"……"

顾淮文面无表情地挂掉电话。

承认吧，
你也喜欢我

下床，拉开窗帘，窗外阳光明媚，顾淮文想起夏晚淋早上离开时落寞的背影，和他那一刻的心疼，气得牙痒痒。

心疼谁不好，夏晚淋根本用不着。

前脚刚走，后脚就告状，小学生吗？

别人都可以住寝室，她就不能？这么娇气的吗？

"下午放学动作快点儿，在校门口等我，带你去超市买东西。"

正在上现代文学，夏晚淋手机里收到顾淮文的微信消息。

"好嘞！"

说完，她又发了个小胖猫卖萌的表情。

顾淮文当然没回。

但夏晚淋还是笑得嘴角弯弯。

她是那么轻易就被人赶出家门的人吗？顾淮文看起来那么牛，还不是拿她没办法。

"第五排那个穿绿 T 恤的女生，对，就你，刚才笑的是你吧？来，回答一下问题。"

什么叫"乐极生悲"？这就是。

什么叫小人得志难长久？这就是。

"……"

他问的是啥啊！

就像年久失修的机器人，夏晚淋僵硬地站起来，正要绝望地回答不知道，面前传来一张小字条：

问你张恨水为什么叫张恨水。

她脸上有写着"知道"俩字儿吗？

夏晚淋一脸蒙地站着，但有了问题好歹可以猜一下。

夏晚淋朝递来字条的于婷婷感激地看了一眼，然后说："因为张恨水心里有火一般的革命热情和改变国家、民族命运的决心，他痛恨那些像水一样温暾麻木的中国人。这个名字不仅是一个发表文章的笔名，更是张恨水本人的斗争檄文和宣言，更是他本人对于麻木中国人的失望的怒吼！"

夏晚淋说完，全场掌声如雷，大家都被她充满激情的声音给镇住了。

"说得很好很有创造力……"台上的老教授也跟着鼓了几下掌，然后笑呵呵地说道，"这位同学很好地向我们解释了学术界的一个词——'过度解读'。其实张恨水取这个名字就是因为他喜欢冰心。恨水不成冰。同学，下次好好听课。"

"……"

刚才在掌声如雷中，夏晚淋是个光荣的革命小斗士。

现在整个教室哄堂大笑，夏晚淋脖子根都红了，她灰溜溜地坐下，恨不得钻到书桌里躲起来不见人。

看着还没暗下来的手机屏，还停留在和顾淮文聊天的界面上，他隔了两分钟就发来两个字：

幼稚。

你才幼稚。夏晚淋发过去的卖萌的小胖猫还在卖萌，摇头晃尾巴，眯着眼蹭人的掌心。刚才尴尬的瞬间，她现在想起来还是很尴尬，但夏晚淋挠挠头，又觉得没什么大不了的。

她可是被雷祁爷爷支持的啊！看顾淮文还敢不敢说半个"不"字！她以后可以光明正大驻扎在顾淮文这个大富豪身边啦！

下午四节课上完，四点五十分。

拒绝了于婷婷一起去食堂吃饭的邀请，夏晚淋兴高采烈地背着书包往校门走。

顾淮文已经在那儿等着了。

他脚朝后支着，整个人斜靠在墙上玩手机。还是对襟褂和棉麻裤子，像 20 世纪穿越过来的老人，跟周围环境……可以用四个字来形容：格格不入。

"今天怎么这么早？"夏晚淋说。

"怕你又因为我来晚了，生出一系列'来不及'。"顾淮文没好气地说。

"嘿嘿……"夏晚淋做贼心虚地笑几声，"今天我在课上出了个大丑。"

顾淮文"嗯"一声，表示自己在听。

"你知道张恨水为什么叫张恨水吗？"

"因为他喜欢冰心。"

"你居然知道？"夏晚淋一脸震惊。

"因为张恨水是我祖父的朋友，现在家里还留有他的书信。冰心是我祖母的朋友，我妈出生的时候，她还来看过我妈。还有，女孩子不准说脏话。"

夏晚淋自动忽略最后一句话："你居然还是名门之后？"

她真的服了，她现在看顾淮文就像看着一座行走的金矿，自带光芒，一尘不染。没等顾淮文回答，她又问："你们家还认识哪些人？"

"林徽因、梁思成、徐志摩……这些人在当时都跟我们家有来往。"

"我去——"夏晚淋瞠目结舌。

"跟你说了不许说脏话。"顾淮文皱着眉,不认同地看着她,想了想又觉得做人得踏实一点,不能沉迷于虚名,于是认真地纠正道,"还有,我也不是名门之后。虽然被人称为所谓的雕刻世家,但其实就是一代一代工匠传下来的。"

"顾淮文哥哥——"

夏晚淋没理顾淮文的不能沉迷于虚名,她只是想到自己的现当代文学,突然觉得豁然开朗。

有这么个移动的民国资料库摆在自己面前,以后的学期论文还算什么!算什么!

"闭嘴,我不答应。"顾淮文面不改色地拒绝。

"……"

超市到了,不等夏晚淋再废话,他从后面搭着夏晚淋的肩,把她推了进去。

顾淮文遇到夏晚淋之前,去超市从来没有超过二十分钟。一般情况下,连买东西带排队总共也只需要十来分钟。

想好要买什么,拿好东西,排队,付钱。搞定。

多么简洁明了的过程,怎么到了夏晚淋这里就这么复杂?

"这个纸搞活动哎!这么大一袋才二十九块,不买不是人!错过了今天就没下次了!"

OK,买。

"这个纸也搞活动,六包抽纸二十一块钱,买这个,刚才那个不要了。"

刚才是谁说不买不是人的？

"哎，好像没手帕纸了，这么多，选哪个啊？顾淮文？给个主意啊，古龙水香还是白玉兰香，要清风、心相印，还是洁柔？"

"刚才不是已经买了纸吗？为什么还要买？"

"刚才是抽纸，现在是手帕纸，哪有人随身带一大包抽纸的啊，都是带手帕纸啊。"

OK！

"护手霜买什么颜色比较好？绿色还是黄色，快，挑一个！"

"随你。"

"必须选一个。"

"这是你自己用的，你自己拿主意就好了啊。"顾淮文推着车，眉头皱得可以媲美四姑娘山。

"关键就是我拿不定主意啊！"

"黄色。"

"那就绿色好了。"夏晚淋乐滋滋地把护手霜丢进购物车。

Fine！

"这个洗面奶怎么样？"

"你不是有洗面奶吗？"

"那个洗面奶贵，我拿来洗脸；这个便宜，我拿来洗脚。"

顾淮文第一次听到这种说法："你能不能尊重一下超市的洗面奶？"

"那谁来尊重我明媚如花、娇嫩如月的脸？"

他输了，彻彻底底……

因为之后夏晚淋要住的房间，在之前一直空着，比较正经的用途就

俩：一、堆些字画，二、堆些灰。

所以里面除了一张布满灰尘的床垫，什么都缺。

眼见四十多分钟过去了，夏晚淋一直在买些无关痛痒的小东西。

顾淮文终于看不下去了，他拎起夏晚淋直奔他认为应该进行购买行为的区域。

"在这里先挑着，家具城太远了，找个周末带你去。先在超市里买一些。"顾淮文说。

夏晚淋扫了一圈，蹦蹦跳跳地去拿了盏金黄色的海绵宝宝台灯，她打开开关，对准顾淮文的眼睛："给我道歉！"

"对不起！"顾淮文说。

他这么配合，她反倒有些没有成就感，于是又粗着声音问："为什么对不起？"

"我怎么知道？"顾淮文掀了把夏晚淋细软的头发，发现手感不错，又揉了两下。

"你不尊重我！怎么能直接像老鹰捉小鸡崽子似的把我拎走呢？"

"我道歉。"顾淮文诚恳地说。

这个时候的夏晚淋还不比雷邝老爷子了解顾淮文，不知道顾淮文早就在生活的磨砺下，变得敷衍不计较。

他道歉不是真的觉得自己错了。

比如他嘴上说着对不起，心里还是觉得夏晚淋就是个适合被直接拎起来的小崽子。所以接下来的很长很长一段时间里，夏晚淋还是被顾淮文跟拎小崽子似的到处拎。

比如他道歉是懒得多嘴辩解，毕竟早点道歉，早点结束。所以夏晚淋拿着台灯射他眼睛让他道歉，他缘由也不问，直接送上满意答案。早

承认吧，你也喜欢我

点道歉，早点结束，真跟夏晚淋耗下去，可能最后买回家的只有拿来洗脚的洗面奶。

又过了很久，顾淮文都懒得算时间了。

夏晚淋终于把这些生活用品买完，顾淮文松一口气，以为可以去结账了，结果夏晚淋一脸"你干吗"的表情拉住他。

"一楼还没逛呢。"夏晚淋说。

"一楼就是卖些吃的，蔬菜、水果、酸奶、鸭脖子啥的。"

"刚好，都是我需要的。"夏晚淋吹了声流畅的口哨，乐陶陶地就坐着电梯往下走。

已经把大半个购物车推向结账区的顾淮文："……"

把一切买好，天色早就昏黑入夜。

这是顾淮文有生以来，第一次，逛超市逛到怀疑人生。

居然，可以比连续三天雕同一样东西，还累。

好在都结束了。他刚松一口气，夏晚淋居然又朝电梯走了过去。

"你去哪儿，我们就是从二楼下来的？"顾淮文拉住夏晚淋，以为她逛迷糊了不知道路。

结果夏晚淋脸上泛起两抹红晕，微微低着头，小声说："我知道。我还……还要去买点儿东西，你先去排队付款吧。"然后挣开他的手，跑了。

哦，是去买卫生巾。

顾淮文明白了。

他看着夏晚淋罕见地露出羞涩的样子，十分惊奇。

一个大晚上拉着行李箱到一个陌生男人家里住的女生，第二天烧坏别人唯一一个电饭锅还好意思反过来告状的女生，做那些都没害羞，居然因为买卫生巾害羞了。

顾淮文先是被雷劈了一样难以置信，然后又好笑地摇摇头。

其实，夏晚淋磨叽是磨叽，脸皮厚是脸皮厚，但还挺可爱的。

然后顾淮文又被自己这个想法吓到了，再次反省自己是不是最近睡太少。

回到家，奥蕾莎早早地朝俩人扑过来，喵喵叫个不停，看来是真饿了。

顾淮文让夏晚淋去橱柜拿猫粮给奥蕾莎倒上，她精神饱满地应一声，然后就高高兴兴地去了。

为重新入住这个宽敞明亮的房子而高兴，为不用住进那个布满灰尘、阴暗潮湿的寝室而庆幸。

因为太过高兴和庆幸，夏晚淋踮着脚把猫粮拿下来的时候，不小心没掌握好平衡，连人带猫粮一起栽了下去。

猫粮洒了一地，把奥蕾莎高兴的，撒着欢儿转圈，连忙开始吃地上散落的猫粮。

夏晚淋揉着尾椎骨和手肘站起来，看到面前这乱摊子，还没来得及细细捋心底是什么感受——突然后背一凉，她有种不好的预感。

她"吱吱嘎嘎"僵硬地转过身子……

果然！顾淮文正眼睛冒火地瞪着她！

"我错了！"夏晚淋凄厉地哭喊。

然而，"惨案"还在继续。

第二天放学回来，顾淮文正坐在藤椅上听昆曲儿，手边放着一杯茶，脚边摞着一堆书。

要不是那头货真价实的黑发和俊脸，夏晚淋真以为坐着的是个小老头儿。

"秋水长天人过少，冷清清的落照，剩一树柳弯腰……眼看他起朱楼，眼看他宴宾客，眼看他楼塌了。"

唱得咿咿呀呀，夏晚淋没听清几句。她问顾淮文："这啥啊？"

"《桃花扇》。啧，你还学中文呢，真为我国教育事业担忧。"

直接说答案不就得了，还非得联系时代背景批评一下她才行。

夏晚淋翻了个白眼："你到底多少岁啊？"

"二十七岁，怎么了？"

"过得跟老头子一样，你的激情岁月燃烧得也太快了。"夏晚淋嘀咕着。

"我激情燃烧岁月的时候，你还不知道在哪条沟里挖泥鳅呢。"顾淮文闭着眼，慢吞吞地说。

"你才挖泥鳅呢，我是在都市长大的时髦的城里人。"

"请你跟泥鳅和大自然的孩子道歉。"

"对不起！"夏晚淋抓起抱枕朝顾淮文丢去，嘴里大喊，"看招！"

没丢中顾淮文，丢中一个花瓶了。

"哗啦"，一声脆响。

顾淮文难以置信地转过头，看着地上一片狼藉，再看看此刻双手贴着裤缝站得笔直且僵硬的夏晚淋。

"你故意的吧？"顾淮文声音里一片平静，像夜里广阔的大海。

夏晚淋不敢看地上的惨状，更不敢看顾淮文，她闭着眼睛，一脸视死如归："我以我这辈子所有的财运发誓，绝对，绝对不是故意的。"

她真的只是一时得意忘形——看起来那么傲慢的顾淮文，她居然

真的在和他共处一室，以后居然也真的可以住在这里，更让她想起来就觉得心里软软的，就是他居然用那么平常的语气在跟她说话。

顾淮文叹口气，又觉得自己瞬间老了五十岁，现在白发苍苍，平和且疲倦。

他无奈地摆摆手，示意夏晚淋赶紧回房间，不要随便出来走动。

"这就是我的激情燃烧的岁月，你算是彻底把它给砸了。"顾淮文说。

"前女友送的？"夏晚淋问。

"回房间。"

"初恋女友送的！"夏晚淋确定了。

顾淮文闭上眼道："我们来玩一个叫'闭嘴回房'的游戏吧。"

"什么意思？"

"字面意思。"

看着顾淮文一张面无表情的脸，夏晚淋觉得后背升起冉冉凉意，她打了个冷战，大吼一声："我减肥不吃晚饭，拜拜！晚安！好梦！"

看着光速遁回房间的夏晚淋，顾淮文没好气地叹了一下，奥蕾莎在刚才就已经跳上了他的腿，现在正盘成一团趴在他腿上。

顾淮文伸手慢吞吞地摸着奥蕾莎的头，手无意识地打着转儿，小指又习惯性地去摩挲无名指。

顾淮文重新闭上眼，早就听上八百遍却从来没觉得厌烦的《桃花扇》，这时候却没能成功地进入他的脑海。

他闭着眼，不知道想起什么，嘴角微微扬起，手交叉枕在脑后，一派悠闲。

第三章
·
三月人间春斜

当我回顾往事，
我为我去洗手间洗鼻血没锁门被顾淮文
目睹全过程，而抱憾终身。

CHENGRENBA
NIYE
XIHUANWO

"所有你不想面对的东西——尽管这么说非常容易让人想把命运或者人生之类的东西，拖出来暴打一顿，但是真的，所有你唯恐避之不及的东西，最终都会到来。"

夏晚淋在日记本里写上这句话。

"比如，军训。"

她以为学校都开始正常上课了，怎么也不可能中途还把人拉出去军训。

结果耐克还是乔丹哦，它的广告语是：Nothing is impossible.（一切皆有可能。）

这句话放在这里，是多么残忍。

更残忍的是，今年的教练都是"9·3"阅兵下来的兵哥哥，动作就不说了，非常标准。

这本来是值得鼓励和嘉奖的事情，但因为兵哥哥们也有着异于常人的责任心，所以他们不仅自己动作标准，还要求学生动作标准。

这就十分不人性化了。

此外，除了军训本身的辛苦，那枚盛放在所有人头顶的骄阳，也是使军训令正常人谈之色变的重要因素。

文学院都是身娇体美的女孩子，换句话来说，文学院里都是不想军训、怕把自己晒黑的女孩子。

夏晚淋也是其中之一。

每一次去军训前，顾淮文都可以看见，夏晚淋一脸慷慨赴死的表情，把那些奇奇怪怪的不同样式的防晒霜一层又一层地抹在自己身上。

"何必呢，晒黑一点看着还更健康。"顾淮文说。

"那我宁愿做一辈子病恹恹的白斩鸡。"夏晚淋给脚踝涂完防晒霜，抬起头，灵巧的马尾在空中划出一道美丽的弧线。

顾淮文从五岁起，就被雷祁训练着观察生活。

雷祁名气大，在他手底下学艺的人向来数不胜数，前赴后继。吃饭虽然不成问题，但洗碗从来都是一件难事儿。

每次顾淮文都仗着自己是顾家小少爷，指使别人洗碗。

在他看来，这是最简单便捷的方式。

久了，雷祁怕懒得经营人际关系的顾淮文被别的徒弟合伙揍死，想出来一个招儿：吃完饭就画，画吃了什么菜，喝了什么汤，画今天盛菜的盘子和盛饭的碗。谁画得好，画得详尽，谁就不用洗碗。

骄傲如顾淮文，当然不肯在这种时候落败。

长此以往，他自然练就一双火眼金睛，但凡生活中带弧度的，或者好看一点的图样，他都条件反射地自动在脑海里生成相关图像。

这次顾淮文当然没放过这片风景。

他眯了眯眼，下意识就把愁眉苦脸的夏晚淋和她脑后的马尾记在了心里。

凌晨四点左右，顾淮文拖着脚步从工作室里出来，揉了揉僵硬的脖子，然后又活动一下酸痛的手腕。

回到卧室，他躺在床上，却怎么也睡不着了。窗外的夜空像是一潭看不见底的水湾，零星的雾笼罩在这座城市上空，穿过远处的高楼和灯光。

所以说梵·高才是真理。因为夜晚，仔细看的话，分明就是梵·高画里的咖啡馆上方的夜空那样，是紫色或者深蓝色的。重重酿叠在一起，一圈一圈地蛊人心智。

等顾淮文回过神来，身子已经习惯性坐上了窗台，一条腿弯着，一条腿垂着。手里拿着铅笔和画纸，不知不觉中，他已经画了一幅简笔画。

低头一看，正是不想去军训晒太阳的夏晚淋。

苦兮兮地皱着眉，撇着嘴，一脸可怜样儿。

但偏偏那个马尾又足够鲜活，像是泼墨画上的最生动明艳的一笔。

顾淮文整个人明显静止了三秒，然后就跟画纸吃人似的，"啪啦"将纸和笔都丢到了地上。

好不容易挨到军训完,夏晚淋做的第一件事儿就是去屈臣氏增补面膜储备。

临走前,顾淮文塞给她一本便利贴,上面那一页写着要买的东西。

大概扫了一眼,东西不多不沉,但挺零碎,她决定背着书包去——

一来是因为她的书包真的很好看;二来是因为超市塑料袋还得花钱;三来是少用塑料袋也算是为环保出一份力,希望那些神佛可以看在眼里,给她以后的人生多分一点侥幸。

"报账啊!"夏晚淋不放心地嘱咐。

"少不了你的。"顾淮文抱着手斜靠在门边,无奈地摇头,"年纪轻轻就钻钱眼儿,以后怎么办?"

"以后就有足够的钱养老了呗。"夏晚淋换好鞋,冲顾淮文抛了个媚眼。

顾淮文拿手捂住眼睛,一脸不忍直视:"赶紧走吧你。"

买完东西从超市出来,夏晚淋背着书包往家里走。

夜风习习。

夏天的傍晚永远都是夏晚淋的最爱,不只是这跟她的名字有关的缘故,还因为夏天傍晚是最有人间烟火气的时刻。

卖西瓜的三轮车上的昏黄小灯,围着电线杆子奔跑做游戏的小屁孩儿,绕着灯往前撞的扑棱蛾子,还有拿着蒲扇坐在树下乘凉聊天的市井人们……

这些散布在角落的琐碎烟火气,平常不易被人察觉,在习以为常的目光中兀自闪亮着。偶然进入欣赏的眼睛,就像蝉翼薄薄地在心头颤抖两下,翩翩带起细细微风。

夏晚淋就这么一边漫无目的地瞎想，一边眼睛却不落下地看着街边的小店——的橱窗里的自己的倒影。

是真好看啊！

很标准的身材，走路姿势也很好看，头发也是可以的，凌乱中也有美感……嗯？那是那个学长？

夏晚淋顿了一下，仔细一看，确实是。

进入大学的第一个晚自习，就是那个学长带着他们上的。

正是他给夏晚淋他们放了那部关于"匠人"精神的纪录片。然后他说了很多关于大学的事情，包括期末考试怎么复习，以及文学院著名的"四大名补"是老师谁谁谁……

托他的福，尽管大学生活还没正式开始，但夏晚淋已经对之后四年充满了期待。

然而此刻，这位在讲台上谈笑风生的学长，现在却坐在便利店的椅子上，一边啃面包，一边迎风哭泣。

什么情况？现在这个时代的人们都如此具有多样性的吗？

汤松年这个人，从小就是"意气风发"的代名词。

虽然长得不是最好看精致的那种"校园王子"类型，但胜在个性张扬，即使犯错也光明磊落，所以反而在学校十分吃得开。

这也就是为什么他大二时一枝独秀担任文学院学生会主席而没有任何人跟着一起竞争。所有人都觉得这是一件顺理成章的事情。

汤松年在大一刚入学就交了个女朋友，看起来应该是花花公子的他，其实还真的挺珍惜那个女孩儿。

他其实也没有想太远，比如毕业后要直接结婚还是怎么样，但这并不意味着，他就可以对现在自己被劈腿的事实无动于衷。

仔细分析的话，羞辱感大过伤心。

晚上寝室兄弟聚会，他因为女朋友说要一起去看电影于是推了。结果一部电影看完，上一秒女朋友还窝在他怀里擦眼泪，下一秒就说要分手。

汤松年只当自己又做了什么"直男"举动让她有了要脾气的依据，好声好气地道歉，然后哄人。

结果女朋友说的是真的。

她是真的要分手。

"我大一刚入学见到的第一个人就是你，接着跟你告白，然后就到现在。其实没什么不好的，但就是觉得差了点儿意思。我高中时候想象的大学生活，不是这么一览无遗。所以，我们干脆分开一段时间，试试看有没有别的可能。"

……

汤松年认真地想着，他刚刚跟这姑娘交往的时候，没看出来她脑子有问题啊。

可能性这种事情，就交给平行宇宙好不好？他突然被劈腿很没面子的好吗！

这时候刚巧寝室群里，那些出去撸串儿的人狂刷视频。

汤松年看着女朋友远去的背影，再摸了摸自己空荡荡的肚子……

结果买完面包坐着吃的时候，他感觉自己更惨了……

天时地利人和，汤松年配合着落了几滴眼泪，然后觉得真是天字号的娘。

正在嫌弃刚才伤感的自己，一个女生突然出现在他面前。

常年处在人际交往圈中心的汤松年早就练就了对人脸和人名过目不忘的本领，这一看自然认出这个女生是今年刚入学的夏晚淋。

因为在他放视频的时候，整个教室里的人都因为初来乍到比较收敛在乖乖看着，就她，明目张胆地坐在下面玩手机。

这一届的学弟学妹应该是刚军训完，他记得当时自己军训完，胳膊上的皮肤就没一块是白的。

但她看着似乎丝毫不受影响，太阳那么毒，而她看着居然还挺白。

这告诉我们：要想让别人觉得不可思议，背后得做比青春期脸上的痘痘还要多的努力。

汤松年永远不知道，军训完还神奇的挺白的夏晚淋，背地里涂了多少层防晒霜，以及晚上睡觉前敷了多少张晒后修复面膜。

哪有什么轻而易举地就可以达成的成就！毫不费力是做给没思考能力的外人看的。

她穿着牛仔短裤和横条纹彩色背心，脚上踩着一双细带人字拖，背着书包。

因为天气热，她的额发有一些粘在额头上，看着像小婴儿软绵绵的胎发。

汤松年还没来得及调整表情扬起笑脸问候，她就已经把背在身后的手伸出来。

他接过来一看，是一包纸巾，上面贴着一张便利贴：

我刚才什么都没看见。只是去超市买东西买多了，这纸背着也占地方，遇到学长也算是遇到熟人，帮我分担一点啦！

字很丑，好歹末尾画了个扁扁的笑脸，算是做了整个画面的协调。

等他看完抬起头时，那个夏晚淋已经走了。

今天第二次看见女生的背影。汤松年想。

不过，夏晚淋的背影要好看多了。

纤细、昂扬，像一株迎风招展的桉树。

回到家时，奥蕾莎自然第一个扑上来。夏晚淋一边换鞋，一边抱起奥蕾莎："想没想我，嗯？小奥？小蕾，小莎莎？"

"请你尊重一下奥蕾莎的名字。"

夏晚淋抬头，我的个天母大神佬二爷啊！

顾淮文刚洗完澡，头发湿着，衣服虽然穿得好好的，但夏晚淋色眼看人裸，脑海里自动给顾淮文加上朦胧的光晕。

不怪夏晚淋反应剧烈，看着顾淮文的湿头发也能如此荡漾。

尽管两个人住在一起也有小半月了，但每次都是夏晚淋先去洗澡，洗完了她虽然很想跟顾淮文沟通交流一下，培养培养感情，但自从她打碎那个花瓶，顾淮文一见她就十级戒备。

不知道他到底在防什么。

但也不怪顾淮文。

夏晚淋自己也在反省。她刚来第一天早上，就把人家唯一的电饭锅炸坏，没隔多久，又把人家初恋女友送的花瓶打碎。

确实该被戒备。

夏晚淋安慰着自己。

每天从学校回来，她也自觉减少直接和顾淮文碰面的概率，洗完澡就回房间玩手机打游戏。再加上顾淮文的作息本来也日夜颠倒，夏晚淋放学回来，可能他刚醒，因此跟夏晚淋碰上的时间本身也不多。

所以严格算起来，这真的是夏晚淋第一次看顾淮文出浴。

顾淮文说这句话的时候也没停下来，还是照着原来的步子往客厅走。

他一直走到电视旁边的碟片架前面，拿起放在上面的烟和打火机，手法熟练地点燃了一支，然后蹲下去，选光碟，嘴角就一直叼着那支烟。

烟雾缭绕，模糊了顾淮文的脸，但那头刚刚洗过微微卷曲的黑发，和蹲下去时从薄上衣透出来的脊背曲线，却足够让夏晚淋浮想联翩。

一个平常过得跟七八十岁小老头儿一样的人，第一次在她面前露出这副少年人的模样。

夏晚淋，一个十五岁就看完贾平凹的《废都》的人，一个站在讲台上对着全班人讲《白鹿原》里黑娃和田小娥的偷情全过程且面不改色的人，看着刚刚洗澡出来、湿着头发、叼着烟的顾淮文，她居然流鼻血了。

顾淮文也没有想到，他选张光碟的工夫，回头就能看见夏晚淋披头散发，手捂着嘴和鼻子，指间疑似还带着血的女鬼模样。

"？"顾淮文丈二和尚摸不着头脑。

"没事儿，不用管我！"夏晚淋红着脸，捂着鼻子就往洗手间狂奔。

她发誓，就算体育考试测 800 米最后冲刺阶段的时候，她也没有像现在这样卖力地跑过。

后来，如果有人问夏晚淋十八岁最后悔的事情是什么。

她会说：当我回顾往事，我不因碌碌无为而羞耻，也不为虚度年华而悔恨，但我因为去洗手间洗鼻血没锁门被顾淮文目睹全过程，而抱憾终身。

是的，夏晚淋趴在洗手池里狂洗鼻子的时候，顾淮文就抱着手靠在门边优哉游哉地欣赏。

那是鼻血，大晚上挺凉快的，她怎么莫名其妙突然流鼻血？

他越想越觉得乐，本来还顾及夏晚淋面子憋着笑，后来不小心没忍住笑出了声。

夏晚淋惊恐地回头，看见顾淮文笑意盈盈的眼睛——

"啊——顾淮文，你有没有礼貌的！不准看！"

"哈哈哈哈哈哈！原来你这么垂涎我的啊！哈哈哈哈哈哈！"

他叫顾淮文，他是个生活随性又单调的沉香雕刻师，他活这么多年来，第一次知道"哈哈大笑"是个纪实的成语。

每个大学生在入学的时候，都会对学生会抱有憧憬，不管是出于前途的考虑，还是出于配对的考虑。

配对就不说了，学生组织的基本功能之一。

前途。表现之一就是进了学生会等于进了官僚机构，进了官僚机构还用说好处吗？什么时候放假，怎么排的课表，在几楼教室上课，和老师更熟，交际更广认识的人更多，以后可以寻求帮忙的人更多——不要小瞧"帮忙"两个字，大学里的帮忙十分重要，大到上课老师有什么给分习惯，小到救济几本缺失的教材……

承认吧，
你也喜欢我

一言以蔽之，不想进学生会的学生不是好学生。

夏晚淋也填了申请表，但她的原因特简单特俗，就是觉得说着好听。

"我学生会的。"

一听就很牛。

她看了一眼，对外联部十分感兴趣，因为据她看小说的经验，外联部的油水最多，工作也很高大上——拉赞助。

但是她又想了想，得根据学校学院具体情况具体分析。在外联部的一般本身家底就厚，平常喝酒聚会吃饭啥的，总不能一直拿公款，院里管得也挺严，所以虽然拉来的赞助可以积点儿优惠券或者抹去零头之类的小钱，但综合对比下来，还是亏大于盈。她向来不做赔钱买卖。

办公室部，说白了就是老师和学生的信息交流站。

夏晚淋有自知之明，她从小就不太会和老师相处，所以还是算了……

几番对比下来，她在意愿部门写上：宣传部。

宣传部还不简单吗？

平常画个板报就是最苦最累的活儿了。画板报谁不会，没见过真猪跑还吃了十八年猪肉呢。

信心满满的夏晚淋提交了申请表。

一周后，初试结果出来，她进了。

再三天后，复试面试，她又进了。

于是，夏晚淋光荣地成了一名学生会宣传部部员。

当然，这是好听的说法，其实在内部，他们都被叫作"大一的"。

夏晚淋作为一名"大一的"，她接到的第一个任务，就是画一份关于教师节的板报。

为什么她刚来就可以独挑大梁？因为她十分"谦逊"地在初试卷子特长一栏写着：绘画，画龄十二年。

也不算撒谎，小学六年的美术课，加上初中三年存在于课表但从来没上过的美术课，再加上高中三年每学期上一次的美术选修课，可不就是十二年嘛。

这种说法也许骗不了别人，但还真骗过了夏晚淋自己。

她真的觉得自己可以圆满完成任务。

她的脑子里已经有了十分明确的构思，只需要把脑海中的画面，照样誊在纸上不行了。

然后，她惊悚地发现，画出来的东西和脑子里想的东西，不是同一个东西。

板报截止日期是三天后。

那么问题来了，上帝神佛或者别的什么神仙能让她在三天时间里画出一份配得上"画龄十二年"这几个字的板报吗？看在她平时还算乐于助人的份儿上。

夏晚淋等待了一会儿，一片寂静中，上帝神佛没有给她答案。她能感知到的只有自己脸好油，需要去洗把脸。

洗吧。冷静冷静。万一洗完，自己手指的把控力，就能跟上脑子的速度了呢？

不洗不知道，一洗才发觉自己皮肤这么干，刚好昨天晚上买了面膜。

夏晚淋光着脚蹦跶着去冰箱拿面膜，贴上之后又好好坐下来，重新拿起笔。

……

"还是画不出来！这都什么啊！"

算了，贴面膜的时候得好好享受，得仰着脸，不然皮肤下垂。

于是顾淮文从外面回来，打开门看到的就是夏晚淋倒挂在沙发上，腿向上紧紧贴着墙，脸上贴着一张黑色面膜。

还挺享受，因为她嘴里正模糊不清地哼着歌。

除此之外，顾淮文眼睛一转，看到原本整齐有序的茶几上早就没有了它原本的模样，现在它上面的东西五花八门。

位于正中的是一张一米长的白纸，四只角压着书，白纸上有几根歪歪扭扭看不出美感的线条。白纸之外则是一堆乱七八糟的零食包装，薯片他可以勉强忍受，那一包味道浓烈的辣条他是真的接受不了。

辣条会漏油的好吗！

他那茶几边上的花纹是他九岁时雕的，那时候他对切、铲、削等基本雕刻手法还不熟练，正因如此，这张茶几才更珍贵。

结果这个女的居然在上面放开了封的辣条？

"夏晚淋——"顾淮文正要说话，被叫到名字的人突然大叫一声。

"啊！我知道了！"

"什么？"顾淮文被一惊一乍的夏晚淋吓得一愣，忘了自己要说什

么,凭本能接了一句。

"淮文哥哥,"突然笑眯眯的夏晚淋把腿放下来,面膜也起下来,随手扔在茶几上,顶着一脸闪闪发光的精华液,诚恳地看着顾淮文,"你帮我画一点东西好不好?"

顾淮文没听见夏晚淋在说什么,他眼睛直直地看着那一团黑色的黏糊糊的面膜,就那么被她随手丢在茶几上。

这个屋子里只增加了一个人而已啊。

他离开家去吃饭的时候,明明家里还挺整洁。

就这么一会儿时间,夏晚淋一个人是怎么做到让房子看起来跟被打劫了一样的?

"你听到我说什么了吗,淮文哥哥?"夏晚淋问顾淮文。

"给你十分钟,把这里恢复成原样。"顾淮文丢下这句话,转身走了。

因为有求于顾淮文,夏晚淋这次十分听指挥,把乱七八糟的桌面收拾完,她饿了。

由此,她得出结论,垃圾食品还是该多吃,因为不管饱。

这才刚动了一下,肚子空空荡荡得跟山谷里刮大风一样。

果然还是主食扛饿。

急需主食的夏晚淋溜达进了厨房,发现顾淮文已经新买了一个电饭锅,顺带炒菜锅、烤箱、抽油烟机啥的也都配备齐全了,大大的厨房这才有了它本来的味道。

挺不错的嘛。刚感慨完,夏晚淋就发现灰白大理石灶台上放着一盒打包回来的外卖。

顾淮文……这是怕她一个人在家里饿了，所以尽管自己出去吃饭，但还是带了一份回来给她？

这还算是个人。

夏晚淋抱着手，努力摆平上扬的嘴角，但笑意从嘴角滑下去又升到了眼睛里。她笑得像眼睛里盛了夏天傍晚路灯旁的冰雪碧，亮闪闪的，甜丝丝的。

算了，人家都带回来了，哪儿有不吃的道理？

反正顾淮文已经上楼了看不见。

夏晚淋"嗷"一声扑过去，把外卖倒出来放进碗里，然后熟练地把它搁进微波炉，定时完毕，点击开始。

"嗡嗡嗡"，微波炉里发生着一些化学反应或者别的。

总之，夏晚淋就乖乖地趴在微波炉前看着镶金边的灰青碗在里面匀速转着圈儿。

下来接水的顾淮文见夏晚淋离微波炉那么近，伸手把夏晚淋拉起来，拎着领子往后拖了一米。

"微波炉有辐射，挨那么近干什么。"

"你专门给我带的？"夏晚淋笑得眼睛弯弯，抿抿嘴，问道。

"什么？"

"没什么。"夏晚淋一脸"我懂"地点点头，十分有大将风范地拍了拍顾淮文的肩。一切尽在不言中。

"什么东西？"顾淮文一脸莫名其妙，"哦，对了，我还没问呢，你在微波炉里放的什么啊？我记得冰箱里没有剩菜啊。"

"你带回来的外卖啊。不是给我的吗？"夏晚淋也一脸莫名其妙。

"不是啊，那是给奥蕾莎的。"

"奥蕾莎能吃人类的食物？那你给它买那么多猫粮干什么！"

"闲着没事儿给它换换口味。"顾淮文说得轻描淡写，小指却不由自主弯了一下。

"下辈子想做你的猫。"

"别了别了，"顾淮文连连摆手，一副生怕被赖上的表情，"再说，奥蕾莎是意外，我本来没打算养宠物。"

"我听着像是有背后的故事的意思？"夏晚淋把热好的饭端出来，无视顾淮文说的这是给奥蕾莎带的这种丧尽天良的话。

她从消毒柜里抽出两双筷子，递给顾淮文一双："我可喜欢在吃饭的时候，坐在高高的椅子上听妈妈讲过去的故事了。"

"你怎么不唱歌呢？"顾淮文说。

"不要转移话题。"夏晚淋一本正经道。

"它就是一只流浪猫，喂了一次，后来就老来，干脆就养着了。"顾淮文说。

"你这背后的故事平淡无奇得让我味同嚼蜡。"

"会不会好好说话？"顾淮文象征性地夹了两筷子，然后就放下，拍了下夏晚淋的头，"吃完记得把碗洗了。"

等顾淮文走远了，夏晚淋慢悠悠地扬起笑脸，喃喃自语："还说不是给我带的。死要面子。啧。"

过了一会儿又反应过来，顾淮文只吃两口就别浪费筷子了好不好？她洗着很累的！

尽管顾淮文直截了当地拒绝了夏晚淋的请求——帮她画板报，但那不重要，重要的是结果。

结果就是顾淮文现在立在书桌前，挥毫泼墨，畅快而优美地给夏晚淋画着板报。

顾淮文，八岁就熟练掌握所有常规雕刻手法，十岁时雕的树根就拍卖出二十九万人民币，十五岁就敢拿着货真价实的沉香——当时好多雕刻老人都还犹豫着不敢接手沉香——进行雕刻；雕刻圈里公认的百年一遇的先天有优势、后天肯努力的不可多得的好苗子；年纪轻轻就已经名利双收，更可贵的是为人清静孤高，即使声名大噪，但从来低调有余，非重要场合从不公开露面，一点没有现在后辈们急功近利的浮躁模样。

多少即使比他年长的前辈都在心底默默敬佩着他；多少立志在雕刻圈混出名堂的年轻人把他当作人生目标；多少名家后代靠着跟顾家的关系想要内部打通，提前报名做他的弟子……

然而，这个早就被外界传为传奇的人，现在正立在书桌前，为一个叫夏晚淋的人，画着关于教师节的板报。

实在是夏晚淋太狡猾，顾淮文想。

她可怜兮兮地抱着个跟她身子一样大的花瓶过来，说是她第一次手工做的，是她用来赔罪的礼物。

失败了好多，总算这个还拿得出手。虽然比不上他初恋送的，但也是她的诚意之作……

在夏晚淋之前，顾淮文向来都觉得自己讨厌麻烦。

而你知道，一旦一个人开始讨厌麻烦，那也就意味着他开始冷淡、

孤僻。

冷淡了二十七年，也孤僻了二十七年的顾淮文，头一次发现，他对可怜兮兮的夏晚淋没办法，即使知道夏晚淋的可怜劲儿更有可能是装的。

那个花瓶真的很普通，完全不能跟余嫣送的比。但想到是夏晚淋自己苦哈哈亲手做的，他就觉得心底有一阵带着车厘子香味的风吹过，说不出的畅意愉悦。

康德说，美是让人心情愉悦的。

顾淮文又看了一会儿那个花瓶，觉得其实还挺好看的。

深夜三点，顾淮文把板报画完了，字也写完了。

他叼着烟对着清莹的月光和如豆夜灯大致扫了一眼成品。

嗯，他点点头，便宜师大了，这可是他近些年第一幅正儿八经画的东西。

本该收拾收拾去睡觉的顾淮文，拿着水杯却转了个弯去客厅。

黑暗中的花瓶看着像一团耸高的山影。

那么小的一个人，做出的东西怎么可以这么……魁梧啊？

顾淮文哑然失笑，放下水杯，调整了下大花瓶的位置，左右看了看，又调整一下。

上一次，他对一件东西这么爱不释手，是越南王子送给他的一块完好且难得规整的长方形沉香。

男人，就是只能审美，
不能期待实际味道的大猪蹄子。

CHENGRENBA
NIYE
XIHUANWO

　　"昨晚我做了个梦。"夏晚淋一起床就跟顾淮文说道。

　　"梦里告诉你，苦涩才是人生本味，人类之所以为人类，就是可以
在苦涩中挖掘一点甜头。因此聪明伶俐的你决定今天就收拾东西，还是
回学校住，体验学校集体生活。尽管拥挤嘈杂，但你在三十岁回想起来
的时候却觉得十分有一起青春一起癫的感觉。"

　　顾淮文还没睡，昨晚他不知道哪根筋搭错了，明明三点就画完了
板报，就这么看了一会儿夏晚淋送的花瓶，回过神来已经到现在了。

　　就那么个丑兮兮的花瓶，居然让他看了那么久，以至于忘了时间。

　　这个已经发生了的事实让顾淮文十分不爽，不爽来自于不知道该
跟谁不爽。

因此夏晚淋刚说了一句话，他就像一把愤怒的机关枪似的突突了回去。

"我真的觉得你对我意见很大，我住在这里真的承受了很大的压力。"夏晚淋被顾淮文说得哽了两秒，然后才找回声音，控诉道，"我怀疑我昨晚之所以做那么个梦，就是因为你整天不让我放松。一个正当最好年纪的美少女每天这么战战兢兢，你真的可以反省一下。"

顾淮文不理她，打着哈欠上楼："我睡觉了，门边柜子上的盒子里有钱，你自己去买点儿吃的，走的时候声音小点儿。"

"你对我的梦境就没有一丝一毫的兴趣吗？也许十分精彩呢？毕竟我是与众不同的小机灵鬼，梦肯定也不寻常……"

顾淮文正在上楼的脚差点儿崴了。

爱因斯坦做证，顾淮文真的以为，自己已经习惯了夏晚淋随时随地地自恋。

"我知道你对自我认知不够准确，但我没想到已经偏差到了这个程度。"

夏晚淋挺不好意思地挠挠头："还好还好，也没到偏差的地步，只是说出了人们对我的看法而已。"

顾淮文叹一声气，懒洋洋地靠着楼梯扶手："来吧，说一说您到底做了什么梦。"

"我梦见自己在一片米白色的沙漠里，也不是沙漠，时不时还有个小水塘或者几根草啥的。好像还有一只蜘蛛在爬，也不知道它在哪儿搭的网，因为那个地方空空荡荡的，大得无边无际，一眼望过去就像望着人的未来……"

听到这里，顾淮文挑了挑眉。

像是在周二的早上，以为一定会是数学课，但进来的是温文尔雅的语文老师，笑眯眯地告诉大家这节课上自习，大家想干吗干吗。

他看着夏晚淋的眼睛里多了一份认真，人也没再随意地靠着，而是慢慢地站直，发自肺腑地期待着夏晚淋接下来会说什么。

"没有别的任何人存在，只有我自己。天上一会儿下雨，一会儿晴天，但更多的时候是在刮着风。没有人注意到我，也没有人在意我，更没有人试图和我发生羁绊。我一无所有地待着，漫无目的地前进着。不知道再往前走会遇到什么，也不知道停下来会发生什么，往回看却已经看不到来时的路……怎么说呢，就像待在一个真空下的荒原。"

顾淮文小指和无名指摩挲了两下，在刚才之前，他以为夏晚淋只是稍微长得灵气秀巧的女生，自恋肤浅。

没想到她的精神世界还挺有深意的嘛。

就刚才那段话，直接记下来都可以算得上是一篇后现代存在主义散文了。

"挺达达主义。"顾淮文抱着手，评价道。

"什么主义？"

"达达主义。"

"有这么可爱的主义吗，你编出来骗我的吧？"夏晚淋撇嘴，"我跟你说正经的呢，我觉得这个梦十分玄乎，可能上帝老儿是要告诉我一点什么，我得再琢磨琢磨。"

刚觉得夏晚淋有点深度的顾淮文，恨不得把自己脑髓挖出来重新搅拌排列再按回去，他是犯了什么毛病，才会有那么荒谬的想法。

夏晚淋？深度？

"上帝老儿可能是要告诉你，再不出门就赶不上早操了。"

"哎哟，我去！"

夏晚淋乒乒乓乓地拽起书包，大叫着往玄关冲。

本来应该上楼睡觉的顾淮文，这时候却稳稳地站在楼梯上，在高处看着夏晚淋慌慌张张地四处窜着拿东西，眼睛里是他自己都没意识到的柔情。

如果雷邪在场，他一定会惊讶到下巴都合不拢。毕竟他那踮得跟麻花似的大徒弟，除了面对珍贵的沉香时一片柔情，对着人，什么时候这么宠溺地看着过？

所以当夏晚淋鬼使神差地突然在临出门前的一脚回头时，看见的不是顾淮文的背影，而是他的正面，而且还是正注视着她的正面时，她吓得当场咳了起来。

下一秒就是温暖。

心里像在冬天寒冷的时候，被一条温热的浅浅溪水流经，酥酥麻麻带起三月闪电，是人间芳菲提前盛开了。

"我去上学啦！"夏晚淋说。

"拜拜。"顾淮文笑着说。

夏晚淋因为顾淮文那句笑着说的"拜拜"，傻兮兮笑了一整天。

"怎么了？"

是于婷婷。

俩人开学时好歹沟通过两句，后来上课提问对她又有"救命之恩"，于是夏晚淋在学校里顺理成章地和于婷婷走得很近，平时吃饭、上课、上厕所都一起。

夏晚淋笑得见牙不见眼："今天是个好日子。"

作为好日子的今天，并没有好到底。

晚上七点五十六分，大一的学生，当然也包括夏晚淋在内，还在上晚自习的时候，地震了。

当时刚下过雨，青蛙伴随着沉甸甸的夜空一起降临。

大家惊惶下楼后，围聚在人文楼前。

左耳是紧迫逼人的蛙叫声，右耳是同学们忐忑又隐隐带着兴奋的感叹。

于婷婷劫后余生般对夏晚淋说道："这还是我第一次真实经历传说中的自然灾害。"

夏晚淋深有同感："这还是我第一次知道秋天也有青蛙，还挺多的呢。"

人文楼前是几块草坪，外圈围着一圈四季不凋零的针尖松树，夏晚淋估计青蛙就是在那里安居乐业的。

"青蛙？"于婷婷一脸不可思议地看着夏晚淋，觉得她脑回路跟正常人不一样。

"这地震不算什么，"夏晚淋觉得再不解释，于婷婷可能会以为她是反人类的变态精神病，"我四川的，地震对我们来说，就跟吃饱了会打嗝一样习以为常。就没什么好害怕的。"

但这群没有生活在板块交界处的北方人，第一次直面地震，尽管震感并不强，但依旧重视。

书记、辅导员来不及往学校赶，汤松年作为负责这一届大一新生的

直系学长，先到了人文楼前安抚他们的情绪。

"大家静一静……"

像救世主一样降临在大家面前的汤松年自然赢得一众小学妹的青睐，不一会儿，他身边就围满了叽叽喳喳的女生，更有甚者已经默默掉起了眼泪，楚楚可怜。

夏晚淋和于婷婷站在外围。于婷婷还没怎么样，夏晚淋自己先乐了："你说这一刻的汤松年是嫌这群人麻烦，还是暗自享受这种麻烦？"

还没得到于婷婷的答案，那个正处于麻烦中心的人看到她了。

被众星捧月的汤松年无视周围百花齐放的女孩，说完安抚的话，径直朝夏晚淋所在的方向走来。

他一步一步地走近，夏晚淋瞳孔一圈一圈地张大，步子不自觉地往后退。

实在退无可退的时候，汤松年早就来到了她面前，深情款款地低头望着一脸惊恐的夏晚淋，声音里像开满了一千朵甜蜜的蔷薇："没事儿吧，有没有被吓着？"

"没有没有，一点都没有。"夏晚淋摆着手，一脸唯恐避之不及地否认。

上帝老儿怎么喜怒无常的呢？早上还赐给她温柔的顾淮文，晚上就翻脸不认人，让她莫名其妙成了众矢之的。

汤松年背后那个长卷发、妆容精致的女生是谁？

夏晚淋觉得自己已经被她眼神里放出的箭给射成了一个形状姣好的筛子，太阳照过来都能在地面上形成椭圆的光斑。

"真的吗？在我面前，不需要逞强的。"汤松年嘴角挂着淡淡的微笑，继续柔情款款。

你是谁？

"真没有。"夏晚淋四下瞟了几眼，觉得再这么下去不行，手无意识地捏着裤缝，急中生智道，"现在也快到晚自习下课了，那个，学长，我可以回去了吗？"

"你住哪个寝室，我送你。"汤松年眼睛一眨不眨地盯着夏晚淋。

"我不住校。"夏晚淋手背在身后，横着一步一步挪走，"那个啥，我先走了哈……回去的路还挺远呢……哈哈……"

"挺远啊？"汤松年皱着眉，拉住已经逃窜了半米的夏晚淋，一脸不认同地说道，"这么晚了，我送你吧。"

我送你个头啊。

夏晚淋苦着脸，把自己的手往外拽："真不用，我……我……啊，我有人来接，没事儿，你放心吧！还有千千万万的人等着你去安抚呢，快去发光发热吧！我这儿光线充足，温暖明亮的。资源得平均分配是吧！"

汤松年挺意外地看了夏晚淋一眼，她是他成长路上遇到的第一个对他是真没有别的想法的女生。

汤松年挑了挑眉，收回拉着夏晚淋的手，脸上笑容不变，手却轻微地弯曲了一下："有人来接你就好。注意安全。"

鬼大爷才信有人来接她。

看着夏晚淋急匆匆走开的背影，汤松年脸上的笑容渐渐加深。

夏晚淋说那句"有人来接"只是个搪塞的借口，所以当她看到校门口真站着顾淮文的时候，确确实实吓了一跳。

更多的是惊喜。

"顾淮文！"她笑着喊道，然后张开双手，欢脱地蹦跶到他面前，准备和他来一个劫后余生的、惊天动地的拥抱。

谁能料到，都屈尊来接她的顾淮文，面对热情活泼要抱抱的夏晚淋，居然露出一脸嫌弃的表情，在她到达之前，先行移开了身子。

当代男性艺术家都这么不近女色的吗？

这样她很没面子哎。

投怀送抱就算了，还被拒绝了。

夏晚淋想生气，想愤怒，想抗议。

但是架不住她那颗三分想生气的心，先行被顾淮文感动得十分彻底。

"地震了，你担心我啊？"夏晚淋揶揄地笑，眼睛却深深地看着顾淮文。

本来他就比夏晚淋高出了两个头，听到夏晚淋说了什么，顾淮文也不搭话，就这么居高临下地看着她，半天才悠悠然从嘴里吐出四个字："该洗头了。"

"……"

真是信了他的邪。

他嘴里能吐出什么好话？

都多大人了，怎么整天还抱着不切实际的期待？

看着夏晚淋气得说不出话，想打人但又知道打不过，只好憋着的样子，顾淮文很是满足地扬起嘴角。

相比夏晚淋被感动到眼含热泪的傻样儿，他明显更喜欢夏晚淋气呼呼的憋屈样儿。

承认吧，你也喜欢我

回到家，夏晚淋突然又想起了早上的达达主义。

顾淮文家的客厅是嵌入式的，边角本来搭着楼梯，顾淮文搬进来后，第一件事就是拆掉楼梯，在那位置上放了几缸小金鱼。

现在夏晚淋就坐在小金鱼之间，晃着腿，看顾淮文走来走去给奥蕾莎准备吃的。

"达达主义到底是什么？"夏晚淋不懂就问。

"一切都是虚无。"顾淮文斜倾着猫粮，往奥蕾莎的饭盆里倒。

颗粒与颗粒碰撞，发出"哗啦啦"的声音。

那是一片太黑太深的夜空，那个叫顾淮文的男人，尽管年纪轻轻名利双收，但他蹲在这片夜空下，落寞得如同一无所有。

他说"一切都是虚无"。

宽大的落地窗映出他的影子。半蹲着的他，有着弯出好看弧度的脊背，头发是自然卷，蓬松地堆在头顶。

——这是她后来才知道的，顾淮文之所以不乐意去什么聚会或者晚宴，除了不想跟别人假客气，还有一个重要原因就是他自然卷。每次出席活动，他都得提前很久去拉直头发，往斜后方梳成二八分，或者别的发型，总之是符合成熟稳重的雕刻艺术家形象。据说这样有利于拍卖。

"你这么大人了，居然还赶时髦烫头？"

并不知道自然卷是顾淮文不能被碰的点的夏晚淋，因为这句话付出了极其惨重的代价。

譬如那一周的早饭，顾淮文都没有报销。

其实自然卷很好看啊。

夏晚淋手撑着自己的膝盖，眼睛像蒙了一层青灰色的薄纱，柔情万分地看着顾淮文。

他摸着奥蕾莎的头的手很修长，好像很儒雅的样子，其实上面全是厚厚的茧，摸起来像是摸着历经万年的石头。

她一直都知道顾淮文清俊，但这么光明正大地偷看他，好像还是头一回。

夏晚淋知道《陈情表》有多发自肺腑，夏晚淋知道《喧嚣与骚动》是来自莎士比亚的《麦克白》，夏晚淋还知道冷了要加衣服，热了要吃冰脆桃。

但夏晚淋怎么也不会知道，自己痴迷看着顾淮文的样子，完整无缺地映在了落地窗上。

夏晚淋更不会知道，顾淮文一直温柔地看着落地窗里的自己。

晚上十一点的时候，夏晚淋眨巴着眼睛，可怜巴巴地看着顾淮文。

"你这么看着我也没有用……"顾淮文有些招架不了，声音都有些虚，但还是把话说完，"原则问题。吃饭就好好在餐桌上吃完……"

"这还是我第一次真正面对地震，生命在大自然面前太渺小了……"夏晚淋说。

也不知道那个在地震后一脸不在乎地跟婷婷说自己是见过大风大浪的人是谁？

"不行，让你在这屋子里吃烧烤外卖就已经是极限了。"顾淮文抱着手，十分铁血无情。

"这还是我第一次点烧烤外卖，以前就看见小说里写这种围坐在电视机旁吃烧烤的情节……"

"小说里吃烧烤是配着电视的？"平时看的书并没有涉及小说文体的顾淮文表示怀疑。

"嗯。"夏晚淋真诚地点头，然后真诚地补充，"小说里吃烧烤还得配着啤酒。"

"夏晚淋。"顾淮文面无表情地喊她。

"当然，我怎么会喝酒呢？"夏晚淋临时把话在自己嘴里调了个圈儿，"我只是觉得吃烧烤还正襟危坐的，多对不起烧烤啊。"

顾淮文叹一声气，反省自己一开始就不该心软，答应夏晚淋往家里订外卖。

"好嘞，谢谢顾淮文哥哥！"夏晚淋一听顾淮文叹气，就知道自己胜利了。

三下五除二拎起外卖盒子，她心情十分愉悦地就蹦跶到客厅了。

左手拿着一串莲藕，右手举着遥控器换台。

"来来来，坐坐坐！感受一下年轻人的夜生活，感受一下你逝去已久的青春岁月！"热情好客的夏晚淋热情好客地招呼道。

顾淮文："……"

这小蹄子是不是有点太猖狂了？他已经老到青春都"逝去"了吗？还是"已久"的程度？

不满的顾淮文面无表情地走到夏晚淋身边，说时迟那时快，抬腿就是一脚，正中夏晚淋后背。在夏晚淋暴跳如雷之前，他冷冷地说："老子青春永驻。"

本来还觉得自己都多大了，还被人踢着玩很伤面子的夏晚淋，一听到顾淮文那句"青春永驻"，当场乐得在地上打滚。

"噗哈哈哈哈哈哈！"

"夏晚淋，你花椒面洒地上了！"

吃完烧烤，夏晚淋摸摸胀鼓鼓的肚子，十分满足地伸了个懒腰，跟吃饱了撑挺去睡午觉的皇太后似的撂下一句："我上去睡觉了。"

慵懒十足，高贵十足，欠扁十足。

顾淮文看着一桌子狼藉，还有地上七零八落的抱枕，默默劝自己：人生不如意十之八九，遇见任何人都是缘分。要珍惜，不要打人。

好不容易收拾完，最近也没有什么要急着完工的，顾淮文难得在深夜十二点以前就上楼准备睡觉。

一个清净完整的夜晚。

刚这么想着，顾淮文抬头就看见夏晚淋正扒在他房门边，鬼鬼祟祟地往里看。

他换个说法。

这是一个好玩的夜晚。

"找什么呢？"

"我去！"夏晚淋没想到顾淮文今晚不熬夜，这么早就上楼了，吓得三魂去了俩，在有来人是顾淮文这个意识之前，手已经先甩了过去。

"咚——"一声闷响，正好打在顾淮文头上。

本来要吓夏晚淋的顾淮文，万万没想到看起来那么小的人，打起人来跟手上有狼牙棒似的，虎虎生威啊。

"你下手挺重啊？"顾淮文揉着头说道。

"哈哈……"这串干瘪的笑声，来自做贼心虚、干坏事儿正好被抓个现行的夏晚淋。

"我看看你的手，"顾淮文拉过夏晚淋的手，一看，果然，"断掌。"

"断掌旺夫的。"夏晚淋说。

"也不知道哪个缺心眼儿的敢娶你？"顾淮文放开夏晚淋的手，不重不轻地拍了下夏晚淋的头，边往屋子里走去，边慢悠悠地问夏晚淋，"在我房门边望什么呢？"

"望夫。"夏晚淋脱口而出。

"……"

见过从高楼与高楼的缝隙里初升的太阳吗？

红通通的，热腾腾的。

夏晚淋的脸就是那样。

她发誓，那句"望夫"真的只是她临时顺口接的。

她真的没想到顾淮文能因为这句话，凭空绊了脚，整个人差点摔下去。

本来没什么的，因为顾淮文的剧烈反应，搞得她也羞涩起来了。

其实她只是来看看顾淮文有没有把她的板报画好，明天该交了。

怎么搞得跟……一样啊！

第二天，夏晚淋一睁眼就已经八点了，别说早操，早自习都错过了。

她得在十分钟内赶到教室，才有可能第一节课不迟到。

"啊啊啊啊啊啊啊！我的神啊！我的操行分啊！我的命啊！"

等顾淮文被吵醒，怒气冲冲地下楼时，夏晚淋已经咆哮着出门了。

他看着空空荡荡的房间，头一回觉得有点太大了，感觉上一秒夏晚淋的声音还在四处回荡着。

夏晚淋边跑边扎头发，无视路人惊异的目光，一心只有加速奔跑。

但身边好像老有辆车阴魂不散地跟着，她都这么匆忙了，就别想着拐卖她了呗。

夏晚淋横眉竖眼，气势颇足地转头看着身边的车，边跑边吼："没……没看见老子在……在赶路吗？要拐……卖人口也……挑个不着急的……人……人吧！有没有……点人贩子的常识！啊！"

只见车窗缓缓落下，是顾淮文。

他戴着墨镜，遮住半张脸，声音平平淡淡："人贩子也是不识人间疾苦才想着拐卖你。"

夏晚淋眼睛一亮，不请自来地拉开顾淮文的车门，一屁股坐下，还喘着气："早……早说呀，你开车送我，我……我还急个什么劲儿……"

"我顺路要去办点事儿，谁专门来送你？"顾淮文冷漠地嗤笑一声。

"小事小事，反正你这副驾空着也是空着，就等我这临门一坐了。"夏晚淋说道，手里动作不停，收拾自己胡乱塞了一堆的书包。

"你大早上戴什么墨镜？"夏晚淋嘴停不下来，问顾淮文。

"你以为谁都跟你一样，顶着俩眼屎示人吗？"

夏晚淋难以置信地擦了一下眼角，居然还真有……

"你不要去办事儿吗？又不是跟我似的赶时间，你都不知道洗把脸啊，还戴墨镜……"夏晚淋觉得自己被当场揭发眼角有分泌物，很失天外飞仙的形象，抿了抿嘴，不自然地没话找话。

万万没想到，一直处在对话优势的顾淮文因为这话，就跟被踩了尾巴的猫一样。

"夏晚淋，你话怎么这么多？"

夏晚淋是中午在食堂吃麻辣香锅的时候，才反应过来的——

顾淮文哪儿是去办事啊，明明就是专门送她。

这个男人到底多少岁啊？怎么能别扭成那样？

简直……

可爱死了！

一脸春风荡漾的夏晚淋没有完成整个荡漾过程，就被人为打断了。

是昨天晚上站在汤松年身后的女生。

妆容精致，长卷发。

夏晚淋对她印象深刻，是因为昨晚汤松年当众对她表示关心，招来了很多目光，那些目光往往很复杂，里面交织了很多意味，但只有面前这个人，眼睛里就是纯粹的恨和讨厌。

夏晚淋现在都还觉得自己是个被她眼神射杀的筛子。

好不容易在顾淮文那里得到一点欢喜，立马又折在这里。

"我叫王梦佳。"女生翩翩伸出手，站着居高临下地看着夏晚淋，"汤松年的女朋友。"

她就奇怪了，顾淮文也经常居高临下地看她，怎么面前这个王梦佳的居高临下，这么硌硬人呢？

"你好，"夏晚淋站起来，输人不输阵，"我叫夏晚淋。跟汤松年不熟。"

"喊！"王梦佳嗤笑一声。

夏晚淋沉默了两秒，她真的觉得刚才王梦佳的那个笑，十分有深意啊。

"能跟汤松年扯上关系,很高兴吧？"王梦佳撩了把长发。

夏晚淋这才注意到,她的眼睛上挑,加上画着上挑的眼线,活脱脱就是"风情万种"的代名词。

"为什么这么说呢？"夏晚淋耐心十足地问。

"早上你早操、早自习都没到场,但那点名册上,你的名字边上却是一个大大的钩。"王梦佳笑着说,"你刚来学校,又没有住校,能跟学生会的哪个学长学姐亲近到足以让他们包庇你？"

"所以,真相只有一个——"夏晚淋引导着王梦佳说出来。

"真相只有一个,是汤松年,本届学生会会长,亲自交代下来的。"王梦佳说完才反应过来,自己居然顺着夏晚淋的话,乖乖往下说了。

王梦佳不甘地咬了咬下嘴唇,接着说道:"我知道你们这些大一的,刚入学,脑子里全是和学长谈恋爱的情结。而汤松年刚好可以满足你们的这些幻想。但是,别忘了,他有女朋友,是我。"

"王梦佳学姐,"夏晚淋有些撑不住了,她现在觉得全食堂的人都在盯着她,包括打饭的阿姨们,"我觉得你刚才那些话,不只是对我一个人说的……所以,也没必要在众目睽睽之下,就逮着我一个人念吧……"

这很容易给不明真相的外人一种她抢人男朋友的印象的！

她虽然曾经梦想做一个混迹风月场、片叶不沾身的绝代女侠,但实在缺少上岗经验和必要的心理素质,她这个成为水性杨花的花心大萝卜的梦想,早就被扔到一边堆积灰尘了。

现在怎么看这意思,她误打误撞在不知情的情况下,将这个梦想给实现了呢？

王梦佳没说话,只留下一个意味深长的笑,然后就走了。

隔天，夏晚淋才领略到那个笑的含义。

出生以来十八年的人生，她第一次被排挤。

上课时老师抽人回答问题，抽中别人，总有人帮着递答案小抄，或者偷偷在下面千里传音，你说一我说一。

而抽中夏晚淋，全班立马寂静。

跟葬礼上念悼词一样。

教授都乐了，说原来班里管纪律的人是她啊，看着挺小，没想到威力挺大。

全班哄堂大笑，夏晚淋脸红到脖子根，恨不得找条地缝，扑腾地钻进去。

她想找于婷婷。

但是夏晚淋一看默默躲在人堆后面、假装不认识她的于婷婷……

她抿了抿嘴，轻微地叹了一声气。

算了，何必上赶着给人添麻烦？

就这样，活泼可爱招人疼的夏晚淋，从小到大有史以来第一次，在班里形单影只。

孤独的夏晚淋决定去看场电影放松放松。

临出发前，她去上了个厕所，回来时候路过于婷婷，于婷婷偷偷塞给她一个小纸团。

当年地下党交接情报，跟这隐秘情况也不分上下了吧。

夏晚淋哭笑不得，又走回厕所隔间，打开纸团一看：

她们说你抢王梦佳男朋友，还被中年富豪包养。

夏晚淋想一口苏打绿喷死那些造谣的傻缺。

　　抢王梦佳男朋友，虽然她没做过，但能传出这么个话，她勉强能理解前因后果。昨天在食堂王梦佳那番举动，确实效果太显著。

　　但被中年富豪包养？

　　她要是有那能耐让中年富豪都包养自己了，她还读个什么劲儿的书啊？

　　"我啥时候跟中年大叔谈恋爱了？"夏晚淋不满地在微信里问于婷婷。

　　对方秒回："有人看见你从一辆车牌号是 01234 的车上下来。"

　　顾淮文的车牌号原来这么牛啊？夏晚淋虽然坐了他的车，但没来得及看牌照。

　　她对顾淮文的财产和社会地位，又有了新的认识。

　　但关键是顾淮文也不是中年大叔啊？

　　顾淮文……不挺好看的小伙儿吗？

　　夏晚淋没来得及说话，那边又发来一条消息：

　　"不好意思，晚淋，我没有那么大勇气光明正大地站在你身边，支持你。但是——"

　　夏晚淋抿抿嘴，说不失望是骗两岁半还没断奶的小孩儿的。

　　她其实很难过，她真的以为于婷婷是她的朋友。

　　但是，是朋友又能怎么样呢？朋友也没有义务，在你被世界嫌弃的时候，无条件站在你身边。

　　设身处地地想一想，人家小日子过得好好的，蹚自己这浑水干吗？

　　强行代入苦情角色，指责他人不帮自己，一点也不酷。

　　酷酷的夏晚淋回道："老子行得端、坐得正，不怕她们。你就看我怎么靠天赐的智慧和美貌来镇压她们的吧。都用不着你出马，我一个人轻轻松松搞定！"

酷酷的夏晚淋，来到电影院，买了一张最近很火的喜剧片的票。在大家欢乐得像吃了欢乐豆的笑声里，她哭得跟弄丢了一千万彩票似的。

她觉得喜剧片主角也太惨了，被安排的情节总是意外迭出，多么精心的准备，都会因为突发小事而跟预期结果擦肩而过。

最可悲的是，事后的懊恼和愤怒对于观众而言，都只是笑料。

扮丑卖傻，把自己折腾成可怜的模样。明明就是在卑躬屈膝，却偏偏说服自己是乐在其中，是为了给大家带来欢乐。

这难道不就是人一辈子的缩影吗？

活着也太惨了。

这边夏晚淋在自顾自沉浸在伤感和人类命运中，那边顾淮文却意外地发现了她。

就前后排的距离。

本来是不会发现的，毕竟夏晚淋坐在他身后，正常来讲，一般人看电影是不会回头往后瞅后排坐着的人是谁的。

但架不住，夏晚淋悲伤逆流成河，一片喧哗的笑声中，她的哭声就跟杵在顾淮文耳边似的。

当时他正不耐烦。

去年顾淮文碍于面子问题，随口夸了一句表叔雕的玉元宝好看，结果表叔就热情万分地把玉元宝送给他了，也不要回礼，只说是叔侄间正常的感情沟通。

话都说到这份儿上了，顾淮文还能不明白吗？表叔要的就是他一份人情。

果然，今年，表叔就打电话来了。

是要介绍他同学的女儿给顾淮文认识。

要是平时，顾淮文就直接拒绝了，偏偏去年白收了他一份玉元宝，只能左右斡旋，打太极推托。今天实在是推不了，他只好答应了出来见一面。

早上十点，顾淮文的瞌睡都没醒透，迷迷瞪瞪地在见面地点等女方。

"她从小就比较另类，"表叔说，"不知道怎么回事儿，反正脑子里想的和普通人不一样。从小就叛逆，她爸妈也管不了，这不正好她在我客厅里见了你小时候的根雕，哭着嚷着要见你。你帮表叔一个忙，帮我劝劝她。兴许你的话她会听。"

顾淮文敷衍着"嗯嗯啊啊"几句，心里却突然想起夏晚淋不是四川的吗，怎么说是第一次经历地震？

很好，又被那鬼灵精给骗了。顾淮文微笑着想。

他做好了准备，要迎接一个比如说满头脏辫、不好好穿衣服的叛逆女孩子。

但顾淮文怎么样也不会想到，迎面向他走来的是一个大红裙子、宝蓝尖头平底鞋的女人。

一头茂密的长卷发，皮肤白，远看像涂了一整麻袋的面粉，虚浮在大红大紫的配色里，从远处看五官，只有两条黑得像发了霉的面包似的两条粗眉毛，和两片看着让人窒息的饱满有余的大红唇。更可怕的是，那条束腰红裙子，像摩西分海一样，把她身上的肥肉分成上下两个部分，像一袋被拦腰系了绳子的东北大米。

"你好，我叫周天晨。"她先开口自我介绍。

"你好，顾淮文。"

"久仰大名，今天终于见着了。"周天晨说。

顾淮文点点头当作回应，然后率先走了出去。

他想早点把这摊事儿弄完，然后回家。

夏晚淋那小东西最近不知道怎么了，娇气得很。昨天他有事出去了没在家，晚上回来一开门，就看见她一个人抱着腿，坐在空空荡荡的客厅里，问她吃饭没，她委屈巴巴地摇头。

顾淮文本来挺理所当然的，被这一摇头，心底陡然增加了几百吨的愧疚感。

感觉像又养了一只奥蕾莎似的。

他哑然失笑。

周天晨问："怎么了，怎么突然笑？"

"没什么，"顾淮文掩住嘴咳了一下，调整好神色，"家里有只猫黏人。"

"我最烦猫了。"周天晨撇嘴，"养不熟，白眼儿狼似的。"

顾淮文皱皱眉，没说话。

一起吃了午饭，然后又坐在茶楼里聊天，大多时候是顾淮文压着哈欠听周天晨说话。

她声音很粗，发某些字词的时候有些沙哑，带一点口音，喜欢把"凭什么""不公平"挂在嘴边当口语。

顾淮文听得耳朵发麻。

他眼睛看着周天晨，心里却平静地想着：不然呢？生活如果事事如

意，那还是"生活"吗？这种显而易见的事情有什么好讨论的吗？这就是她叛逆的理由吗？

有那点不满、赌气的时间，不如好好看完一本书，然后想想到底要怎么解决眼前的困境。

喝完茶，顾淮文就借口说自己还有事情先走了。

谁知道她一听，就用一种看透人间悲欢的眼神，嘲讽地笑道：

"这世上所有人都这样，以貌取人。如果今天出现在你面前的周天晨，瘦，穿衣服不突兀，五官精致，你还会像现在这样直接走掉吗？"

顾淮文："……"

这都哪儿跟哪儿啊？

"凭什么有的人生下来就应有尽有？"周天晨接着问。

顾淮文一直皱着的眉，这下皱得更深。

"没有人生下来就应有尽有。阴晴不定的造物主，唯一的公平，就是给世上所有人都设置了烦恼。"

顾淮文其实想说这句话。

他想告诉对面这个愤愤不平的周天晨：世界上没有任何一个人敢说自己得天独厚，受尽上帝偏爱。骄傲的人懂得掩饰败北，只展示春风得意而已。

打败人的从来不是恶魔或者上帝，而是人自己，不满意却又不努力。如果觉得原因是自己太胖的话，那就去减肥呗，看看会有什么改变。

但他嫌麻烦。纠正别人已经建设完整的三观太麻烦了，又不是夏晚淋，他干吗要操心？

索性放任自流。

这世界跟他的关系都不咋样，何况一个刚认识的周天晨。陪她出来耗了一天，听了她"铿锵有力"的宣言，没有打断，已经够还表叔的人情了。

等等。

顾淮文脑子里突然闪过一簇闪亮的火花——只不过一个同学的女儿，表叔能舍得白白把他这个人情花了？

顾淮文稍微动了下脑子，就想到了，周天晨，这个"周"不简单。市长也姓周。

哎，那这个周天晨那句"凭什么有的人生下来就应有尽有"是什么意思？

都是市长女儿了，就算有人比她更"应有尽有"，那也有多十倍的人比她更"一无所有"吧？为什么老是看着自己没有的？

但顾淮文没在意这个，他在意的是，一向对这些东西敬而远之的自己居然也成了表叔前进路上的垫脚石。

顾淮文冷笑一声。他不喜欢这世界，不只是因为它本来的污秽，还因为那层非要盖在污秽之上的"真情"。

真麻烦。

顾淮文脑海里闪过这三个字。

"我的错。"顾淮文无所谓地说，"走吧，去看个电影，然后我送你回家。"

于是，选了时间最短的那部喜剧。

于是，就这样和夏晚淋相逢在同一个影厅。

在他觉得自己已经要被烦透彻，都快要万事皆空的当口，能听见一个熟悉的声音，对于顾淮文而言，是多么喜从天降的事情！

哪怕是哭声呢!

夏晚淋刚感叹完着活着多苦,坐在前面的一个男生突然转过来,他还在反省是不是自己哭得太大声了,就看见光影交错间,缓缓变幻叠加出顾淮文的脸。

给夏晚淋整了个措手不及。

当代艺术家还看商业喜剧片啊?还以为他们只看八分钟蹦不出俩屁的文艺片呢。

只见顾淮文端着一张夏晚淋从未见过的温柔的笑脸——有多温柔呢?夏晚淋本来哭得上气不接下气,被这柔情款款的笑容,给吓得当场坐直,就差立正稍息敬个礼了。

"阿淋,你不要伤心。"顾淮文说。

声音温柔得可以滴出水。

夏晚淋感觉头皮像被推土机铲了一遍一样,麻得可以让头发来段霹雳舞。

"啊……啊?"感叹的间隙是,夏晚淋无助的颤音。

"阿淋,你一难过,我的天就像要塌了一样。"顾淮文一边温柔地说着话,一边温柔地递给她纸巾。

夏晚淋一脸蒙地接过纸巾,碰上顾淮文手的时候,他却重重捏了一下她的食指。

因为长时间哭泣,脑子有点缺氧转不过来的夏晚淋,这才注意到顾淮文身边还有个女的,然后才看到顾淮文眼睛里的求助目光。

你顾淮文居然也有今天!苍天有眼啊!哈哈哈!

夏晚淋心里的小人得意扬扬地叉着腰,仰天长笑,开心得不得了,哪还有半点刚才痛哭流涕的影子。

稳住，夏晚淋告诉自己。

确认了眼神后，夏晚淋刚刚被顾淮文吓停的泪水，应声而落，继续在脸上欢快地流淌着。路过眼睑和泪沟，穿过鼻翼和脸颊，正要滑落腮边，却消失了。

是顾淮文，柔情似水地抚过夏晚淋的脸，抹掉那两行盈盈清泪，眼睛里像盛着一整个太平洋的河灯。

"不要哭了。"

如果有人问夏晚淋心动的感觉是什么样的，她会无比清晰地回忆起这一秒。

心动，就是像有人往你的心脏里扎了两千九百九十九针，细细密密地窜过疼痛感；然后心脏就像被辣到了似的，剧烈地颤动；再然后，一杯半的温开水，混着青柠檬的香，缓缓地流过躁动的心房；最后，心脏当然还在跳动，但每一次的跳动，都带着湿润的清香。

周天晨看到这架势，再迷顾淮文也没有那脸再待下去，于是匆匆找了个借口走了。

如果有人问夏晚淋男人是什么，她会无比坚定地想起顾淮文的脸。

男人，就是只能审美，不能期待实际味道的大猪蹄子。

用过就扔的啊？

过完河就拆桥的啊？

刚才还温温柔柔地给自己擦眼泪呢，那个红裙子女的一走，立马恢复原状，一脸嫌弃地丢给自己一包纸巾，甩下一句"多大人了还哭这么惨"就转过身，继续看电影了？

当代艺术家都这么冷血无情的吗？

她是脑子被电了，才会对顾淮文心动吧？

还柠檬清香嘞，就是一杯水，白水，没别的了！

夏晚淋揉了揉哭红的眼睛，一脚踢到顾淮文的椅背上。

等他不耐烦地转过身来时，夏晚淋扬起一张无辜的笑脸。

"顾淮文，请我吃饭。"

第五章

五月离愁浩荡

为什么他的命中注定的另一半，
食量如此之大，胃口如此之好？

CHENGRENBA
NIYE
XIHUANWO

顾淮文做过一个梦，他在爬一座白雪皑皑的山，山上面多的是枯枝和乌鸦。在他抓着脆生生、仿佛随时会断掉的枯枝，往上攀爬的过程中，时不时就有一只乌鸦，叫声凄厉地盘旋在头顶。

大概过了几百年的样子，总之是一段特别漫长的时光，顾淮文终于爬到了山顶。

山顶什么也没有。云朵还是离得很远，原本以为会迎来的朝阳，还是遥不可及地垂在天边。

爬这座山没有任何意义。整个爬山的过程，除了他自己付出的汗水，没有得到任何可以被看见的结果。

没有任何人看到他的努力，也没有任何人惋惜他的最终结局。

顾淮文想，这大概就是天堂。

所以，当夏晚淋说起她的那个梦时，同一个无限孤寂的世界，同一个无人理睬的个体，尤其是听到她那句"一无所有地待着，漫无目的地前进着"，顾淮文耳朵里的薄膜，就像被夜里飞动的黑蛾子鼓动一样，"扑棱扑棱"地产生共鸣。

有个传说，说如果世界上有人和你做一样的梦，那么那个人就是你的命中注定的另一半。

顾淮文当然对这种凭空的传说嗤之以鼻，但就像那只喜马拉雅的猴子，因为有了这个念头，所以它总是时不时地在脑海中再现。

他看着夏晚淋，脑子总是像被某种神秘的巫术控制了一样，不受控制地想起：那是和你做一个梦的人，按照传说的话，你们俩是天生一对。

但顾淮文想问问相关负责人，不，相关负责神，为什么他的命中注定的另一半，食量如此之大，胃口如此之好？

"一份佛跳墙，嗯，再来俩韭菜盒子，还有酸菜鱼、炭烤茄子，再来个汤，要酸菜粉丝汤，然后……啊，朝鲜烤盘和蒙古鸡丁。"

"好的，那么您是在店里用餐，还是带走呢？"

"店里。"

"好的，请稍等。"

点餐全程没有发言的顾淮文，对着源源不断端上来的菜，表示目瞪口呆。

顾淮文诚心诚意地问夏晚淋："你是猪吗？"

夏晚淋也诚心诚意地回答："我是天仙。"

"天仙不是只喝露水吗？"

"仙女只喝露水，我是天仙，所以喜欢吃佛跳墙和韭菜盒子，还有酸菜鱼跟炭烤茄子。"

顾淮文："……"

也是他多嘴问一句，明知道夏晚淋的嘴除了夸她自己，也就只能报菜名。

"韭菜盒子真的是世界上最好吃的东西，只是吃完，嘴里像盛着已经放了三十天馊彻底的烂袜子一样。"夏晚淋咬了一口韭菜盒子，嚼了嚼咽下去，十分没有形象地朝自己手掌哈气，她想了半天，想出这么个比喻。

嘴里正包了一口韭菜盒子的顾淮文："……"

哪位神仙能告诉他，他是该吃还是该吐？

"闭嘴，吃饭。"最终还是忍了忍，没有浪费粮食吐出来的顾淮文，面无表情地咽下那口韭菜盒子，叫了杯白开水，就不再吃别的东西，只抱着手，看夏晚淋在另一边狼吞虎咽。

"闭嘴了还怎么吃饭？"夏晚淋嘴里包了一口饭，翻着白眼。

"啧。"顾淮文不忍直视地转开眼，同时手直接扯了张纸巾堵住夏晚淋的嘴。

上帝大概是瞎了眼，才会觉得她是他的命中注定。

果然，传说都是传着说，专门骗真会相信的人。

差一点，他就上当了，幸好夏晚淋总是身体力行，及时拉回他的动心。

感谢命运对我不离不弃。顾淮文面无表情地想。

"你是不是以为，喝杯白开水，就能冲掉嘴里的韭菜味儿？"夏晚

淋贼兮兮地笑着，"年轻人，太天真了！韭菜的味道，只有冰激凌才能打败！"

夏晚淋手攀上顾淮文的肩膀，一脸"老子的征途是星辰大海"地拍拍顾淮文瞬间僵直的肩膀。

"你的意思是再来一点儿饭后甜点呗。"像被临时抓着背书的小孩儿一样，顾淮文手无意识地紧了紧，脚也因为夏晚淋突如其来的靠近，紧张地扣着地。

"我没这么说过。"夏晚淋不好意思地笑了笑，然后做作地吐一下舌，"哎呀，但是你坚持要给我买冰激凌，我也盛情难却啦。"

"还行，你要想却，还是可以却的。"顾淮文声音平平淡淡，听不出什么波澜。

"不了，你有没有听过一句话——"

"没有，也不想听。"顾淮文说。

"冷漠的人啊。"夏晚淋并不在意顾淮文的话，"真男人，从来不在乎自己银行卡里的余额。大概是这么个意思，《神探夏洛克》里说的。"

"一部破案的剧，你记住了这句话？"顾淮文不可思议道。

"那不然我背背凶手的脸好给人剧透？"夏晚淋也不可思议道。

最终顾淮文还是给夏晚淋买了冰激凌。

是烤酸奶。

等待的过程中，夏晚淋闲着无聊，拿起顾淮文的手，要给顾淮文看手相。

"这是生命线，啧啧啧，不得了啊，我短暂而精准的看手相生涯里，你的生命线是最长的。长命百岁！祝福你，恭喜你！"

　　面对夏晚淋突如其来的恭维，顾淮文习惯性警惕道："你干吗？"

　　诚心诚意想和顾淮文沟通沟通感情，以期形成良性互动的夏晚淋，觉得自己的一片赤诚遭到了严酷的怀疑。

　　夏晚淋撇撇嘴，学着电视里没有真情实感的女主播的声调，面无表情地快速瞎编道："这是爱情线，你这爱情线上全是分叉。你知道这说明什么吗？你这一生，情路坎坷啊。然后事业线，事业不行，一辈子不温不火……"

　　顾淮文都给气笑了，从夏晚淋手里把自己的手抽出来，然后受不了地推开夏晚淋的头："你无不无聊？"

　　"你懂啥，我们这些精通数字命理学的人，一般都特别高冷。"夏晚淋一脚踩上顾淮文的鞋，然后灵活得像蚂蚱似的，把自己的脚收到凳子上，"感谢我吧，天机不可泄露，我刚才一股脑儿给你说了那么多，指不定还给自己减寿了呢。"

　　听到"减寿"两个字，顾淮文皱皱眉，没理自己黑布鞋上的那个明晃晃的脚印，只突然抓住夏晚淋的手，翻来覆去看半天，然后说："你十个手指甲上都有月牙，俩大拇指尤其明显。我师父说，你这样儿的，命里福泽深厚，凡事都可以化险为夷。"

　　"现在我俩都泄了天机，"顾淮文说，"要减寿也得一起了。"

　　夏晚淋常常在想，人一辈子能记住的事情又有多少呢？

　　大到星河苍生，小到尘埃脚趾，都只像阳光下的水滩，在脑子里留下过记忆，然后在一天一天的太阳升起又落下的堆叠中，慢慢蒸发，最后消失不见。

　　当年记得一清二楚的几大行星几大星系也好，宇宙的边际、黑洞的

尽头也好，都会逐渐湮没在千丝万缕的记忆线条中。

名为"日常生活"的东西，会消解掉一切美和崇高。

看似漫长的一生，就这样被一日三餐给消磨掉了。看似值得铭记一辈子的时刻，也会逐渐在一日三餐里，变得平凡和轻易。

这么说太丧气了。

夏晚淋不喜欢。

她决定以身试法证明这个说法太先入为主，并不适用于一切人和事。

她决定，花一辈子的时间记住顾淮文和他说的那句"现在我俩都泄了天机，要减寿也得一起了"。

她决定就算风流总被雨打风吹去，她也要做那盛放风流的舞榭歌台。

山来压不垮，海来冲不烂。

这么个深情的决心，在下一秒被下决心的本人推翻。

烤酸奶做好了，夏晚淋满心期待地拿回来，脑子里全是顾淮文吧啦吧啦的"现在我俩都……"那句话，完全没注意到，顾淮文这个杀千刀下地狱的，在她要坐下的瞬间，长腿一钩，本来应该规规矩矩迎接夏晚淋尊贵的臀部的椅子，就这么消失在夏晚淋的臀部之下。

于是，当天所有在商场四楼甜品区的人，都见证了风华正茂、甜美可爱的夏晚淋，"吧唧"坐在了地上，手里视若珍宝举着的烤酸奶，也"吧唧"全扣在了她胸上。

"顾淮文，我跟你拼了！"

"哈哈哈哈哈哈哈哈哈！"

于是当天所有在商场四楼的人，都见证了一个胸口挂着零星炒酸奶的女生，以完全不符合本人身高身形的爆发力，跟一只牟毛的金丝猴似的，叫唧唧地追着一个高大的男人打。

那男人身穿灰青布衣和棕榈沉绿的裤子，贵气风雅。即使被女生追得仓皇逃窜着，看着居然也没有突兀的感觉，只觉得真好。

"好想谈恋爱啊。"一个嘴里叼着红豆沙的，目睹了全程的女生说。

"好想跟现在这个只知道打游戏的男朋友分手啊。"一个嘴里叼着绿豆沙的，同样目睹了全程的女生说。

"红豆沙"白了"绿豆沙"一眼："你好歹有呢，就别凑热闹了呗。"

"低质量的有，不如高质量的无。""绿豆沙"惆怅地说。

"刚才的话我录下来了，""红豆沙"收起手机，"对我好点，不然我发给你男朋友。"

"我去——我们十年生死不渝的友谊呢？"

"都是幻觉。""红豆沙"十分冷静地问道。

因为胸口沾了抹茶的绿色，夏晚淋死也不出商场，说不能胸口挂着"鸟屎"走在街上供人观赏。

"谁没事儿看你的胸，又不大。"顾淮文说。

"……"

我谢谢你的安慰。

"顾淮文。"夏晚淋手紧紧握成拳头，咬牙切齿。

"好了，不逗你玩了。"顾淮文跟哄奥蕾莎似的，安抚地摸摸牟毛的夏晚淋的头，"走吧，给你买新衣服。"

本来气到昏厥，发誓一辈子不理顾淮文的夏晚淋："好嘞，谢谢顾

淮文哥哥！"

看我不宰死你。

表面上笑靥如刺芍药绚烂的夏晚淋心里恶狠狠地想。

第二天穿着价值 4999 元人民币的 T 恤的夏晚淋，刚到教室就听到一个噩耗。

古代汉语随堂考试，结果计入平时成绩分。

谁都知道古代汉语老师陈伟义陈教授是出了名的刚正不阿，别的老师可能看在师生情的份上，五十八、五十九的分数，会酌情添吧添吧凑够六十分给过。而陈老师别说五十九分，就是五十九点五分，他眼睛都不眨直接上分。而古代汉语这门学科牛 × 之处在于，仅仅凭借期末考试成绩，是不足以及格的，必须沾着平时分的光才能勉强过关。

这要是平时分拖了后腿，期末考试就是妥妥地挂。

这本身不是噩耗。毕竟随堂考试本来就不少，只要朋友可以靠，成绩怎么会不好？

噩耗的点在于，夏晚淋现在正处在被人孤立的阶段，别说有个朋友可以靠，就是自己抄都未必好。

因为指不定哪个疾恶如仇的女同学，反手就会送给她一个举报。事后不但不被人指责打小报告，反而可能会夸她做得好、做得妙，简直就是呱呱叫。

清清白白考了一整堂古代汉语考试的夏晚淋，交了一张清清白白的卷子。

换句话说，卷面上啥都没有。

拿面做比喻吧。

别的同学的卷子精彩纷呈，里面是前桌给的葱，后桌给的蒜，左右同桌匀的白菜、姜末和调料，端上去的是色香味俱全，就算少了盐巴，好歹也有酱油可以做补救。

而夏晚淋的那碗面，只有写着名字的水，和本身自带的题干，相当于面。夏晚淋做的就是呆呆地望着水和面。

那一刻，夏晚淋深深地知道了，钱不是万能的，衣服啥都是身外之物。

在随堂考试面前，这件价值4999元的T恤，还不如一张厕所垃圾桶下面的字条。

回到家，顾淮文看到的就是一个垂头丧气的夏晚淋，像是被太阳晒蔫儿的向日葵，无精打采地趴在沙发上，任由奥蕾莎在她背上跳恰恰。

"怎么了？"顾淮文犹豫半天，还是问了。

菩萨做证，他真的不是多管闲事的人。

但是……

顾淮文想了半天，找到原因了。

他还没吃晚饭，肚子有些饿，所以大脑运转也有些缓慢。因此，他才会多嘴问一句夏晚淋。嗯，是这样。

"思考人生呢。"夏晚淋翻了个身，把奥蕾莎抱在怀里，脸埋在奥蕾莎毛茸茸的肚子里。

"思考的结果是？"顾淮文走过来，坐在沙发前的地板上，眼睛看着奥蕾莎。

"人生多半不如意。"夏晚淋闷闷地叹一声气，"太……无助了，就这种感觉。"

"啊？"

"今天古代汉语随堂考，我……"夏晚淋刚想倾诉，发现自己做不到在顾淮文面前承认自己被同龄女生孤立。

她宁愿顾淮文一直认为她得天独厚，应有尽有。

那种任性的、骄纵的、人缘很好的女生，夏晚淋希望自己在顾淮文的印象里是这样。

被排挤什么的，显得她太可怜。

"反正，考得不好。"夏晚淋说。

"一次随堂考而已，又不是逼你嫁入外族和亲，从此失去人身自由，有什么大不了。"顾淮文食指和大拇指摩挲两下，然后拍拍夏晚淋的头，"饿死了，今晚给你露一手。"

夏晚淋满腔愁绪立马被她扫吧扫吧和一起扔角落里堆着了，现在她眼睛里布满了期待，腾地坐起身："你会做饭？"

"不然我这么多年是怎么活过来的？"

"之前，你厨房里明明只有个电饭锅！"

"夏晚淋，"顾淮文笑呵呵地说，"我要是你，我这辈子都不会再主动提起'电饭锅'这三个字。"

夏晚淋闭上嘴了。

她觉得大晚上的月色多好啊，老是提过去的事情干吗？

但她没那胆子说出来。于是屁颠颠地跟在顾淮文身后，看他能在厨房里干点啥。

事实证明，顾淮文确实很牛。

寻常人切土豆丝儿就土豆丝儿了，他不，他堂堂国内第一沉香雕刻师，出手必定不凡。

　　只见他手拿小刀像削苹果皮儿似的转着圈儿把土豆皮分分钟削干净，然后换上长一点的细刀，夏晚淋只看见几番动作叠影和顾淮文配合灵敏的手指跟手腕，刚在心里赞叹完，顾淮文手上的青筋真是好看，有力度得恰如其分，就赫然看见菜板上立了一只歪着头看她的小兔子。

　　"啊啊啊！"夏晚淋疯了，"太萌了！"然后她看着顾淮文，眼睛明亮干净，"送给我的吗？"

　　"嗯。"顾淮文难得没别扭，大大方方地承认了，"拿着出去玩吧。"

　　然而夏晚淋从来都不懂得珍惜顾淮文的坦诚，她最擅长得寸进尺："你是不是看我放学回家太沮丧，所以雕个小兔子安慰我？哎哟，太不好意思了，你对我怎么这么好啊？"

　　喜滋滋的夏晚淋，没有发现被说中心思的顾淮文耳朵根悄悄红了。

　　她还没反应过来，手里的兔子就被恼羞成怒的顾淮文抓走，以比泥鳅钻洞还快的速度，欻地把兔子扔进正滚着沸水的锅里。

　　"……"

　　"……"

　　夏晚淋看着空空如也的手掌心，嘴巴合了又张，张了又合，半天没挤出一句话。

　　"您是不是有病？"

　　夏晚淋气得不知道该说什么，然后手不管不顾地就往锅的方向伸去，是打算徒手把兔子从沸水里捞起来。

　　"你疯了？"顾淮文反应迅速地抓住夏晚淋的手。

　　"疯子打人是不是不犯法？"夏晚淋手在顾淮文手里转了个向，"那我跟你拼了！"

先天就有身高优势的顾淮文，笑着躲着夏晚淋没章法的乱打。

"好了好了，我错了。"顾淮文一只手抓住夏晚淋的两个小拳头，"我下面真的要炒土豆丝儿了，一下锅，立马就会噗噗作响，你躲远点儿听吧。"

还在耿耿于怀她的小兔子的夏晚淋并不买账："什么菜放下去都会噗噗作响，你当我傻蛋啊？"

"大傻蛋。"顾淮文哈哈大笑。

夏晚淋："……"

忍住。

她是随便动手打人的人吗？不是，她是优雅精致的女孩。

夏晚淋还没做完心理建设，就看见顾淮文已经把土豆丝切好，然后下锅了。

然而现场并没有"噗噗"的声音，相反，现场一片寂静，夏晚淋都能听见自己心脏跳动，窗外凤仙花开的声音。

"……"

漫长的沉默后，夏晚淋："噗哈哈哈哈哈哈！我是聋了吗？哈哈哈哈哈哈！你的噗噗声儿呢？哈哈哈哈哈哈！"

"闭嘴！"

尽管做饭过程十分曲折，但好在最后还是吃上了热腾腾的一顿饭。

夏晚淋三下五除二解决完饭菜，正摸着肚子怅寥廓呢，就看见顾淮文又端了一盘土豆泥出来。

夏晚淋有种不好的预感。

夏晚淋真的有种不好的预感。

"这是什么？"夏晚淋问。

"兔子。"顾淮文嘴里蹦出了俩字儿。

夏晚淋深呼吸一口气："你要是敢吃这盘土豆泥，我就敢砸你放在卧室的嫦娥雕像。"

她早就注意到了，那个嫦娥雕像，顾淮文宝贝得不得了。他卧室里空空荡荡，除了床和随意扔在地上、墙角的书，就只剩下那个半米高的嫦娥。

"谁说我吃了？"顾淮文说，"我给奥蕾莎做的。"

奥蕾莎本来在窗台上睡得好好的，夏晚淋突然冲出来抱着它就跑。等奥蕾莎回过神来，它已经出了家门。

"走，咱们散散步。"

"喵？"

谁要和愚蠢的人类散步？被其他猫看见了怎么办？猫不要面子的吗？

那边房间里的顾淮文，却拿起手机，打开通讯录，翻了翻找到了师大陈教授的电话。

只响了两声，对方就接了。

"哎哟，淮文？怎么想着给我打电话啊？"

"陈伯伯晚上好，这一届新入学的汉语言文学专业，您是不是带他们的古代汉语？"顾淮文说不来客套话，干脆直接开门见山。

"对对，怎么了？"

"有个学生叫夏晚淋，是我……表妹。嗯，她今天发烧不舒服，我说让她不去上课，偏要去，结果正巧碰上您随堂考。她昏昏沉沉的，也

不知道写了什么，现在回来又是咳嗽又是发烧，又是哭的，哭自己没考好。”

听到这儿，陈教授还有什么不明白，在电话那头无奈又慈祥地笑了笑："难得你顾淮文也有开口帮人找借口的一天，本来卷子是我研究生批，这下我倒还真想看看这个我都没听说过的表妹——夏晚淋，写什么了？"

那个表妹后隔了太长的时间，顾淮文抿抿唇，懊恼自己怎么忘了，陈伯伯是看着自己长大的，还能不知道他的底细吗？

但反正都把话撂出去了，顾淮文只能硬着头皮继续编。

"您亲自去看就不用了。"顾淮文说，"陈伯伯，她几斤几两我还是知道的，我怕您看了之后，怀疑自己的教学水平。"

文学院"四大名补"之一，人人惧怕的陈教授，居然有朝一日被人拿来讨论教学水平："臭小子，你陈伯伯在学校里教多久的书了！"

"是是，"顾淮文说，"这不就是我最近雕了块翡翠嘛，想来想去，只有您能配上它。哪天我来拜访您，顺道儿给您捎上？"

早就想要一块顾淮文亲手雕的东西的陈教授："不用不用，明天我自己来取。那个，你表妹的卷子，我看她生病答题对她也不公平，明天我一路带过来，让她在头脑清醒的情况下再答一遍。"

"谢谢陈伯伯。"顾淮文走到窗子边，看见夏晚淋正遛着奥蕾莎，眼底浮出一抹他自己都没察觉的温柔，"怎么能让您亲自送过来，明早我来取，您记得给我开门就成。"

"好。"

隔天上午没课，顾淮文把卷子取回来后就丢给了夏晚淋。

"重新写一份儿吧，丢人。"

顾淮文都不忍心回想，刚从陈教授手里接回卷子时，看到那一片一片触目惊心的空白时，那一度尴尬到窒息的场面。

他长这么大，第一次在长辈面前抬不起头，不敢看长辈的眼睛。

"哥！大哥！你太牛了吧！"这句赞赏来自欣喜若狂的夏晚淋。

顾淮文嫌弃地瞟了夏晚淋一眼，然后打了个哈欠上楼："困死了，今早上六点才睡。不许吵，安安静静地写。"

话是这么说，但背对着夏晚淋上楼的顾淮文，虽然眼底有掩不住的疲倦，嘴角却是微微翘着的。像雨过天晴后，闪烁着透明水珠的西番莲花瓣。

夏晚淋补完卷子，本来应该直接去上课的她，却转了个弯，轻手轻脚上了楼。

顾淮文的房间门外有张门帘。最近秋老虎，天气闷热，顾淮文睡觉不关门，直接拉上门帘完事儿。

门帘是米白和军墨绿二分拼接的样子，上面的白色部分绣着半个手指长的桉树。

夏晚淋偷偷掀开门帘的一角，看见顾淮文正在睡觉，在空中跷着二郎腿，双手枕在脑后。

屋内凉快昏沉，十分适合睡觉。遮光帘没完全拉好，漏了两三缕阳光歪歪斜斜地跨过桌椅，延伸到床上，扫过顾淮文蜷曲的头发上。一片毛茸茸的光。

夏晚淋放下门帘，捂着狂跳的心脏慢慢地滑坐到地上。

下午上完课已经五点半，夏晚淋干脆在食堂解决晚餐。

点了一份照烧鸡排和番茄鸡蛋汤，她吃了两口又觉得腻，突然很想念家里顾淮文冻在冰箱里的黄瓜、枣子和芦柑。

草草吃了几口，实在没胃口，夏晚淋端着餐盘去回收处，途中遇到了汤松年。

"嘿，小学妹，"汤松年笑呵呵地跟夏晚淋打招呼，"难得见你在食堂吃饭啊。"

"哈哈，还行。"夏晚淋尴尬地干笑着。

不知道是不是她的错觉，她真的觉得刚刚那一瞬间，整个食堂都静了一秒，然后才又断断续续地开始有了说话的声音。

"还没谢谢你上次给我纸巾呢，待会儿我请你吃饭吧？"

"我不是刚吃完吗？"夏晚淋挠了挠头。

"你这才吃多少啊？食堂里的照烧鸡排特难吃，不知道怎么做的。但是你别看，其实二楼角落那家盖饭的干炸花生米巨好吃，看着那家店其貌不扬的。"

"嗯，我知道。"夏晚淋把盘子递给阿姨，一边应答，一边想着怎么脱身，"每次都看见那家人可多了，虽然想试试啥味道，但架不住懒得排队等，而且时不时还有插队的，看着心烦。干脆找个人少的，吃了得了。"

"懒死你得了。"汤松年突然伸手刮了一下夏晚淋的鼻子，"明天我帮你带一份盖饭，不好吃我名字倒着写。"

夏晚淋皱皱鼻子，压下心里喷涌而出的怪异感："不了，我明天好像没课，应该不会来学校。"

"明天你们宣传部要开会。"汤松年笑着说道。

"我怎么不知道？"

"因为刚刚我才决定的。"

"……"

前脚夏晚淋和汤松年才分开，后脚王梦佳就赶到了现场。

夏晚淋都乐了，她是造的什么孽，闯进了这么个复杂难缠的情侣关系中。

"停——"没等王梦佳开口，夏晚淋先伸手比了个暂停手势，"我事先声明，我什么都没做，只是来吃个饭，顺道遇见了汤松年而已。"

"心里没鬼在这儿事先声明个什么劲儿？"王梦佳说。

"……"我去！

夏晚淋被噎得差点儿没把刚吃进去的照烧鸡排再吐出来："反正你都这么认为了，说啥都没用。爱咋咋的吧。"

放狠话放得溜的夏晚淋，没想到刚出食堂，路过寝室楼，劈头盖脸倒下来一盆冷水。

这么疾恶如仇啊？

我是不是还得谢谢她们没倒热水？

这几百年都过去了，整人还是这一招？

我替傣族谢谢她们啊，每年孜孜不倦地替他们弘扬民族传统节日的。

夏晚淋气冲冲地回到家，本来想重重地摔一下门，但想到顾淮文可能还在睡觉，于是已经摔了一半的门又被她拦下，轻轻地关上。

她坐在玄关换鞋，换着换着，憋了一路的泪水，还是噼里啪啦掉了下来。

不被人接受，不被人喜欢，被孤立在群体之外，成为大家共同讨伐的对象，原来真的挺伤心的。

嘴里说着不为别人而活，别人喜欢自己，还是讨厌自己，关自己屁事儿。

但是说得倒轻巧，嘴一张就完事儿了。真正做起来，可真难。

奥蕾莎脚踩着厚厚的肉垫，悄无声息地靠过来。夏晚淋抱起奥蕾莎，又像昨天一样，把脸埋进奥蕾莎软绵绵的肚子。

顾淮文下楼看见的就是头发湿漉漉，衣服也湿漉漉的夏晚淋抱着奥蕾莎的样子。

外面下雨了？

顾淮文偏头往窗外看。

一片火红夕阳正好，像打翻了的橙汁，混着浓郁的番茄汁，层层递进，染红半边天空。

顾淮文食指和大拇指摩挲了两下，不动声色地下楼，故意发出声响，给夏晚淋准备时间。

等他到客厅沙发时，夏晚淋已经恢复了正常脸色，除了鼻头、眼角还有些红。

"不小心站到洒水车边上了，给我浇得透心凉、心飞扬。"夏晚淋匆匆地往自己卧室走，"我去换衣服。"

顾淮文看了夏晚淋的背影一眼，弯下腰抱起奥蕾莎，伸出手逗它。奥蕾莎估计是饿了，抱着顾淮文的手指舔。

顾淮文点点奥蕾莎的鼻子："刚才有没有人跟你说话啊？"

"喵——"

"她是为什么而哭啊？"

"喵——"

"你怎么不会说人话呢？"

"喵？"

"算了。"顾淮文抱着奥蕾莎站起来，踱步到窗边。

窗外火红的晚霞，映着一盏一盏伸到天边的路灯。

再过几分钟，就是七点，路灯就会全部打开。

"夏晚淋。"

顾淮文叫住她，见她转过头来了，招招手，示意夏晚淋过来。

"怎么了？"

"别说话。"顾淮文看着手表，"五，四，三，二，一——"

就像一片幽深的森林，随着巫师的咒语倒数之后，一盏一盏会发光的花朵盛开，在冰冷黑暗的土地上，瞬间绽放千朵怒放的海棠。乌云被击退好几百公里，闪电前来祝贺，噼啦划破万里冰河。

随着城市里万盏路灯的瞬间亮起，夏晚淋阴郁的心也像被瞬间点亮。

她想，又能怎么样呢？在这片宏大而广阔的天空下，再坏又能怎么样呢，大不了不去上课了。

"顾淮文，"夏晚淋看着远处的灯火丛生，一脸任重道远，"我想学雕刻，你教我吧。"

手指在裤缝处点了点，顾淮文只当夏晚淋在放屁。

虽然说着很残忍，但有时候真的一眼就能从面相里看出个人的大

概。适合做什么，不适合做什么，其实一眼就能看明白。干他们这一行的，从一开始想拜师学艺，首先得让师父看一眼，没有天分的，不管给多少钱，都不会收。

他师父雷祁说："咱们也不缺钱，没必要为了一点钱，耽搁人孩子一生。没天分的，这几年学雕瓜果木头的时间，不如撒开欢儿去玩呢，指不定还给未来埋下些种子。"

顾淮文看得明白，夏晚淋哪儿是想学雕刻啊，她是不想上学。

"行啊。"顾淮文说。

反正他工作室里也缺一个跑腿的。

事实证明，夏晚淋也确实如顾淮文所料是在放屁。

当得知学雕刻的，手都会变粗后，她毅然决然放弃了这个刚刚萌芽的梦想。

"手是女人的第二张脸。我第一张脸沉鱼落雁，第二张脸怎么能拖后腿？"

"闭嘴吧你。"顾淮文说。

周五的时候，顾淮文要去云南拿一块越南产的红土沉香。

前脚刚说要放弃成为沉香雕刻家的夏晚淋，想到自己得一个人待在这里，家里没人，学校里又被排挤，于是她又毅然决然拾起了这个梦想。

"顾淮文，我决定还是跟着你干吧。毕竟我第一张脸已经这么好看了，就算第二张脸糙了点儿，也是为其他庸俗大众着想。不然我啥啥都完美，对别人多不公平。"

他前辈子是犯了多大的罪，才会有幸听到这么恬不知耻的话。

顾淮文："随便你。"

"那我跟你一起去云南！"

"随便你。"顾淮文突然有些感激那些欺负夏晚淋的人了。换作之前，夏晚淋什么时候这么黏过他？每天只知道关在房间里玩游戏，吃饭了才有人影。

别问他怎么知道夏晚淋是在学校里受委屈了。

人类进化几千年，整人的法子就那几个。还不小心站在洒水车边上了，她怎么不说热了，所以跳河游了会儿泳呢？

傻瓜。

如果夏晚淋知道顾淮文怎么想的，她一定大喊冤枉。

什么叫她每天只知道把自己关在屋里游戏啊，她也很想和顾淮文沟通感情，这不是顾淮文整天嫌她一出现就有麻烦吗？

飞去云南得坐五个小时飞机。

顾淮文说去书店买点儿书在飞机上看。夏晚淋像只小跟屁虫似的，寸步不离地跟着顾淮文一起去了。

顾淮文在书店二楼人文哲学区，而夏晚淋蹲在一楼东边漫画区看《阿衰》。周围全是半大点的小屁孩，本来夏晚淋看得津津有味的，中途抬头看见自己身边怎么全是小孩儿。她蹲在中间，像是去了小人国的格列佛，行动笨拙，如同一座从天而降的五指山，庞然大物。

晃到顾淮文身边，她抻长脖子看他在翻什么，《作为意志和表象的世界》《查拉图斯特拉如是说》《资本论》《论人类不平等的根源》……

这都是啥啊……

夏晚淋觉得自己念完那一串书名,舌头都抽筋了。

算了算了,文化人,了不起。

夏晚淋挑挑眉,背着手,继续晃,一片花花绿绿的封面,吸引了她的注意力。

哎嘿嘿,原来她的精神花园在这儿啊!

半个小时后,顾淮文打电话叫夏晚淋拿着书结账。

然后,他就看见,她乐呵呵地捧着一堆书出现了。

《深情小王爷和他的娇蛮小王妃》《贵妃哪里逃》《和霸道总裁的不平等契约》《百万新娘奇遇记》……

顾淮文:"……"

"先生?"大概是顾淮文的表情太凝重,书店柜员憋着笑叫他,"要一起付吗?"

"不了。"

顾淮文转过头,面无表情地看着夏晚淋:"把这些书,从哪儿拿的,还哪儿去。"

"凭什么?"

"我不允许我的购物单子里出现这些书名。"

"你这是歧视!"夏晚淋一蹦三尺高,"不公平!"

"只要决定是对的,谁管公不公平?"顾淮文无视夏晚淋的抗议,指着柜员身后一本单放的单词书,"那是什么?"

"上一个顾客拿重复了的书,《四级单词乱序版》。"

"行,就那个。"顾淮文点点头,然后扫码付账。

　　夏晚淋一边往书店外走，一边不敢置信地翻着手里那本绿油油的《四级单词乱序版》，眼睛瞪得像铜铃："你居然给我买了本单词书？"

　　"反正你 12 月也要考英语四级了。"

　　夏晚淋还是不能接受："那么多书，我选了那么多书，你一本没买，结果自作主张给我买了本单词书？"

　　"夏晚淋，"顾淮文止住脚步，垂下眼睛居高临下地看着她，"你看那些书，只能说明你的精神世界是一片荒漠。"

　　"你管我荒不荒漠，我乐意，你……你管得着吗？"夏晚淋被说得红了脸，但还是死鸭子嘴硬，不肯认输。

　　顾淮文没说话了，只"啧"了一声。

　　夏晚淋瞬间就跟屁股上的引线被点燃似的："我跟你拼了！你嘲笑我！"叫着跳起来打顾淮文。

　　"哈哈哈哈哈哈……"

　　他叫顾淮文，他是个生活随性又单调的沉香雕刻师，他对这个世界兴趣不大，对很多常人在意的事情只觉得麻烦。他活这么多年来，没有多开心，也没有多难过。他活这么多年来，第一次知道哈哈大笑可以成为生活的常态。

第六章
六月灯火荧煌

他怎么也赖不掉第一次见到夏晚淋时，
他的心脏就像被鸟啄了一下，又一下。

顾淮文问夏晚淋，想住酒店还是客栈，夏晚淋想都没想，说去云南肯定住客栈啊，江湖好友相互聚集，一起吹牛，一起喝酒，白天是鲜衣怒马，晚上是昼夜长灯。

顾淮文点点头："明白了。"

一下车，夏晚淋就疯了。

"哇，太漂亮了！"她扔下行李箱，闭着眼睛，张开双手深深呼吸了一口气，扑鼻而来的全是花香和金秋的清香。

"你住三楼，我在二楼。"顾淮文无奈地叹一声气，拉过被夏晚淋扔下的行李箱。

"嗯？"夏晚淋回过神来，追上顾淮文，"咱俩不在一个房间，我理解。都不在一个楼层……你防狼呢？"

顾淮文沉默了两秒，白了夏晚淋一眼："我还喷雾呢。"

夏晚淋确实是多虑了，真不是顾淮文嫌弃她。

这家客栈其实是一栋带院子的三层小房子。

小房子外围被涂成橙黄色，白蓝边的窗子，时不时有一两朵花伸出头来。房子两边各种着一棵桉树，随着带香气的风缓缓摇动。右侧桉树边是一排葡萄架，深绿浅黄的大片葡萄叶拥挤出竹藤架，葡萄架下摆着两张藤椅和一张半米长的小藤桌。墙角放着郁郁葱葱的盆栽，白色、黄色的花瓣像帆船的帆在风中招展。

一楼是前后隔空的大厅，打开透明的门就可以让穿堂风吹过，大厅里摆着几张竹编圆桌椅，桌上放着一瓶黄水仙。二楼通层只有一间套房，三楼也一样。

夏晚淋目瞪口呆："我居然真的信了你说的客栈……咱俩对于客栈的理解可能不一样。"

顾淮文挑一下眉，嘴角带着隐约的笑，声音像漂在水上的叶子，轻飘飘朝夏晚淋扔过来："咱俩对于很多事情的理解都不一样，比如精神食粮。"

"……"

夏晚淋面红耳赤地大吼："你听见了！"

坐在飞机上，夏晚淋刚看了半页的单词，就困了。

闭眼直接睡着，醒来见顾淮文也睡了，就小声在他耳边嘀咕，说那些被顾淮文嫌弃扔掉的书，就是她赖以生存的精神食粮。

并没有睡着的顾淮文微不可察地笑了一下，这是还在不满呢。

但他没有吱声，任凭以为他睡着了的夏晚淋坐在他身边肆无忌惮地碎碎念。

第二天一早，夏晚淋还在做梦，就被顾淮文从被窝里挖了出来。

"赶紧，收拾收拾起床。"

夏晚淋眼睛眯着瞟了一眼窗外，一片灰蒙蒙："天都没亮，去哪儿啊？"

"采风。"

"我……"

夏晚淋的借口还没说出来，顾淮文就打断了她："你不是认我做师父了吗？听话，赶紧的。"

"好吧……"

夏晚淋眯着眼睛坐起来，半打灵魂都还沉在梦里，迷迷糊糊地跟顾淮文出了门。

在上山的时候，困得话都说不清楚的夏晚淋，看着走在前面认认真真观察了一路各种花草鸟兽的顾淮文，一时失了神。

这一走神不要紧，关键是夏晚淋因为这样，半只脚没踩稳，滑到了路上的小松果，还没反应过来尖叫，整个人已经跌到了竹林下的水沟里。

顾淮文听见身后的声响，心里一惊，回过头哪儿还有夏晚淋的身影。

"夏晚淋？"开口说话的时候，顾淮文清楚地感觉到自己的心脏就像被从天而降的石头砸中，"咯噔"一下，掀起波澜万千。

"这儿呢……"

承认吧，你也喜欢我

顾淮文低头一看，夏晚淋坐在水沟里，手撑着地，仰着头看他，一脸蒙。

水沟本身不深，二十厘米的样子，但它地理位置太低，顾淮文就算完全趴下去也不能拉起夏晚淋。

"能站起来吗？"顾淮文够了半天也够不着夏晚淋。

"够呛……"夏晚淋"嘶"一声，"顾淮文……我脚好像摔残了，一动就疼。"

说到后面，她的声音明显已经带着哭腔。

顾淮文眉头皱得可以媲美西部横断山脉，抿紧了嘴唇："你在这儿等一下。"然后就起身要走。

"你去哪儿？"夏晚淋大叫一声，十分害怕顾淮文就这么走开，留下她一个人在这里。

"去拿绳子。"顾淮文又蹲下来，眼睛深深地看着夏晚淋，声音平静得像夜里太平洋最深处的海水，"唱三首歌，然后我就回来了。"

"不许骗人。"夏晚淋垂下眼，压下心里的不安，然后再抬头，眼睛里包着一眶眼泪，看着在她头顶的顾淮文，憋半天憋出了这四个字。

"骗你我一辈子找不到老婆，一个人孤独终老。"顾淮文说着话，手还十分配合地举在耳边，竭力表现自己的真诚。

"你好烦。"夏晚淋破涕为笑，这是她每次被顾淮文气着了就说的话，"你本来就容易孤独终老……"

"顾淮文，我唱《小星星》中英文三遍，你要是没来……你一定要快点儿来啊。"

夏晚淋对着自己脚边潺潺流过的清水，低声说道。

她声音很轻，除了她自己估计也没人能听见。

　　四周静悄悄的，电视剧里山上不全是鸟吗？美丽的大自然，鸟语花香，奇珍异果。怎么这里就像坟场似的……夏晚淋现在想声情并茂地唱一首《我想哭但是哭不出来》献给大地母亲。

　　她心里一边默默呼唤顾淮文快点回来，一边又不可控制地回忆起以前看过的一个小故事：

　　一对情侣去爬雪山，途中雪崩，女人的腿被埋在雪里没了知觉，男人在洞里给她生了火，然后自己每天穿着俩人鲜艳的衣服出去寻求救援，顺便找一些动物回来吃。女人在山洞里半睡半醒过了三天，每次男人把肉烤好就叫她起来吃，晚上俩人依偎在一起睡觉，互相鼓励对方，相信一定能得救，一定能重回现实生活。

　　第四天的时候，男人却没回来。女人等到第五天，男人还是没回来，她用尽全身力气，挣扎着坐起来，把自己腿上的雪拨开，看到的却是血肉模糊的一片，透过已经被冻住了的血，可以看到自己腿上的肉被人用小刀整齐割下的痕迹。

　　女人就这样绝望地死去。

　　那个男人早在第三天的时候就被救援队的直升机发现，他站在山顶，穿着自己和女友的羽绒服，挥着手。救援士兵问他还有没有同伴，他想到女友被自己割了肉的腿，摇摇头，流着眼泪痛苦地说自己的女友不知所终，他找遍了这附近所有地方，都没有看见。希望救援士兵能帮他找找别的山头，也许雪把他们冲散了。

　　谁又能保证，她就可以得救呢？

　　顾淮文看她不顺眼很久了吧……故事里的情侣都这么冷漠，那么换到现实，她作为一个被顾淮文嫌弃良久的当代可爱女孩，结局会……

怎么样？

夏晚淋深深地觉得自己前途渺茫，深深地反省自己平时怎么不对顾淮文温柔乖巧一点，早知道少在雷邶爷爷那儿告点状了。

夏晚淋要不是怕自己号起来，万一把什么狼之类的引过来，她真的想狠狠哭一场。万一顾淮文一个没忍住，忘记了从小接受的"于危难之中救他人一把胜造七级浮屠"的教育，忘记了"乐于助人"的品格，就这么把她扔在这儿了咋整……

毕竟根据夏晚淋平日的仔细观察，顾淮文跟"乐于助人"这个词儿，真的一点也没有关联。别说乐于助人了，他没有在你跌进坑里的时候，踩上两脚就已经是他大发善心了。

时间一分一秒地过去，夏晚淋的《小星星》来回唱了七八遍，顾淮文还是没回来。

OK，可能我命中注定要摔这儿了。夏晚淋心里淌着两行热泪，默默地想。

大概是闲得没事儿干，也有可能是生命走到了尽头，夏晚淋脑子里闪过过往种种，想起她以前看过一部偶像剧，叫《王子变青蛙》。

叶天瑜在里面说：紧要关头不放弃，绝望也会变成希望。

叶天瑜骗人。

去你的偶像剧，她真是在娘胎里脑子就淋雨进水，所以才信这种话。

但是，现在也只能不放弃，坚持地相信着顾淮文的人性尚且没有完全泯灭。

想到这儿，夏晚淋乐了，然后又撇撇嘴，干脆不想了，自己跟着感觉瞎哼歌。

顾淮文扛着一把梯子回来时，夏晚淋正哼哼着唱："颤抖的唇，等不到你的吻，一个容易受伤的女人，周围……周围……周围全都是，坏男人，坏男人……"

想象夏晚淋应该惊慌失措、颤颤悠悠等他的顾淮文有些无语。

"你挺怡然自乐的啊。"说这话的时候，他都不知道自己该气还是该笑还是该庆幸。他的小丫头，比他想象的要坚强多了，还以为会被吓哭呢。

"顾淮文！"差点儿跪着叫爸爸，指的就是此时此刻的夏晚淋。

OK，我收回刚才那句话。顾淮文看着掉在水沟里，此刻一脸感激涕零的夏晚淋，哭笑不得。

他的小丫头，不是坚强，是挺会苦中作乐。

顾淮文轻笑一声，小指和无名指摩挲了两下。

夏晚淋从来不懂小说里写的什么看见喜欢的人，就好像他身边围了一圈模糊的光晕，自带光环一样，一出现整个世界都亮了一倍。就像手机里的滤镜，突出了明暗的对比，虚化乱糟糟的背景，然后红的更红，蓝的更蓝，绿的更绿。

她现在懂了。

穿着白布衣和沉灰色裤子的顾淮文，皱着眉让她不要叫，然后把梯子放下来。他顺着梯子爬下来，走到她身边，扶起已经在水里泡了十几分钟的夏晚淋。

那一刻，夏晚淋看着他，觉得他全身像包在软绵绵的云里，太阳藏在他后面，荧荧发着光。

夏晚淋觉得，顾淮文的卷毛更加蓬松，眼睛更加好看，鼻梁更加英挺，刚刚在她眼里还丑不啦唧的树更加高大修长，身边流过的水也更加清澈，连天空中的云都更加白。

上帝、耶稣、佛祖、南海观世音菩萨你们好，我有喜欢的人了。

"你在发什么呆？"顾淮文问。

"没有。"夏晚淋抿着嘴笑了笑，无处安放的眼睛看着顾淮文的衣角，因为他蹲着的姿势，那里被浅浅流过的水洇湿了，水不断地流过，一遍一遍加深着湿痕，她没话找话，"你不是说拿绳子吗？"

"你手有那劲儿抓住绳子让我往上拉吗？"

他那会儿要是没看错的话，夏晚淋掉下去后，手撑在背后掌着地，所以很有可能现在手腕根本使不上力。

顾淮文背起夏晚淋，单手托着她，另一只手扶着梯子往上爬。

夏晚淋把头埋进顾淮文的脖子里，手绕住顾淮文的脖子，在他耳边闷闷地说："你说唱三首歌就来，我都唱三十首了……"

"你唱什么歌唱三十首？"顾淮文因为夏晚淋的突然靠近，脚抖了一下，但他很快调整好位置和步调，稳定心神后，继续顺着梯子往上爬。

"《小星星》。"

"我就是单下山都得花十首《小星星》吧？"

"那你还说唱三首歌就过来。"

"我要跟你说真话，得唱个几百遍才有可能到，你觉得你会怎么想？"顾淮文说。

呸。

上帝、耶稣、佛祖、南海观世音菩萨你们好，为什么你们要让我喜欢上顾淮文这种该被放进洗碗机里清洗清洗已经蒙灰多年的良心的

浑蛋？

"我还以为你会更慌一点呢。"顾淮文背着夏晚淋往回走。

"其实我可慌了，哼歌是排解心理压力。"夏晚淋坦白道。

"你可以在我面前表现得慌一点。"

"我是可以在你面前表现得慌一点，"夏晚淋说，"但那样我在你心里就不酷了。"

说得好像你在我心里酷过一样，顾淮文好笑地说道："你整天哪儿来这些莫名其妙的想法？"

夏晚淋："我的精神食粮啊，《王子变青蛙》里面，叶天瑜有句话说得好。"

"什么话？"

"该坦诚的时候就坦诚。"夏晚淋笑弯了眼，"顾淮文，我喜欢——"

顾淮文屏住呼吸。

"这个充满挫折和未知的世界。"

这个世界什么都不长久，不管是巨大的快乐，还是剧烈的悲伤。欢喜随时会被从天而降的灾难破坏，适时的狭路相逢后，总是紧锣密鼓地跟着分别。

这个世界每时每刻都在变化。

我说服自己喜欢上这个充满流动和变化的世界，好让自己可以在变故面前坦然自若。

但那都是自我安慰的假象。

现在，对我而言唯一的可触碰的真实是：只有喜欢你，只有让你也喜欢我，只有我们俩在一起，我才会喜欢这个世界；我才会觉得世界不长久，意味着世界是未知和新鲜的；我才会觉得世界每时每刻的变化，意味着在这个世界里每时每刻都可以重新开始。

顾淮文，只有你也喜欢我，我才会喜欢这个充满挫折和未知的世界。

有你在身边陪着我，挫折才会是进步的良药。

"前言不搭后语，"没有听到自己想听的答复的顾淮文，踢了踢脚边的石子儿，面无表情地说，"你的精神食粮逻辑不通啊。"

肯定逻辑不通啊，《王子变青蛙》才说不出这种话呢，这是她自己要说的。

但夏晚淋没有反驳，她抱紧了顾淮文，笑得眼角弯弯，弯得就像那天被顾淮文拿着看的指甲盖儿上的月牙。

晚上回到客栈时，夏晚淋已经换上了新装备——轮椅、拐杖、石膏三件套。

直到坐到大厅里，夏晚淋都还在生闷气。

"电视里都那么演的，打了石膏就得在上面写字、画画儿，你就是不给我画！"

顾淮文都无奈了，他给夏晚淋倒了一杯凉好的柠檬水："你幼不幼稚？"

"你管我幼不幼稚？"夏晚淋"咕咚咕咚"喝了几大口，豪迈地一抹嘴，跟山大王似的，"顾淮文，你今天要是不给我画，咱俩这梁子就算是结下了！"

"学《乌龙山剿匪记》呢？"

"瞎说，明明是余占鳌。"

吃了一点水果，夏晚淋在一楼大厅里看电视，是个综艺节目，不怎

么好笑,还不如那天在电影院看的喜剧电影笑点多,但夏晚淋坐在椅子上笑得东倒西歪。

顾淮文拎着从外面买来的凉面回来时,那个口口声声嚷着不吃凉面,今晚就不睡觉的人,已经歪在椅子上睡着了。

"啧!"

他都不想回忆那一堆排队等着买凉面的人看他的眼神。

"一份凉面,不加鸡精,不加味精,不加糖,要蒜泥;但不要蒜泥泡的汤;香菜多一点,葱花少一点,不要洋葱;多一点辣,但不要太辣;少放一点油,但不要没有油;多放醋,要陈醋,不要白醋;麻油可以来一点,没有就算了;折耳根请不要命地往里加,大头菜少放一点,意思意思得了。然后,谢谢。"

顾淮文手拿着夏晚淋塞给他的单子,越念脸越黑,越念眼睛越不敢往别处瞅——怕人打他。

拌凉面的阿婆也愣了,想想好半天,总结了一下:"就是多放折耳根的酸辣味,是吗?"

"呃,差不多。"顾淮文点点头,然后挠挠头又补充道,"香菜多一点,葱花和大头菜少一点,然后要干的蒜泥……"

话没说完,阿婆笑了,揶揄地看着顾淮文:"给女朋友买的啊?这么仔细。"

"……"

"没事儿,阿婆,您看着什么顺手就加什么吧。"顾淮文面无表情地说道。

"那可不行,回去你小女朋友找你闹脾气还赖我了不是?"阿婆笑呵呵的。

闹啥脾气啊。

顾淮文没好气地看着夏晚淋——

她睡得跟头刚周游完世界的海狗似的。

把凉面放进冰箱里，顾淮文抱着夏晚淋上楼睡觉，脑子在思考着一个严肃的问题。他当时脑子是哪根筋搭错了，把夏晚淋安排在了三楼？抱着一个睡得完全丧失对外意识的成年人，上三楼，真的，真的很累。

等顾淮文把夏晚淋放在床上了，盖好被子了，关门离开了，他突然脚步一顿，原地站立了起码十秒钟及以上，脸上的表情复杂得可以媲美陀思妥耶夫斯基笔下的人名。

他不是见鬼了，他是突然想起来一个问题：

他为什么不把夏晚淋放在二楼，然后自己上三楼来睡呢？

他为什么要那么勤勤恳恳地，一步一个脚印地把夏晚淋抱到三楼呢？

……

老话没说错——

近朱者赤，近墨者黑，近傻蛋者智障。

"智障"顾淮文思考半天，越想越觉得就这么放着夏晚淋美美地睡觉，他心里梗得慌。

他是任由自己心梗的人吗？

不是。

顾淮文微笑着下楼，打开自己的行李箱，拿上工具，然后微笑着上楼，回到夏晚淋房间。

大概是睡太早的原因，半夜三点二十七分的时候，夏晚淋醒了。

她躺在床上发了半个小时的呆，本以为会接着有睡意，结果越来越精神。

三更半夜精神抖擞的夏晚淋十分无聊，无聊得都想哐哐砸墙，通过固体传递声音，唤醒顾淮文了。好在裹得严严实实的手脚，阻止了她这一想法。

但胶着的身体，阻挡不了自由的灵魂。夏晚淋用自己灵活的手指，拨通了顾淮文的电话。

"谁？"

顾淮文的声音平静无波，没有一丝波澜，但夏晚淋还是凭空心里一紧。所幸她很快调整好心态，找回自己的声音，不怕死地自报家门："我！"

叫嚣的起床气泄了一大半，顾淮文无奈地揉揉自己的眉心，眼睛睁开一条缝，看手机时间——03:59。

"夏晚淋，你知道现在几点吗？"

电话里半天没有声音，顾淮文正迷迷糊糊差点又睡过去，就听见自己阳台外传来一个清脆的声音："顾淮文，陪我说说！"

鞋子都来不及穿，顾淮文光着脚快步走到阳台，抬头一看，正是住在他上面、半个身子都掉到栏杆外的夏晚淋，正笑嘻嘻地朝他招手。

"你的脚好了？"顾淮文气得想掰开夏晚淋的脑子，看她整天做决定时，脑子里是怎么运转的。

"一路蹦着过来的。"夏晚淋还挺骄傲，"费这么多劲儿，就想跟你面对面聊个天。顾淮文，我好无聊啊。"

承认吧，你也喜欢我

　　说到后半句，夏晚淋音调一变，声音柔柔的，飘忽不定，手撑着下巴，眼睛看着远处灯火。

　　顾淮文抬头看着夏晚淋，她的黑色头发被拨到一边，露出的脖颈一片莹白。夜色昏暗，他看不清夏晚淋的表情。

　　应该是微微笑着的。

　　顾淮文想。她应该是还没发现。

　　他也放松身子，手托着腮趴在栏杆上，眼睛盯着远处。

　　"你在看什么？"夏晚淋问。

　　"月亮。"顾淮文刚好瞄到月亮，随口答道。

　　"哦。"夏晚淋眼睛看向月亮。

　　今晚的月亮像是一个花纹整齐的贝壳，在烟雾似的灰暗云朵里穿行，忽明忽暗的脸庞，游荡的云赐予它皎洁。阳台上草木旺盛。顾淮文站在里面，像是站在草坪里，听取蛙声一片。院子里飘来花香阵阵，是凤凰花在围墙上探出头了。

　　我也是跟顾淮文在同一个地点，看过同一个月亮的人了。夏晚淋心想。

　　她从来没有这种感受，原来喜欢一个人是这样的。

　　如果是以前的她，她一定会觉得月亮就是月亮，她看也好，不看也好，就是在那儿。上面没有嫦娥，没有吴刚，没有玉兔，只有一片又一片的环形山，无限孤寂地伫立在上面，年复一年，日复一日地围绕着地球转。

　　但是今晚的月亮，因为顾淮文也在看着，夏晚淋眼睛深深地望着月亮，觉得它好大好圆好亮。上面也许真的有嫦娥，只是人类的探索太表

114

层，没有那个能力看见，这位绝世美人住在深深的庭院里，抱着一只雪白的、尾巴上带有一抹绯红的兔子，半醒半醉地靠在柱子上，眼神飘飞，衣袂翻飞，看着不远处伐树的吴刚。

顾淮文突然开口说道："今晚月色真美。"

夏晚淋说："你不觉得我更美吗？"

顾淮文：算了，能期待一个看《深情小王爷和他的娇蛮小王妃》的人懂什么呢。

夏晚淋还沉浸在自己的心事里，手撑着下巴，看着远处的月亮，说："你说月亮上到底有没有嫦娥？我总觉得应该是有的。月亮这么美，如果上面真的只有一片一片的环形山，也太孤寂了。有个嫦娥陪它也好啊。有个说法，说不停伐树的吴刚，和砍了一点，就长出一点的树，就是中国版的西绪福斯传。没有尽头也没有意义的劳作，这就是人的一生。"

顾淮文有些懊恼，刚才他好不容易表了白，结果上面那人什么都听不懂，这会儿听到夏晚淋嘴里蹦一个"西绪福斯"，心想，只知道西绪福斯，怎么不知道夏目漱石？于是，他没好气地回复道："你还知道西绪福斯呢，我以为你的精神世界里只有风流小王爷呢。"

夏晚淋放下撑着下巴的手，撇撇嘴："呸！我还是多面妖姬，你不知道吗？"

顾淮文挑挑眉，微笑着，"嗯"了一声。

夏晚淋一激灵，立马乖巧，尽管知道顾淮文看不见，但还是不自觉眨巴眨巴眼睛卖乖，声音也自动甜甜的："我是你的百变小精灵啦。"

顾淮文无名指和小指摩挲几下，压下已经溢到嘴边的笑意，说："使不得，我承受不起百变小精灵。"

"喊。"夏晚淋冲着顾淮文做一个鬼脸，"我困了，要进去睡觉了。"

"等一下。"顾淮文叫住夏晚淋，"别锁门，我待会儿进来。"

夏晚淋："……"

假如一个省略号的点代表一次她的心跳，总共耗时两秒，求问，夏晚淋一秒心跳多少下？

她深呼吸一口气，捂住七上八下的心脏。

虽然，她是喜欢顾淮文，但是，这……这进展也太快了吧……

理智告诉她应该义正词严地拒绝，但是情感上，夏晚淋搜寻半天，也没有在心里找到一点要拒绝的痕迹。直接答应，显得她又有点不矜持。

唉，活着好难。

自由地表达情感这条路上，怎么总是有尊严这块绊脚石？

夏晚淋突然想到一个棘手的问题，她今天还没洗脸也没洗澡更别说洗头了！

早上她还没睡醒就被顾淮文拉着去采风，后面掉坑里衣服湿了，去医院时披着顾淮文的衣服，回来后就直接睡着了。现在她还穿着这一件经历颇为丰富的横条背心，和因为要打石膏，所以剪了一半的浅亚麻色棉麻长裤……

夏晚淋低头看了一眼自己的装扮，然后不忍直视地别开眼，在正中梳妆镜里，看到自己苍白憔悴的脸，以及两边脸颊上的海绵宝宝和史迪仔。

"……"

一个省略号的点儿代表夏晚淋想骂人一次，求问在这看着镜子的五秒时间里，夏晚淋想骂多少次人？

116

顾淮文推门进来，看见的就是夏晚淋垂着头、安安静静地坐在床尾。

刚才不还活蹦乱跳的吗？就上个楼的时间，她是怎么做到心情转换如此灵活多变的？

夏晚淋转头一看，顾淮文来了，下一秒就看见顾淮文手里拎着的药箱。

很好。

夏晚淋皮笑肉不笑地想，顾淮文并没有要对她怎样，是她自己色欲熏心，在这儿志忑半天。

现在唯一算得上庆幸的地方，就是她没有傻兮兮地在顾淮文面前表露出她以为他要怎么样的样子。不然……

啊，她是真的心梗。

夏晚淋是那种任由自己心梗的人吗？

不，她当然不是。

于是夏晚淋深吸一口气，然后以完全不像伤者的速度，迅速把那本《四级单词乱序版》稳准狠地扔向了顾淮文的头。

"你有病？"顾淮文躲开单词书。

"你有病？"夏晚淋加强了一倍语气，反问顾淮文，"你的脑电波是在跳动连接的途中发生车祸了吧，居然让你做出在我脸上画海绵宝宝和史迪仔的决定！我那精致多一分过满，少一分过缺，恰到好处，水油平衡，不长斑、不长痘的脸，是你能画的吗？气死我了！"

终于发现了。

顾淮文咬紧牙关，不让自己笑出来。努力维持着面上的镇定自若。

他看着暴跳如雷的夏晚淋，以及因为她每一次激动万分的发言而跟着一起动的海绵宝宝和史迪仔……

"噗——"到底是没憋住，顾淮文乐了。

夏晚淋："……"

要不是有伤在身，她真的想拿轮椅抡爆顾淮文的头。

大概是夏晚淋气到爆炸，想爆发又爆发不了的样子太搞笑，顾淮文本来一直憋着笑，后来索性不憋了。

"哈哈哈哈哈哈！"

顾淮文笑完之后，擦着眼角的眼泪，走到夏晚淋身边，终于想起来安慰她："好了，我给你的手换药。医生说十二小时就该换的，结果那会儿回来你睡着了，没有换成。"

"哦。"

"还在生气啊？"

"我胸中的愤怒还在熊熊燃烧呢。"夏晚淋看着顾淮文拆自己手腕的绷带，又道了一句，"我不喜欢海绵宝宝。"

"为什么？"顾淮文做好了听一个悲惨的故事的准备。

"小时候看《海绵宝宝》动画片，没写作业，我妈回来之后，一摸电视发现是热的，我嘴里那句'没看电视'话音还没落地呢，直接就被我妈拿着铁衣架狂揍。从此，我一看《海绵宝宝》就是气。"

夏晚淋身上再悲惨的事情，从她嘴里出来也是个笑话吧。

"怪谁？"顾淮文好笑地抬头看了夏晚淋一眼。

"怪没有自控能力的自己，"夏晚淋说，"但最应该怪的就是那些把动画片安排在下午五六点的人。没良心，明知道那时候我们得写作业。"

顾淮文拿剪刀把绷带一分为二，然后手法流利地系了个死结，拍拍

夏晚淋的头："睡吧。"

"睡不着了,"夏晚淋说,"我没洗脸,从早上一直到现在。现在觉得我脸上油得像阳光下的大海,波光粼粼,闪闪发光的。"

"刚才不还说你的脸水油平衡吗?"

"你居然还记得?"夏晚淋惊讶极了,"我以为每次我说这些实话的时候,你都没听呢。"

"怎么可能?"顾淮文笑眯眯的,"我每次都听得特别仔细,我特别好奇,一个人到底能有多厚颜无耻,而你每次都能让我把原以为是极限的范围,又扩大一点。"

夏晚淋:"……"

别生气,气大伤身。她面无表情地给自己做心理建设。

最后,顾淮文给夏晚淋洗了脸。

如果要问夏晚淋的感受,她这时候倒没有给顾淮文加什么滤镜了。

因为太疼了。

顾淮文哪儿是洗脸啊,明明是在铁杵磨针啊,那力道。

夏晚淋稍稍抱怨了一句,顾淮文就一挑眉,一脸"老子给你洗脸已经是你三生有幸了,居然还敢挑剔"的表情,硬生生让夏晚淋咽下了接下来本该继续跟进的小建议,比如轻点,比如不要再搓她的鼻子了。

洗完脸,夏晚淋跟个红鼻子瘫痪小老头儿似的,被顾淮文从洗手间里抱出来。

"现在可以睡觉了吗?"顾淮文问夏晚淋。

"应该吧,"夏晚淋想了想,说,"但是我觉得我现在可能入睡会很慢。哎,你给我一本书吧。"

"对你来说，看书是让你睡觉的吗？"

"不然？"

"啧。"

按理说听见顾淮文这个"啧"字，夏晚淋就会爆发，但爆发太累了，夏晚淋也需要休息。

确切来说，其实也可以算是免疫了。

被嘲笑就被嘲笑吧，也不是外人。

再次醒来，已经是第二天的中午。

顾淮文要去一家茶会所拿沉香，夏晚淋一个人待在客栈里无聊，于是自己推着轮椅出了门。

走过均匀分布的花坛，流水淙淙在脚底划过，青石板路上人并不多。懒散的阳光像水一样，轻轻柔柔地附在身上，街边小店里时不时偷跑出来几段柔和的旋律。

"你就是昨天那个掉进水沟里的小姑娘吧？"一个坐在红木房子门槛上的老爷爷，笑呵呵地对夏晚淋说道。

他嘴里叼着一根烟管儿，脸上的皱纹多得像是古树上的年轮，头发花白，穿着一件米黄对襟绸衫。

夏晚淋愣了一秒："是，我昨天是掉坑里了，您怎么知道？"

"咱们这儿人就这么多，新面孔一眼就看得出来。你跟那个小伙子住东边那房子嘛，小伙子有钱，一来直接包了。阿敏本来还说她房子不好租，只有两间房……"老爷爷咂咂烟，意识到自己把话扯远了，于是又扯回来，"昨天你是没看见啊，那小伙子急得哦，匆匆忙忙找我借梯子。我说得找找，本来让他坐在椅子上等，结果他看着挺稳重的人，非

要跟我一起去找。我后院儿库房没怎么收拾，我走惯了也没想起开灯这回事儿，他跟在后面却给绊了好几下，我听着都疼……走的时候，我说给他擦个药再走，结果等我拿着药出去，哪儿还有他的人？你要是不赶时间，等我一下我去拿药，你回去给他擦点儿。"

听到这话，夏晚淋觉得自己心尖尖儿就像被蜜蜂蜇了一下，窸窸窣窣蔓延起一片酸麻。她咽了下口水，咬咬唇，诚心诚意地向老爷爷道谢："谢谢您。"

"这有啥。"老爷爷咂完最后一口烟，把烟锅取下来，倒掉多余的烟屑，然后磕在门槛上敲了敲，笑呵呵地说，"看你小姑娘长这么乖，也就明白他为什么那么急。这个男朋友可以，你们俩有缘，我一眼就能看出来。"

"是吧！"夏晚淋抿嘴笑了，心里美滋滋的，仿佛自己已经和顾淮文成了情侣，"我也觉得。我俩肯定能白头偕老。"

想到平日里高高在上、仿佛鄙视世界所有的顾淮文，为她着急，慌张地问有没有梯子的样子，夏晚淋就觉得自己的心像夏天的冰激凌，融答答化了一地。

她喜欢的男人，有着世界上最不会表达爱意的嘴，有着世界上最具欺骗性的冷淡表情。

晚上顾淮文回到客栈的时候，夏晚淋早就睡了。他站在院子里，看着三楼夏晚淋房间的位置，黑漆漆一片，心里有些空。

他问自己，他是那种期待着有谁留一盏灯给自己的人吗？

不是。

顾淮文耸耸肩，挠了挠头，然后一手拎着装着沉香的盒子，一手揣着兜，慢吞吞地回到自己的房间。

然后就看到自己的床头柜上多了两样东西。

是一瓶药和一包棉签。

夏晚淋？

顾淮文挑眉，拿起药和棉签，握在手里转着看了半天，眼底明暗交织，不知道在想什么。

随后他低头一看，本该空空荡荡的垃圾桶里兀自多了几坨纸团。

他弯腰把纸团捡起来，一一展开，对着床头灯温和的光，折痕像是什么神秘的花纹，映衬着夏晚淋丑得别出心裁的字，像几排不守规矩的蚂蚁，七零八落地分布在纸上。

"我今天见到那个老爷爷了，他说你跟着他去找梯子，不小心绊了两下，可能受伤了，这是药……"

"哈哈哈！我都知道了！别装冷漠脸了，我算是知道你有多在意我了！耶！本天仙的魅力无人能敌！"

"跌打损伤专用药。我真的太困了……作为一个身体欠安的病人，我先去睡了。"

"谢谢你。这是回报。"

……

顾淮文小指和无名指摩挲了两下，心想，看得出来，夏晚淋这心理活动很复杂啊。

拿到的红土沉香，是扁扁的一长块，夏晚淋第一时间放送了评价："一根价格高昂的扁担。"

顾淮文懒得理因为在家里待太久闲出屁，所以看什么都不顺眼的夏晚淋。

他想半天没想出来该雕什么，而周围夏晚淋又一直在宽阔的空间里，把轮椅当轮滑似的溜。他干脆也不想了，招手让夏晚淋滑过来。

"干吗？"夏晚淋问。

"你不是想学雕刻嘛，"顾淮文把夏晚淋滑到一边的广口T恤拉好，"先教给你一点基础知识，能认出大概的刀具，知道大概的雕刻手法。"

"因为沉香材质的特殊性，雕刻它的刀具，也就是现在你看到的这一排，都是我自己制作的。"

"我问一句哈，"夏晚淋举起手，"沉香到底是什么？"

"……"顾淮文觉得时光好像倒退了十几年，他还是个小屁孩儿，坐在老屋雕栏上，那是他人生中第一次看见沉香。那块沉香带着岁月斑驳和沉重，缓缓向他走来，他父亲问他想不想摸一下，他点头。

第一次摸沉香时到底在想什么，他早就忘了。

当时他正因为偷偷仿古被师父罚不准出门。

他师父说，别人仿古就算了，当作练习手法了；如果公认的"祖师爷赏饭吃"的他仿古，出来的作品肯定可以以假乱真。偏偏他心里没有根，做什么都是为了好玩。最后最有可能的结果就是他随意把仿古之作乱丢，被别有用心的人捡去，扰乱市场不说，查出来是他顾淮文雕的，那就是败坏顾家和他师父雷邡的名声。

这一段话也不知道是在夸他，还是在责备他，但毫无疑问，心高气傲的顾淮文对于这种指责十分接受，于是乖乖待在家里，当作认罚了。

因为这样，他才有可能遇见被送到家里来的沉香。

和他摸过的所有东西都不一样，说它质地坚硬，偏偏能摸出来还挺酥脆，松紧不一，外观看着像木头，但质量又像石头，入水即沉。

即使科技发达如今天，依然不能合成沉香的香味。这是真正的大自然赐予的东西。上面每一道蜿蜒的线条，都沉淀了数百上千年的岁月。

他早就忘了第一次摸到沉香时心里在想什么，但是他记得当时他的心里就好像被一只鸟啄了一下。

"沉香是沉香树枯死倒埋土中，经过数百上千年，结晶粹化而成的精华。"顾淮文说，"这是大概的意思，具体的自己百度。"

夏晚淋点点头，听话地百度了，然后对面前那块"价格高昂的扁担"有了新的认识。

"我的神啊……"夏晚淋看着沉香，又看看顾淮文，眼睛在发光，"原来这个这么……这么……"找半天没找出形容词。

看着抓耳挠腮的夏晚淋，顾淮文手撑着下颌，教育她："让你平时多看书。"

"雕刻手法不外乎切、铲、削，但在沉香雕刻上，用到的雕刻手法主要是抽刀、刮刀、拖刀……"顾淮文突然顿了一下，"跟你这么说也说不明白，你自己试试。"

"试啥？"

顾淮文眼睛一转，手指着厨房："去拿个萝卜过来。"

鉴于夏晚淋手腕沉重得像系了一只不听话的哈士奇，手指又一碰刀，即使还没正式开始，先抖得像被火烤着一样。顾淮文一度想放弃教学，说服夏晚淋也放弃她这个没有实现可能的雕刻梦想。但他猜中了夏晚淋根本就没有雕刻梦想，却没有猜中夏晚淋是想待在他身边。

如果顾淮文说不学了，出去跟她晃一圈散个步啥的，夏晚淋肯定立

马扔下刀子走人，但顾淮文偏偏直接说了实话：

"我看你也不是真心想学，别在这儿耗着了，自己去找点事儿做吧。"

被说了这种话，夏晚淋就是被刀架脖子上了，也得咬牙坚持："我就是真心想学，你少在那儿诋毁我。"

二十分钟后。

顾淮文扶额叹气："你真不是这块料。"

"那是你不相信我可以，从一开始，你就怀疑我的决心。"夏晚淋这话说得脸不红心不跳。

"我的错。"顾淮文又叹一声气。

然后他走到夏晚淋背后，双手往前伸，抓住夏晚淋不知道该怎么扭的手腕，食指按着她手背，帮着夏晚淋调整姿势。

"连个萝卜都雕不好。"顾淮文一边纠正夏晚淋的用力点，一边音调平平地吐槽。

"你……你少在那儿看不起人。"

夏晚淋觉得自己像是被油锅煎的鸡蛋，血液往四处逃窜，心脏跟着燃烧的火苗一起膨胀，崩开一点油，溅在身上火辣辣地刺痒。

"你……你结巴个什么劲儿？"顾淮文瞥眼看夏晚淋红通通的耳背和娇艳得几乎要滴出水的眼角，眼底分明是外人都看得出来的沉溺，嘴里却不饶人地学着夏晚淋讲话。

"你烦不烦？"觉得再这么下去不行，她要是再流一次鼻血，那她的头这一辈子在顾淮文面前都抬不起来了。

那一夜顾淮文那句"原来你这么垂涎我"，和那一串一丝一毫要避着她的意思都没有的笑声，实在给夏晚淋留下了太惨痛的回忆。

今天说什么，她也不能再在顾淮文面前跌份儿。

试问哪个绝世无双的大美人儿，希望在自己喜欢的人面前留下一个流着鼻血、一脸痴迷的印象。

说干就干，虽然十分舍不得，但夏晚淋还是逼着自己坚决地离开了顾淮文的怀抱，她从顾淮文的手底下钻出去，拿手扇着风，此地无银三百两地解释："云南太热了，都十月份了，还这么热。"

顾淮文看着自己空荡荡的臂弯，眼神黯淡了一些，然后很快调整好语气，取笑夏晚淋："你是心不静，所以觉得热，所以学不会。"

"是是，您心静如止水，大师！"夏晚淋翻了个白眼。

过了一会儿，她又贼兮兮地凑上来："你说，你把这个东西雕完，能卖多少钱？你看我是不是也出了一份力？到时候分我一点儿呗。"

顾淮文深吸一口气："夏晚淋，我想对你说三个字。"

夏晚淋眼睛亮闪闪的："我爱你？"

顾淮文闭上眼道："出去吧。"

"……"

喊。

夏晚淋想，我还不乐意待呢。

但是谁让她喜欢他，算了，就当她这个贤内助善解人意好了。

善解人意的贤内助（自封的）夏晚淋笑容不变："好嘞，我给你弄点儿吃的回来。"

已经要临近中午，夏晚淋身残志坚地推着轮椅在菜市场里晃了一圈儿，也没发现什么好吃的。

正打算买点儿水果回去凑合凑合得了，途中遇见一个背着背篓刚

刚从山上下来的老婆婆。

热情似火的夏晚淋主动打招呼："老婆婆好！"

"哟！好有精神的小姑娘！"老婆婆笑眯眯的，也元气十足地回应，"中午好！怎么还不回家吃饭啊？"

"没找着吃的，"夏晚淋挠挠头，"去菜市场溜达了一圈，也没发现有什么好吃的。"

"哈哈，喜不喜欢吃凉面？"老婆婆问。

"太喜欢了！"夏晚淋眼睛放光，"那天本来说要吃的，我……都帮我出去买了，结果后来我睡着了，然后没吃上。"

说到顾淮文，夏晚淋含糊了过去，因为不知道该给他安什么身份。男朋友当然是最佳答案，但她单方面在这儿说好像有点不好，太不知羞耻了，表哥或者朋友，她又都不乐意说。

"我刚好是卖凉面的，跟我去我家里吧，我给你做两份。"

"好啊！"

"你这丫头也是，万一我不是好人，把你骗走了怎么办？你还推着轮椅哎，不好逃。"老婆婆笑呵呵地说道。

"那您是坏人吗？"

"我这一辈子一直都在占一些小便宜，比如趁机插个队啊，去超市钱找错了，也没纠正啊什么的……嗯，后来卖凉面之后，虽然知道味精、鸡精吃多了对人身体不好，但每次还是不要钱似的往里加调味。刁难过儿媳妇，因为心情不好，揪着一点小事儿，就怒火中烧打过自己的儿子。政府分房子的时候，要过心眼儿，走了后门。其他的嘛，好像没什么了。也有可能是我老了没想起来。你觉得我是好人，还是坏人？"

"不知道。"夏晚淋想了一会儿，诚实地摇头，"对于被您占便宜的

127

人、被您刁难过的儿媳妇等人来说，您是坏人；但对我来说，待会儿您只要给我两份不加鸡精、不加味精、不加糖的凉面，您就是好人。"

"你这话让我想起来昨晚我遇到的一个客人，他估计是给他女朋友买凉面，拿着一张字条，上来给我念了一长串，也是不加鸡精、不加味精、不加糖，然后还有一堆什么多放葱少加蒜啥的。特好看的一小伙儿，头发还烫了，卷卷的，但一点儿都不显娘。我收摊儿回家心里还念叨呢，说谁家姑娘那么有福气，能遇到这么有耐心的男朋友。现在这个社会，肯出来给女朋友买凉面的人不多了，关键那女朋友还磨叽。"

夏晚淋听到前面还挺开心，夸她家的男人，她骄傲；听到最后一句话，她就不知道该怎么反应了。

"是多放香菜和折耳根，少放葱和大头菜……"隔了几秒，夏晚淋幽幽地开口。

"对对，"老婆婆笑呵呵的，"你怎么知道？"

"因为我就是那个磨叽的女朋友。"

老婆婆家住在一条长长的巷子里。

"门口有棵梧桐树的就是我家。"老婆婆站在巷口指着前方说道。

"啊，那个抱着小孩儿哄着睡的，嗯，房东阿姨？就是您的儿媳妇？"

"对，还算贤惠。"老婆婆哼一声，但眼睛里溢满了幸福和笑意，"我那儿子每天心粗得像漏了洞的筛子，得亏小敏整天帮着他。"

"小敏，"夏晚淋笑着看老婆婆，"叫得这么亲热，这哪儿是'还算贤惠'啊？心里满意得不得了吧？"

"哼。"老婆婆幼稚地别过脸，但夏晚淋可看得一清二楚，她嘴角笑

得可以拉起最阴霾的雨天。

走的时候，小敏阿姨叫住她。

"带点儿笋回去吃吧。今早上我刚刚上山砍的，前两天下雨，笋长得特好，我们家反正吃不完，送给你，回去炒炒或者凉拌一下都行，和你男朋友一起吃。"说完递来一袋子嫩白嫩白的笋。

夏晚淋惊喜地看着小敏阿姨："哇！谢谢你，小敏阿姨！"

"不客气。"小敏阿姨冲她眨眨眼，"走吧，我送你到巷子口，这里七拐八绕的，你推着轮椅不方便。"

夏晚淋都不知道该说什么了，一个劲儿地道谢，转身要走的瞬间，眼角突然瞥过一个挺熟悉的东西。

"等等！"

夏晚淋刹住车，小敏阿姨和老婆婆吓了一跳，忙问她怎么了。

"没事没事，"夏晚淋连忙笑着解释，"我可以看看你们放在墙角的那个东西吗？我觉得好像……"

话没说完，小敏阿姨已经把东西递来了。

是块干了的笋。

"上周砍的，家里吃不赢，放在那儿干了。"

那块干了的笋，已经不再嫩白纤细，颜色沉枯，一层一层的"薄衣"也不再像夏晚淋手里的那袋鲜竹笋一样紧致地裹着，而是慢慢地张开，留出一条一条的缝隙。

夏晚淋之所以觉得熟悉，是因为她发现，这块干笋的形状分明就是顾淮文刚刚收到的长长的扁扁的那块红木沉香。

昨天顾淮文跟她说过，因为沉香木珍贵稀有，所以要在那上面雕刻，每一刀都必须慎重，没有完整的构思和具体的设计草图是不敢轻易动刀的。有时候他拿到一块沉香，两三年都不知道具体该雕什么，索性一直放在那儿。

"可以把它送给我吗？"

"当然。"小敏阿姨有些意外，"你要这干吗？"

"有用。"夏晚淋笑呵呵的，心情很好。她终于真的帮了顾淮文一次，"作为报答，小敏阿姨，我告诉你一个秘密。"

小敏阿姨弯腰把耳朵凑到夏晚淋嘴边。

"婆婆对您特满意，但她跟我男朋友一样，嘴硬，死要面子，不肯说。"

小敏阿姨狡黠地冲夏晚淋眨眼，也把嘴附到夏晚淋耳边，学着她的模样，悄悄说道："我知道。"

魏敏的母亲被查出乳腺癌的时候，她整个人都慌了。是一直都不待见她的婆婆，她老公的妈妈，大手一挥，眼睛都不眨地拿出自己卖凉面挣的钱给她，让她不要心疼钱，自己妈身体最重要。

"乳腺癌不是治不好的病，听医生的，一个步骤一个步骤地来，你要是慌了，你妈不得更慌。"

魏敏嫁进这个家里从来没有哭过，就是在最开始最被刁难，每天半夜被叫起来做饭给婆婆吃的时候，她都只是咬咬牙，告诉自己嫁都嫁了还能怎么样。

但那个时候，她拿着那一袋子钱，泪流满面，如同四十度天气里的冰可乐的外壁。

老人家没有把钱存进银行的习惯，都是把几块几块的零钱换成整的，然后装进袋子里收着。

她婆婆就这样原封不动地递给她，没有私留一点。

魏敏抱着那袋子钱，什么也没说，只点点头，流着泪往医院走。路上她发誓，这一辈子她那别扭的婆婆就是她亲妈了。

夏晚淋哼着歌，腿上放着笋，轮椅背后挂着两碗凉面，她在慢悠悠地往客栈走的途中，遇见脚步匆匆的顾淮文。

她笑着招手："顾淮文，你猜我——"

"你跑哪儿去了！"话没说完就被顾淮文打断，他快步走来，"你脚踝是不是已经好了？你手腕是不是不疼了？"

"我走之前，不是跟你说了的吗？说我去找点儿吃的。"夏晚淋有些委屈地辩解道。

"谁知道你是说真的？你一残废上哪儿弄吃的？平时手脚健全，也没见你这么勤快啊？"

残废·夏晚淋：OK，当作他是担心好了。

"不是你让我出去的吗？"

"我说啥你听啥？我还说了给沉香抛光得用什么刷子呢，你记住了吗？"

夏晚淋眨眨眼，不敢相信自己听到了什么。

随时随地就开始考试？当她读高三吗？

"问你呢，记住了吗？"

夏晚淋说："你没看见我一脸蒙，明显什么都不知道吗？"

这话接得太快太理所当然，顾淮文一个没忍住乐了。

但这种时候也不能夸她反应灵敏。啧，真是。

顾淮文酝酿半天，没想出该怎么回，只好无奈地捏夏晚淋肉嘟嘟的耳垂:"你啊你。"

"我啊我,真是个蕙质兰心、玲珑剔透的妙人儿。"夏晚淋说,"看我给你找到了什么。"说完,她把腿上的袋子解开,拿出里面的干笋。

顾淮文一看就懂了。

他把干笋放回袋子,弯下腰,看着夏晚淋,眼睛里像有一条在阳光下细碎发着光的河流。

"你真是……跟你在一起,每天像坐过山车似的,一会儿上一会下。"

那你喜不喜欢?

夏晚淋也看着顾淮文,抿抿嘴,把这句话咽了下去,换了一句不痛不痒的:"你还没说谢谢呢。"

顾淮文轻笑一声,拍拍夏晚淋的头,站起来,推着轮椅往回走。

他十五岁拿着货真价实的沉香雕刻,得天独厚般赚得好价钱,外人看着好像轻而易举,赞赏他的胆识,佩服他的天赋。

没有人知道,他是十三岁第一次摸到真的沉香。

早在两年前,他就开始为雕刻沉香做准备。

当时没有人想到可以在沉香上雕刻,沉香在当时即使昂贵,但也远不如现如今这样有价无市。后来所有人都夸他眼光好,仿佛有先知能力。

但只有顾淮文自己知道,他根本没想那么多,他就是记得自己第一次碰沉香时,心就像被鸟啄了一下。

就像在荒无人烟的寂静村庄里,一只五彩斑斓的鸟,灵巧地飞来,轻轻啄了一下蓬松的雪地,留下一个再也没办法忽略的痕迹。就算再有

132

一场大雪铺天盖地，那块被啄过的地方，永远地印在村庄里。

　　他二十七岁遇见夏晚淋。

　　二十七岁的顾淮文名声在外，不愁金钱。外人看来风光无限的他，却被夏晚淋一句无心的"一无所有地待着，漫无目的地前进着"给戳穿心事。

　　没有人知道，看似镇定的他心里经历了一场多庞大深刻的战争。

　　他始终不想承认对夏晚淋的动心，但他怎么也赖不掉第一次见到夏晚淋时，他的心脏就像被鸟啄了一下，又一下。

　　就像在荒无人烟的寂静村庄里，一只五彩斑斓的鸟，灵巧地飞来，轻轻在古井旁的桉树上安了一个窝。它不停地蹬腿，用嘴啄，扇动翅膀，衔来树枝，一次一次叩击着桉树，一次一次在古井里投下影子。日子一天一天地溜走，它一天一天地从村庄内部瓦解了村庄的孤寂，留下一个再也没办法忽略的身影。就算再有大雪纷飞，就算再有大雨倾城，就算再有大风席卷，那个纤细欢快的身影，永远地留在了村庄里。

第七章

七月热浪翻涌

经过半个月的精心调养，夏晚淋的腿脚终于利索了。

再也找不着理由赖在云南的夏晚淋，总算和顾淮文踏上了归程。

临出发前，夏晚淋看着这个住了半个月的院子，十分舍不得。

"我阳台上的花开得正好呢，"夏晚淋哭唧唧地拽着门不肯走，"我要走了，谁给它们浇水？"

"你没来之前，它们不也活得好好的吗？"顾淮文牵过夏晚淋的手，拉开正和院子门做深情告别的她，"快一点，待会儿赶不上飞机了。"

"那只能说明我和云南缘分未尽。"夏晚淋说。

"人为的缘分未尽是要遭报应的。"顾淮文十分有耐心地教育夏晚淋，"强扭的瓜不甜，强拽的门得坏。"

"我还没吃上葡萄呢，我垂涎好久了，每天都只能坐在葡萄藤下面看……不吃上一颗，我以后的人生会有缺憾的。"

"你人生的缺憾都快多成蜂窝煤了，也不差这一个。"顾淮文拉着夏晚淋往外走，"再说了，是谁上次尖叫着葡萄架上爬了毛毛虫，然后发誓自己一辈子也不碰那葡萄的？"

"……"夏晚淋撇撇嘴，无话可说。

她真的很怀念那个在她手脚不利索时，对她柔情似水的顾淮文。

回到家里，顾淮文打开窗子透气，夏晚淋坐在沙发上发呆。

"收拾收拾行李，明天你得去上学了，再不上课你院长该找我谈话了。"

"你画个哆啦Ａ梦都能打发掉他。"夏晚淋说。

顾淮文乐了，伸手敲夏晚淋的头："我这国宝级的手是给你画哆啦Ａ梦的？"

"我这世界级的脑子是给你当木鱼敲的？"夏晚淋毫无威慑力地瞪了顾淮文一眼。

"脑子是世界级的，怎么胆子小得连校内赛都过不了？"

夏晚淋觉得顾淮文这话是在暗示什么。

她蹦起三尺高："谁？我？怎么可能？区区个师大，能难倒我？"

第二天，夏晚淋起得比鸡早，精神抖擞地去上学了。

顾淮文站在卧室窗口看着她离去的背影，哑然失笑。

一进学校，夏晚淋就碰见了王梦佳。

这被上帝青睐般的好运气啊！

承认吧，
你也喜欢我

夏晚淋翻了个白眼，默默回想自己最近干了什么缺德事儿，能让上天这么惩罚她。

"被中年大叔包养就是牛啊，连着半个月没来上课也没事。"王梦佳"热情"地跟夏晚淋打招呼。

夏晚淋咽下怒火，微笑着回答道："早上好，学姐。我也很高兴遇见你。"

"别，我可不想遇见你。"王梦佳一甩长发，清高十足地走在了前面。

能忍吗？夏晚淋叩问自己的内心。

不能。内心这么回答她。于是夏晚淋叫住王梦佳："学姐，你应该成年了吧？"

王梦佳回头，一脸莫名其妙："我看着穿得很土吗？"

"既然是个有搭配能力的成年人了，"夏晚淋微笑着说，"讨厌一个人的话，请你掩饰。当面硬'刚'都能做到，表面和平还不能做到了？"

说完，夏晚淋目不斜视地走过王梦佳，心脏就像在蹦迪，锣鼓喧天，鞭炮齐鸣。

喊，老虎不发威，当她是加菲猫啊。

她上午满课，大课间休息的时候，汤松年带着一群男生，在众目睽睽之下来到她所在的教室。

夏晚淋正在睡觉，梦见自己又回到了那个有桉树和葡萄藤的小院子。楼下住着顾淮文，她在楼上看月亮，半夜站在阳台上叫醒熟睡的顾淮文。

"夏晚淋——"

　　夏晚淋邻座的女生要叫醒她，汤松年摇摇头，止住了。他脱下自己的外套，轻轻地披在夏晚淋身上，然后招呼着自己的几个朋友找空位置坐，他自己则坐在夏晚淋身边，撑着手，直勾勾地看着熟睡的夏晚淋。

　　真可爱。

　　脸被压着了，在手臂上挤出一坨肉。汤松年心情很好地戳了一下那坨肉，软软的。于是，他又戳了一下。

　　邻座女生面上一本正经地看书，心里却想着：不是你让我不要叫醒她吗？你确定这么戳下去，她不会醒？

　　那边夏晚淋正梦见顾淮文温柔款款地注视着自己，俩人看对眼儿了，即将进入下一项，准备来个激情四射的吻时，一只啄木鸟怎么在啄自己的脸？

　　愤怒的夏晚淋醒过来，正中汤松年的眼睛。

　　哎，我的天啊！

　　"汤松年——学长？"夏晚淋一脸惊吓，差点儿直呼其名，"你怎么在这儿？"

　　汤松年正乐着，他第一次看见女生醒过来时，眼睛在冒火。关键下一秒夏晚淋看见是他，那熊熊燃烧的火苗立马熄灭，取而代之的是一串几乎要浮出头顶的问号。

　　"我来陪你上课啊。"汤松年笑眯眯的，"看你身边都没有人，怕你孤独。"

　　"没事儿，孤独是生命的礼物。"夏晚淋随口接了一句。

　　"噗——"汤松年又乐了，夏晚淋这人到底是什么人间瑰宝，刚睡醒眼睛都没睁开，接话就接得那么顺畅。

　　"我来是想告诉你，"笑过之后，汤松年正了正脸色，认真地对夏晚淋说道，"现在坐在你周围的这些男生都是我的朋友，你在学校受委屈了，我要是不在，就找他们。保证帮你讨回公道，加倍。"

"不加倍，不加倍，不加倍。"夏晚淋连忙摆手。

"跟你说正经的，怎么开始打麻将了？"汤松年揉夏晚淋头发。

谁跟他打麻将了？

并没有玩过手机麻将的夏晚淋真的很疑惑。

"总之，真的不用。"夏晚淋也正了正脸色，认真地对顾淮文说，"我能受什么委屈？我看着像被人欺负了，就乖乖像哑巴吃黄连的人吗？"

汤松年长长地"嗯"一声，手摸着下巴："想听真话，还是假话？"

"假话。"

"不像。"

"去你的。"夏晚淋笑着推了汤松年一把。

上完课，汤松年说请夏晚淋吃饭。夏晚淋很想吃白食，但是想了想恐怖的王梦佳，她求生欲很强地拒绝了。

"不了，我回家吃。"说完，她又解释一句，"我下午没课。"

"你下午不是有一节选修课吗？"

"你怎么知道？"夏晚淋都惊奇了，现在学生会会长都这么"体察民情"了吗？连个人的选课信息都知道的啊？

"我还知道你半个月前路过女生寝室时，被泼了一盆水。"

夏晚淋手揪住书包带子："这么丢脸的事情，就让它随风飘散好不好……"

"丢脸的是她们。"汤松年握住夏晚淋揪着书包带子的手，"那个寝室的人这半个月被夜检了七次。泼你水的那个人，这一年别想参加什么

活动,得什么奖学金了,保证她在第一轮刷掉。她最好天天准时上'两早一晚',不然我发现一次记一次,扣到她操行分为负分为止。"

"干得好!"夏晚淋啪啪鼓掌,"良知告诉我应该劝阻你,但我良心被那盆水泼没了。"

"但我有个疑问。"汤松年说。

"什么?"

"那个于婷婷是不是跟你走得挺近的?呃,刚开学的时候。我怕我记错了。"

不知道汤松年是什么意思,怎么突然提到于婷婷,但夏晚淋还是老实回答:"是啊。"

"那个泼你水的,就是于婷婷。"

"下雨了。"汤松年的朋友徐龙说。

"我还没瞎。"汤松年懊恼地"啧"一声,他每回带伞不下雨,下雨没带伞。

设计学校的人,不知道该夸他们地理学得好还是不好,总之生生地把每栋教学楼无比精准地对准地势低洼的坑,一下雨教学楼就是被大海包围的孤岛。

"你活到现在也就是指着我了。"徐龙从书包里掏出一把粉色的伞,上面还印着一只粉红豹。

汤松年看了一眼那把伞,又看了一眼面前深不可测的水塘,说:"我一直都在疑惑爸妈送给我一双两米长的腿是用来干吗的?今天知道了。"

"你宁愿蹚水都不愿意跟我共用一把伞!"徐龙惊讶地扯住已经走

了半步的汤松年，一脸不敢置信。

"你宁愿花钱买把粉红豹的伞，都不愿意花钱买把正经拿得出手的伞！"汤松年也一脸不敢置信，甚至开始反省自己是不是认知系统出了问题，他居然跟这货从小一起长大。

"这伞是小学妹送给我的。"徐龙沾沾自喜，"我长这么大第一次收到女孩子送的礼物，必须得随身携带。"

"好端端的感恩之情，从你嘴里说出来怎么这么恶心？"汤松年躲开徐龙伸过来要搭他肩的手，"我先撤了，你就撑着这把来之不易的伞，好好享受下雨天吧。"

他刚跑出两步，就看见夏晚淋慢吞吞地从对面教学楼下来了。

她今天换了件湖绿色背心，下面配着肉粉沉灰色短裤，脚上是一双深卡其平底广口单鞋，配着雾蒙蒙的雨，像是从文艺复兴的画里飘下来的人。

汤松年还没开口，徐龙已经自觉地把伞递了上来。他跟着汤松年一起趁大课间去见过夏晚淋，挺机灵的一个小姑娘。难怪汤松年整天对她念念不忘。

"我说什么来着？"徐龙说。

"我活到现在也就指着你了。"汤松年拍拍徐龙的肩，真诚地说。

夏晚淋正在微信里催顾淮文来送伞。

而那个叫顾淮文的男人，看了一眼窗外下得十分欢快淋漓的雨，斩钉截铁地拒绝了。

"你确定不来救我吗？"夏晚淋说，"汤松年，我去，汤松年来了，还带着一把傻不啦唧的粉红豹的伞！天哪，顾淮文哥哥——"

顾淮文手指在屏幕上敲了敲，又看了一眼窗外的雨……有时候的雨就是看起来大，其实真走出去还好。是吧？

这个汤松年。

之前好像见过，汤松年是文学院学生会会长，之前办书法展览的时候来请过顾淮文，他当然没答应，全国的书法展览，他都未必会出席，更不用说一所大学。

但汤松年能得到顾淮文额外注意的一点就是，他当时拒绝得并不委婉，甚至因为起床气，语气十分不耐烦。但汤松年从头到尾都没皱一下眉头，客气尊敬到底。

放到现在的年轻人里面，算是修养素质高的。

"那不挺好吗，多拉风。"顾淮文微笑着，同时脚已经穿好鞋子，"咔嗒"门锁声响，是他出门了。

年纪轻轻的女孩子最容易被"拉风"给迷了心智，他受了师父的嘱托，要好好照顾夏晚淋。

当天下午，师大朋友圈里流传了一段广为人知的佳话：

汤松年邀请夏晚淋共用一把伞，夏晚淋不为所动。正当所有人都以为她是故意矫情的时候，一个气质不凡的神秘人风度翩翩地拿着一把大黑伞来接夏晚淋了。

不比不知道，这一看汤松年的粉红豹雨伞和他的整体形象气质，真的完完全全比不过那位神秘人，难怪夏晚淋……

师大最大的特点就是女生多，这些未来的人民教师，在过一天少一天的学生生涯里，攒着劲儿地幼稚、八卦、浮夸，一点都看不出未来教师职业道德地利用高超的观察力，从各路官方非官方、民间非民间组织里得到消息：那个神秘人，就是那个只活在纪录片里的、传说中的顾淮文。

"夏晚淋可以啊，我说她怎么对汤松年不动心呢？搞半天有个更高更强更牛的目标啊。"

这件事在朋友圈里传得扑朔迷离，而真相却十分一言难尽。

夏晚淋跟看到救星似的奔向顾淮文，以为早就是富人阶级的顾淮文好歹得开辆车来接，顺便也洗清一下谣言——关于她被一个炙手可热的中年大叔包养的谣言。

结果，他是步行来的。

"挺有诗意啊……"夏晚淋沉默了三秒，幽幽地开口。

"雨中散步多浪漫。"顾淮文笑呵呵的，一手拿着伞，一手插着裤兜，装作没听懂夏晚淋的讽刺。

"浪漫的雨中散步是指毛毛细雨，或者滴滴答答的小雨点，不是这种砰砰哐哐往下砸的。"

"啧，来接你就好了吧，话怎么这么多？"顾淮文推了一下夏晚淋的头，他怎么可能坦白自己是走得太急忘了开车这回事儿。

至于为什么走得太急，这就得问冷淡自若、清高俊雅的顾大艺术家了。

你哪里懂我的伤悲，就像白天哪里懂夜的黑。

夏晚淋心里流下两行滚烫的热泪——关于那个她被中年富豪大叔包养的流言，估计这一辈子也洗不清了。

沉浸于悲伤的夏晚淋一个没注意，"吧唧"一下，正踩中一个水坑。

溅起的水花，像刚刚脱离高考的孩子，自由欢快地蹦上顾淮文白花花的裤脚。

顾淮文："……"

夏晚淋有些不好意思，但她梗着脖子不承认，干脆恶人先告状："谁让你不开车来的？"

顾淮文被她厚颜无耻的程度噎了两秒，然后面无表情地说："你说话不怕遭天谴的吗？"

"谁给你的底气，让你说出这句话的？"夏晚淋在第二个"你"上加重两倍语气，配上瞪大的双眼，身体力行地表现着自己的不可思议。

"啧。"顾淮文看着夏晚淋脚上那双深卡其平底广口单鞋，有些疑惑，"你的鞋一开始有花纹吗？"

夏晚淋也低头看。

"……"

这被神开过光一样的眼睛啊。

"大哥，有个东西叫作'水渍'，主要出现在下雨天穿着单鞋的女性身上。"

"能不能好好说话？"顾淮文乐了，他屈起食指敲夏晚淋的额头，"明知道自己穿的鞋浅，还走路不长眼地往水坑里踩。"

顾淮文嘴里像含了鹤顶红一样毒地嫌弃完夏晚淋之后，又递给她一个无奈的浅笑，然后慢条斯理地蹲在她面前："上来吧。"

夏晚淋看着顾淮文的脊背，像看一座安稳的大山，她本来一辈子也爬不到头的，本来是那样，但那座山现在自己降下来了。她觉得自己的每一根头发丝儿都飞扬在风里，都可以开出一朵名为开心的五瓣儿小花。

要淡定。

夏晚淋用尖尖的虎牙咬一下自己的内嘴唇，然后轻轻地把自己放在顾淮文的背上。就像云朵轻飘飘地把自己放在桉树的树梢上。

要淡定。

夏晚淋这么告诉自己，但心脏不听她的话，兀自跳动得如同疾风中的风铃；但脸不听她的话，兀自红得像吃了杨梅后的食指。

"你长这么大该不会就被我一个异性背过吧？"

"才不是，小时候我爸可乐意背我了，"说完，她又觉得自己反驳得不到位，"我从小到大异性缘可好了，大家都在争着背我。"

"争当爱护小动物先锋模范呗。"顾淮文说，嘴角含着一抹笑。

"什么意思？"

"没什么。"

过了一会儿，夏晚淋才反应过来，愤怒地暴打顾淮文的头："你才胸小呢！老子这个比例刚好！"

"伞伞伞……淋湿了喂！"

和顾淮文在一起太甜蜜了，即使被嫌弃也觉得甜蜜，于是夏晚淋决定不去上课了。

好吧，其实是汤松年那个前女友王梦佳太生猛了。

上次雨天汤松年来接她，本来没必要拉着顾淮文过来，有伞就一起走呗。如果是以前，夏晚淋绝对是这个反应。

但王梦佳让她悬崖勒马，警钟长鸣。

只要涉足有汤松年出现的地方，夏晚淋脑子里立马响起一串地震逃生演练时的警铃，身体也十分配合地以最快速度撤退。

即使这样，还是没能让王梦佳满意。

夏晚淋以为让顾淮文来接自己就是表明一个态度了：我对你的前男友、大家眼中的好学长——汤松年，真的一星半点半粒尘埃的兴趣都没有。赶紧散了吧。我招谁惹谁了？

结果王梦佳把这理解为一种宣战：我不仅有汤松年喜欢，不仅被中年富豪包养，我还有另一个更牛掰的顾淮文在身边候着。

王梦佳不负众望唯独负了夏晚淋的期待地更加生气了。

女生生气了还能怎么样，要么单打独斗自己发奋努力，他日回来再战，要么发动群众上演深情戏码，惹得众人群起而攻之。

王梦佳选择了第二种，然后那个"之"指代夏晚淋。

夏晚淋都不敢开朋友圈，看她们把她传成了什么样子。更何况，去上学，就要面对王梦佳等人。

她干脆一心躲在顾淮文的工作室里，帮着做一些打磨抛光的善后工作。

将来毕不了业没有学位，就跟着顾淮文混吧，当个小助理。

反正他那么有钱，就算给她一点儿零头也够花了。

认真打算着的夏晚淋，认真看着顾淮文心无旁骛地拿着半个巴掌大的沉香旋转着雕，不同粗细、不同大小、不同角度的刀具在他手上转换自如，碎末如细雪缓缓落在工作台上。

深秋的下午透着一丝凉意，但顾淮文还是穿着那件宽大的系襟黑边白褂，而且额角居然还冒汗了。

夏晚淋撑着手看够了他专心的样子，就轻手轻脚地去邻桌拿了纸巾，然后轻轻擦拭掉他额边的汗珠。

她以为自己动作够轻了，结果顾淮文还是因此猛地颤了一下，然后一块肉眼可见的沉香角就这么"啪嗒"落了下来。

相比别的正常损失的细碎边角料，这一块落地的声音是如此沉重。

简直就是财神爷沉重的叹息。

"五十万，没了。"

看着站在一旁战战兢兢的夏晚淋，顾淮文突然乐了，笑过后把手里的刀扔下。然后整个人往后仰在椅背上，两手交叉枕在脑后，好整以暇地逗夏晚淋。

"那那……那怎么办？"

"你说应该怎么办？"顾淮文心情很好地跷起腿，脚尖一晃一晃的，很是期待夏晚淋接下来的回答。

"我觉……觉得这主要还是你的问题……"夏晚淋犹豫了半天，实话实说。

"小没良心的。"顾淮文伸手弯曲食指敲在夏晚淋脑门儿上。

夏晚淋正要反驳，自己手机突然响了。

"夏晚淋，我跟你说过手机不要带进来的吧？"顾淮文说。

"嘿嘿……"她讪笑两声，忙不迭地出去接电话了。

是她爷爷夏国栋。

夏晚淋开心得很，边说边对着空气手舞足蹈半天。

她平时跟夏爷爷说话肯定也这样活泼生动。

靠在门边看着夏晚淋接电话的背影，顾淮文自己都没察觉，自己嘴角已经浮现了一抹微笑。

"小晚啊，最近怎么样？在学校还适应吗？"

本来聊得好好的，夏晚淋一听爷爷问这句话，立马想起了最近发生

的一连串事情。

最近不怎么样，也没去学校，不知道适不适应。

夏晚淋撇嘴，她当然不能这么回答。

她鼻子酸得不行，想开口撒谎，别说内容不用辨别，光是声音都会露馅。

千钧一发之际，顾淮文走过来接了电话："夏爷爷您好，我是顾淮文，雷邴是我师父。晚淋马上要上课了，又舍不得挂您电话，只好让我陪您聊两句。她在这儿一切都好，每天生龙活虎的，您别担心。"

"那就好，那就好……"夏国栋又说了很多感谢的话。

过了会儿，顾淮文挂掉电话，看见夏晚淋一个人抱着膝盖蹲在门边，脑袋埋在臂弯里。

标准的哭泣姿势。

"哭了？"顾淮文问。

"没有。"夏晚淋抬头，真没哭，只是眼圈有些红，鼻头也是红的。像下过雨的黄昏，天上飘着的一抹一抹粉色的晚霞。

顾淮文生硬地移开目光，等了几秒又拉着夏晚淋站起来，坐到椅子上。

然后他蹲在夏晚淋面前，抬手轻轻擦掉夏晚淋眼角、脸颊边的湿痕。

"有没有打算让我分担一下？"

"有。"夏晚淋吸一下鼻子，十分自觉地把头埋进顾淮文的怀里，委屈巴巴地告状，"她们欺负我。"

从在便利店门口递给汤松年纸巾开始，夏晚淋一五一十把整个过程讲了个明明白白。

然而顾淮文的关注点只有一个："谁让你给汤松年递纸巾。活该。"

"他哭得挺惨的，我反正身边有，就顺手递一份呗。谁知道他那么容易就倾心于我，也是怪我过分美丽。"夏晚淋嘴上不认输，其实心里也后悔自己那天多管闲事。

要是没招惹上汤松年，王梦佳根本不会注意到她。

结果一时的乐于助人，惹来了这么个斩不断情思的汤松年。她也很想骂自己一句活该。

"你没说实话。"顾淮文轻轻摸了一下夏晚淋的头，"你不可能因为一个王梦佳就躲在家里不出门。"

"为什么不可能？"夏晚淋问。

"我印象中的夏晚淋是个脸皮厚得跟年轮面包似的人，是打碎了花瓶、炸了电饭锅，自己有错还胡搅蛮缠的人。"顾淮文把夏晚淋脸颊边细碎的刘海捋到耳后，"换句话说，我印象中的夏晚淋战无不胜。战无不胜的夏晚淋面对王梦佳的攻击，更有可能的是立马反击，她不会就这么消极地躲在这里。"

夏晚淋听了顾淮文的话，有点不好意思地坦承道："其实我之前跟你去云南就是在躲。"

顾淮文闭上眼，再睁开眼又是知心大哥哥的模样："我的意思是……"

想半天也没想出来自己的意思是什么，想了半天的顾淮文只想出了一个结论：他是真不适合当知心大哥哥。

于是他脸一变，又是那个嘴里蹦不出好话的顾淮文："我那话的意思是，给你找个台阶，你顺着下就得了。"

夏晚淋："……"

是她悲伤泛滥成海出现幻听，还是世界就是这么残酷，顾淮文就是这么冷漠？

当代男艺术家还辅修变脸的吗？

这么不近人情的啊？

然而夏晚淋撇撇嘴，觉得自己先不跟顾淮文计较这个了。她还没有将委屈没有发泄完，于是又继续控诉："我有天不是湿着回来了吗？不是站洒水车边上了，是回家路过女生寝室，被人泼了水。我后来才知道，泼水的就是我自认为的好朋友，于婷婷。"

顾淮文沉默了两秒，本来垂在一旁的手，这下终于抚上夏晚淋的背，轻轻地拍了拍，然后问她："你信不信宇宙中有另外的有文明的星球，上面有外星人？"

"嗯？"夏晚淋没反应过来，上一秒她不是还楚楚可怜地在说自己的遭遇的吗？按理说，他不是应该柔情似水地安慰她吗？

"信不信？"

"信。"夏晚淋说。

"我也信。"顾淮文看着她身后虚无缥缈的一点，声音也很飘忽不定，"所以有时候想想，宇宙那么大，人类能看见的、感知到的那么少，那么渺小的人类所生出的爱恨纠葛，对于宇宙来说又算得了什么？也许在人类肉眼不可见的范围内，外星人正秘密地观察着我们，就像我们伪装了摄影机，观察着企鹅、螳螂一样。这么想的话，我们所说的一切、所做的一切，都特别可笑。于婷婷也好，王婷婷也好，你也好，我也好，都只是被眼睛耳朵圈禁的、自以为是的、可怜的人而已。"

"我们都是可怜人？"

"嗯。做出最不可饶恕的事情的人，往往都是最可怜的人。但仔细一想，普普通通生活着的人，也挺可怜的……有时候不能深究。推敲不了，有的东西。友情、爱情、亲情，一旦开始逻辑严密地验证推敲了，那离破灭也就不远了。所以，大家都是活在飘忽的、不确定之中的、可怜的人……流动的情绪是如此轻易地就可以左右我们的选择——那不能看出一个人的本性，那只是整个人类本性的一个横截面。"

"什么是人类本性？"

"趋利避害。"顾淮文说。

"我好像没听懂……"夏晚淋说。

"也没指望你能听懂。"顾淮文说，"好了，先吃饭吧。"

顾淮文揉揉夏晚淋软绵绵的头发，示意她起来。

"我想吃蒜蓉干煸豆角、锡纸花甲粉、干锅鸡排饭和酸辣烤冷面。"夏娃林从顾淮文怀里抬头，眨了眨酸涩的眼睛。

"在这种时刻，你胃口好得像个正常人。"顾淮文好笑地站起来，原地松了松蹲麻的双腿，不知道该夸她心理素质好，还是该损她伤心也维持不了三分钟。

"身体最重要嘛。"夏晚淋有些羞涩。

晚上睡觉前，顾淮文问她什么时候去上课。夏晚淋沉默半天，挤出一句："再说吧。"

"再说什么再说，还学会说官方用语了。"

顾淮文坐在她身边，拿起遥控器关掉电视，把夏晚淋原地转了90度，正对着他。

"你觉得整件事情你有做错事儿吗？"

"没有。"

"你有故意要去刺激或者整别人吗？"

"没有。"

"那为什么该你躲起来不见人？"顾淮文难得严肃地看着夏晚淋。

夏晚淋垂下眼眸，手顺着沙发上的花纹，一圈一圈描着边儿。

"逃避不可耻，但没用。面对不想面对的事儿，除了去面对还真的没有别的办法。迎难而上才是你的作风吧？当初你是怎么雄起赳气昂昂地住进我家的？"

"那是我后面有爷爷和雷祁爷爷撑腰。"

"你现在身后有我。"顾淮文看着夏晚淋的眼睛，一字一顿地说。

"去吧，小战士。"顾淮文说。

小战士夏晚淋第二天在顾淮文的鼓励下，去学校了。

果然更加不友好。

刚上了一节课，王梦佳就找上来了。

"你旷课多少天了，今天怎么突然想着来上课了？"王梦佳说。

"跟你有什么关系？"夏晚淋说。她心想，幸亏王梦佳没有开口第一句就是"你居然还敢来上课"，那才真的是中二遇上杀马特，狗血淋漓一出戏。

"跟我没什么关系，但跟大家有关系。我今天这么说你，不只是因为我一个人，而是你就是我们女生最恶心的那种人，抢别人男朋友，吃着碗里的，看着锅里的。合着全天下稍微好一点的男生都得是你的，你才甘心呗？这样就可以证明你魅力大了吗？年纪才多大，心思就这么多……"

王梦佳可能是觉得自己背后人多，话语里明显戏剧性、煽动性增多了。

她话还没说完，夏晚淋胸口就已经燃烧起了熊熊怒火。

其实只有王梦佳一个人跟自己对峙还好，关键她背后还站了一群人。

不管是看热闹的，还是真支持她，都给夏晚淋造成了很大的视觉冲击，以及心理不适应。

她到底犯了什么罪，被人民群众这么痛恨？

夏晚淋打心底里相信，如果这时候给她们递一些菜叶子和鸡蛋，她们会毫不犹豫地愤怒地朝她扔上来。

尽管整个事件跟她们并没有半亩花田、三米阳光的关系。

想着反击但又没想好该说什么，就这么认怂被她拎着教训也太脓包了，夏晚淋气急之下，拿着桌上的书就往王梦佳身上扔。没选手机是她心里尚且存了一点人性，书打下去没事儿，手机砸下去可能会出人命。

"啊！"王梦佳估计也没想到夏晚淋好久不来学校，一来就这么暴躁，她先是愣了几秒，反应过来后开始狂叫咆哮，"你居然敢打我！"

"你还居然敢骂我呢！"夏晚淋单脚踩在椅子上，双手叉着腰，跟只骄傲的小公鸡一样。

找着感觉之后的夏晚淋继续铿锵有力地说道："我对来自你一个人单纯地看我不顺眼，一点意见也没有，我也经常看不惯别人，然后打从心底讨厌她。但是你讨厌我就讨厌我，你带上别人干吗？有胆量讨厌我，就有胆量单枪匹马讨厌我呗？还煽动群众，扣上那么正当的理由来讨厌我……你活得也太可怜了吧。"

如果不是场合不对，夏晚淋真挺想给自己鼓两下掌，这话说得多敞

亮，多有力，多气人。

事实证明，王梦佳也确实被气着了。

也不管手里抓的是什么，只顾发泄怒火，王梦佳抓住东西，径直朝夏晚淋扔了过去。完了王梦佳才想起来那是自己的手机，上面镶满了亮闪闪的细钻，背后还是玻璃的手机壳。

这一下砸中的话，夏晚淋不伤也真是世上出奇迹了。

紧急关头，夏晚淋根本想不起来躲，只本能弯着腰护住头，同时心里反省自己下次还是说话温和点儿。

但料想中的疼痛并没有来。

相反，她被拉进一个带着淡淡烟草味的怀抱，紧接着头顶传来"嘶——"的一声。

"现在女孩子打架都流行互相扔东西了吗？我以为你们得扯头发呢。"

都这样了，还漫不经心地开玩笑的，除了顾淮文还能有谁！

夏晚淋惊喜地抬头，正看见他的下巴，上面稀稀拉拉留着几根没刮干净的小胡楂，再往上是比她还长的睫毛，浓密地铺在眼睛上方。本该是这样的，但是现在，他正捂着眼睛，明显是被手机砸中了。

"你没事儿吧？"夏晚淋焦急地要去扒顾淮文遮着眼睛的手，想看看被砸成了什么样。

"先不说这个，我问你，我让你别逃避，你就给我来这么一番轰轰烈烈的场景啊？"

顾淮文叹一声气，不知道该怎么形容自己此刻的心情。

刚才他从校长办公室出来，走到她上课的地方，刚要打招呼，就看见夏晚淋神气活现地立在人群中央，看那气势肯定是占了优势。

他正一边目瞪口呆,一边好笑,站在夏晚淋对面的女生就扔了个什么东西过去。

还没来得及细想,他身体先一步有了动作。等回过神来,顾淮文已经扒开挡在他面前的人群,迅速拉过夏晚淋护在怀里,同时眼角也被那女生扔过来的什么玩意儿擦伤了,火辣辣地疼。

"她先来找我麻烦的……"夏晚淋喃喃自语,手扯着顾淮文的衣角绞来绞去,心里是真担心顾淮文的眼睛,"我们先去医院吧。"

"没事儿。"顾淮文握住夏晚淋无处安放的手,牵着她往外走。

倒不是去医院,他是觉得心里挺不舒服,额角一跳一跳的,想出去透透气。

"等一下!"本来乖乖任由顾淮文牵着的夏晚淋突然停住脚,原地转过身,对着王梦佳说道,"刚才忘记纠正你了,一、汤松年跟你分手之后才遇见的我,你在那儿装什么受害者;二、别说他跟你分手了,就是正跟你交往,我也真看你不顺眼,我也不屑于去抢你男朋友来反证自己的魅力;三、有这种想法的你,本身倒也确实只配贴些浮夸的亮钻在手机上了;四、给个建议,求求你提高提高自己的思想容量吧,好歹看完一本……嗯,看完一本《查拉图斯特拉如是说》,再来跟我说话吧。"

当时顾淮文说她不背单词的话,就看《查拉图斯特拉如是说》。夏晚淋盯着封面,万念俱灰。两小时之后,她终于读通了书名。

感谢顾淮文,她才知道了尼采写过这本书。

然后也没管背后人的反应,夏晚淋反过来牵住顾淮文的手,大步流星走了。

"过不过瘾?"

走出教室了，一边下楼，顾淮文一边问夏晚淋。

"一般，其实还生气着。本来一开始没那么气，看到她拿手机砸你，还砸中了，我就生气了。"夏晚淋说。

顾淮文听完这话，才知道自己刚才为什么觉得闷，想出去透气。

他也是生气，不过，气的是自己。

为什么要教夏晚淋别逃避呢？其实逃避了也不会怎么样，不想去读书就不读了，他也不是养不活她啊。活着挺苦，他不做好她的避风港，反而教她直面风雪。错的是他。

俩人明明在这场"战争"里风头出尽，但两人都闷闷不乐着，各自生着各自的气。

晚上还有拍卖会，他雕的笋也在其中。顾淮文把夏晚淋送回家里，就收拾收拾准备出发了。

"你的眼睛怎么办？"夏晚淋不放心地跟出来，扒着门框问道。

"戴墨镜遮一下得了。"

"唔……"夏晚淋突然想起来自己书包里有创可贴，连忙叫住已经穿好鞋要走的顾淮文，"等等，等我一下！"然后"噔噔噔"跑进屋里，迅速拿出书包夹层里的创可贴，又"噔噔噔"跑回来，"用创可贴贴一下应该更好吧？"

夏晚淋踮起脚，努力够上顾淮文的眼睛。顾淮文存心整夏晚淋，也不顺从着低头，只站得笔直。就看夏晚淋在身前蹦跶，但就是够不着他。

"你烦不烦！"夏晚淋踢了一脚顾淮文，"蹲一下会死啊？"

"啧，就这么对待我的啊？"顾淮文似真似假地抱怨完，无奈宠溺地撑着膝盖半蹲下来。

承认吧，你也喜欢我

拿着创可贴的手明显抖了一下，虚张声势般，夏晚淋大力地把创可贴按在顾淮文的眉角上："赶紧走吧，快去快去，卖个好价钱，分我一半。"

她知道今晚拍卖的压轴之作就是顾淮文雕的笋。

那是她和他一起去云南得的灵感。

当晚拍卖很顺利，顾淮文雕的那根笋最后成交价格是 750 万人民币。

众人看着难得亮相的顾淮文，心想这艺术家就是不一样，有个性，大晚上的还戴墨镜，还从头到尾没摘过。

回家时已经深夜两三点，顾淮文累得不行，洗完澡直接躺在客厅沙发上睡了。

然后大约一个小时后，一个鬼鬼祟祟的身影，慢吞吞地、轻手轻脚地冒出来了。

是夏晚淋。

她手里握着顾淮文刚走就煮上的、现在已经微微凉了的鸡蛋，也不是很凉，因为她一直握在手里，就等着顾淮文回来。

"对不起啊，又给你添麻烦了。"夏晚淋看着熟睡的顾淮文，一边轻轻拿着鸡蛋给顾淮文揉眼睛，一边默默道歉。

虽然顾淮文说只打中了眼角，但她怎么看怎么觉得俩眼睛大小不一样，被打中的左眼明显更肿一些。百度了一下说拿鸡蛋揉眼睛有效果，所以顾淮文一走，夏晚淋连忙就去厨房拿电饭锅煮了一个。晾凉了，顾淮文还没回来。

夏晚淋就手握着鸡蛋，蜷在被窝里等。

"你不说话，我就当你原谅我了。"夏晚淋说。

顾淮文倒是想说话。

他其实没睡着。那会儿累了，想直接躺在沙发上将就一晚，但是顾淮文忘了自己从小就养尊处优，哪能真将就下来。

腿伸不直，背也禁锢着。

顾淮文想起来去二楼卧室，但身子又很沉，半天下不了决心真站起来。

就这么拖拖拖，拖了一个多小时。

然后夏晚淋就来了。

听她语气里还真饱含歉意，顾淮文虽然挺想翻个身或者咳一下，然后顺理成章地醒来。

但他没那么做。相反，他严肃地绷着嘴角，努力做一个沉睡的美男子。

他想听听，夏晚淋在他睡熟的情况下，还能说什么话。

"顾淮文，你明明挺气人的，有时候恨不得把你拽出来揉成团放在桌子上，当高尔夫球似的打，但为什么每次我有麻烦了，都是你陪着我，帮我解决的呢？你是不是暗恋我？"

呵，并没有。

装睡的顾淮文冷漠有余地在心里接话。

"你肯定臭着一张脸一副'你想多了'的样子否认，我早就摸清你了。"夏晚淋手上动作不停，温柔地给顾淮文揉眼睛，"但是，随便吧，我也不是揣摩别人心思的类型，反正我喜欢你就够了。"说出来才觉得松一口气。

其实说实在的，这真的是夏晚淋第一次对异性告白。

尽管对方并不知道吧。

既觉得自己勇敢又觉得自己屁货的夏晚淋没注意到本该熟睡的顾淮文，听到她的话，小指和无名指摩挲了好几下，然后睁开了眼睛。

"我听到了，不许反悔。"

顾淮文从沙发上坐起来，反手抓住夏晚淋帮他按压眼睛的手，眼睛亮亮的，哪有刚睡醒的样子，神采奕奕地看着她。

第八章

八月风琴燃烧

没事,来日方长,等这小家伙再大一点儿。

空气里有种黏黏的东西存在着,就像夏天颤抖的马路上空那一层像是糖浆的空气。

夏晚淋抿抿唇,眼睛上像停了一只蝴蝶,蝴蝶扑闪一下翅膀,划动凝结的气流。被顾淮文握着的手,不自觉地握紧,本来就温热的鸡蛋此刻在掌心的温度的对比下,像是跌入火盆的生红薯。

"你……怎么还装睡啊?"夏晚淋咽一下口水,看着顾淮文带笑的眼睛,半天挤出这么一句话。

顾淮文笑得更深,他轻轻叹一声气,把手足无措的夏晚淋抱到自己腿上坐着,伸手理了一下夏晚淋额角细碎的小绒毛,手指顺着绒毛一路向下,划过她白净的脸庞,停在下颌处,顿了半秒。

　　夏晚淋看呆了，愣愣的，不知道该做什么反应。因为姿势的关系，她第一次这样微微低头看着顾淮文，他眼睛里像装了满池幽深的潭水，只望一眼，就足以让数百只大雁沉溺。

　　大雁之一·夏晚淋：救命……

　　夏晚淋脑子里循环闪现着这两个字，再这么下去，就不得了了。

　　看着紧张得不停吞口水的夏晚淋，顾淮文眼角的笑意快要溢出来。

　　停在下颌处的手，又逐渐向前，最终停在了下巴尖儿。

　　顾淮文虚虚捏着夏晚淋的下巴，慢慢地凑近……温热的呼吸像夏天午后两点扑面而来的热气，又像冬天早上泡的热茶，热气氤氲，夏晚淋的眼前逐渐模糊，是顾淮文吻上来了。

　　春天的风吹过秋天的原野，枯寂的雪白大地上，"砰砰砰"冒出无数青葱嫩芽。头顶的天空比盛夏还要明亮，温柔的风像二十七度的水，水在阳光下闪着簇簇亮光。一匹缎布缓缓跨过山水，最后柔柔地罩在敏感易碎的心脏上。

　　夏晚淋伸手揽过顾淮文的脖颈，闭上眼，嘴角止不住地上扬。

　　"笨死了，哪有人亲到一半笑场的啊？"顾淮文额头抵着夏晚淋的额头，俩人嘴唇没有完全分开，留出一道可以说话的空隙，他黏黏腻腻地抱怨。

　　"你经验很丰富哦。"夏晚淋围着顾淮文脖颈的手收紧了两圈，大有不好好回答就勒死他的意思。

　　"哈哈，"顾淮文放松眉眼，手握成拳抵在嘴边笑。他爱死了眼前这个叫夏晚淋的人，世界上怎么会有这么可爱的女生啊？"第一次。所以，技术不好也憋着……不准说。"

　　本以为自己好不容易坦诚一回，夏晚淋得眼含热泪地珍藏，结果这

个人一脸欠揍地惊道，两眼瞪得像弹珠："你二十七岁了，居然第一次接吻！"

顾淮文想咬掉自己的舌头，他换个说法，世界上怎么会有这么欠扁的女生啊？

他脸上笑容不变，还是温温柔柔地看着夏晚淋："你希望我是第几次呢？"

"必须第一次！"夏晚淋一看顾淮文脸上的笑，心里"咯噔"一下，"嗷"一声把自己摔进顾淮文怀里，跟个小变态似的深深在顾淮文胸膛上吸一口气，然后偷笑，像只捡到鱼的猫，"以后你在我身上积累经验就可以了。"

后来夏晚淋明白了，数学题可以乱答，路边烧烤可以乱吃，但话不能乱说。

那之后，顾淮文打着"积累经验"的名头，整天无时无刻不像拎鸡崽子似的，动不动就把正辛苦追剧的夏晚淋捞起来啃一口，搞得夏晚淋之后再也不敢吃蒜和韭菜。

因为那个总是搞突然袭击的顾淮文，某一次亲到一口韭菜盒子味儿后，表情凝重地把夏晚淋放在怀里教育："不可以吃臭袜子，会拉肚子的。"

鬼才闲着没事儿吃臭袜子啊！

等快羞愤到脑袋冒烟的夏晚淋想起反驳时，顾淮文早就飘走了。

第二天早上，夏晚淋以为因为俩人的关系已经有了质的转变，好歹能在餐桌上碰见顾淮文。

结果跟往常一样，餐桌上空空荡荡。

夏晚淋看着橱柜里映出自己精心化了妆的脸，眨眨眼，双手交叉抱着，左手食指在手臂上轻轻敲了两下，然后"噔噔噔"上楼。

是，她要去叫顾淮文起床，陪自己吃早饭。

"顾淮文哥哥，"夏晚淋的喉咙像是被手掐着，声音细细软软像蘸了蜜的丝线，一个单字婉转蜿蜒，绕的弯甚至超过了山路十八弯，"起床陪我吃早饭啦，人家不想一个人吃啦……"

顾淮文睡得好好的，突然觉得像被撒旦扼住了咽喉，挣扎着醒来，迎面向他袭来的就是夏晚淋真诚望着他的眼睛和涂着大红色口红的唇。

"哎，我去！"顾淮文瞌睡醒了一半，"你大早上演鬼片儿呢？"

夏晚淋沉默半秒，龇牙咧嘴地朝顾淮文吼："我这是在撒娇！"

大早上被撒娇撒醒的顾淮文："……"

他哭笑不得地把夏晚淋拉进自己怀里，宽阔的手掌按住怀里小人儿的头，声音慵懒松散十足："别闹，我再睡一会儿。"

夏晚淋轻轻地动一动身子，调整好舒服的姿势，无师自通地把头埋进顾淮文的怀里，闭上眼睛没五秒，突然睁开眼睛，一脸被雷击中了的惊悚表情。

顾淮文活这么大，其实也从来没有在怀里抱着个活人睡觉的经验，所以夏晚淋这么一激灵，他本来都迷迷糊糊要睡过去了，也立马跟着惊醒过来。

"怎么了？"顾淮文问。

"我……我觉得，"夏晚淋组织着措辞，"我觉得，我是不是对你……那啥的身份，适应得太快了？是不是显得我有点不矜持？"

"哈？"顾淮文一愣。

昨晚睡得晚，现在突然醒来，他脑子还没开始正式运转，所以也没懂夏晚淋这话里的意思。

"就是，哎呀，算了。"夏晚淋在顾淮文面前说不出"女朋友"三个字，她也感到奇怪，自己在云南的小老头儿小老太太面前自称女朋友挺流利的啊。

又过了一会儿，顾淮文脑子彻底清醒过来了，联系前因后果，听懂了夏晚淋要说什么。

他轻笑一声，把埋着头揪他睡衣领子的夏晚淋抱起来，看着她就像看一块埋了五百年的珍贵土沉，眼睛里蒙着轻透的水雾，目光柔情似缓缓流动的溪水："这样就好。"

夏晚淋垂下眼，甜甜地弯起嘴角，然后又抬眼，看着眼前这个她肖想了很久的顾淮文，这才有愿望成真的踏实感。

在这之前，她总觉得自己像飘在空中，有点分不清虚实。

顾淮文的房间隔光性一向很好，现在屋里像被浸泡在暗灰色的永生空间里，情愫缱绻柔和，无声无息地在屋内缓缓透迤。

夏晚淋悄悄地凑到顾淮文嘴边，主动亲了一下。

不像是情人之间的亲吻，倒像是一只刚出洞的小动物，颤颤悠悠地把自己交付到未知里。

顾淮文满腔的成人思想，就这么平息了。

他小指和无名指摩挲了两下，在心里安慰自己：没事，来日方长，等这小家伙再大一点儿。

就这么陪着顾淮文一赖床，夏晚淋再醒来已经下午两点。

看到手机屏幕的瞬间，她差点戳瞎双眼。

163

承认吧，
你也喜欢我

"现在……几点？"夏晚淋不肯接受这个事实，机械地转过头问顾淮文。他已经起床了，现在正坐在一旁拿着画板不知道在画什么。

"14 点 13 分。"顾淮文轻飘飘地把话传过来。

"啊啊啊啊啊啊啊！"

夏晚淋不敢置信地捂住耳朵："我就这么错过上午的两节写作课了？"然后又迁怒顾淮文，"你怎么不叫我？"

顾淮文耸耸肩，笑得轻轻巧巧："我怎么知道你上午有课？"

"我上午没课，我早上起那么早干吗？"夏晚淋流下两行一厘米宽的热泪，美色误国啊！妖妃乱政啊！

妖妃·顾淮文一脸无辜："我以为你是来给我展示口红的呢。"

"什么口红？"夏晚淋愣了一下。

"你自己大早上涂着口红来找我，我白色的睡衣胸前全是你蹭的口红印，现在你睡的枕头上也全是口红印——哦，才发现，你脸上也蹭到了口红。"

"……"

夏晚淋呆呆地抹了一下嘴，看到自己手背上赫然是一串红色。

顾淮文笑呵呵道："你知道你现在像什么吗？"

"什么？"

"刚烤好的，乳猪。"顾淮文声音温柔，一字一顿地把话吐出来。

"我跟你拼了！"

夏晚淋化悲愤为力量，光着脚从床上蹦下来，十分有气势地扑到顾淮文背上，准备绝一死战的时候，看到顾淮文手里的画板，愣住了。

画的四周描着精致的花纹，藤蔓蜿蜒，像量身定做的华服，严丝合缝地融入画面中央的——粉色小猪。

那头在花团中熟睡的小猪，两只蹄子合拢枕在脸下面，眼睛闭着，嘴边挂着满足的微笑，三角形的耳朵软软耷拉着……

好一幅旷世奇作。

夏晚淋的手轻轻环上顾淮文的脖子，声音柔柔地问："这画的什么啊？"

"猪啊，"顾淮文回答得理所当然，"看不出来？"

"你看着什么，画的这头猪？"夏晚淋脸上笑容不变，环着顾淮文脖子的手慢慢收紧。

顾淮文乐了，转过头，把夏晚淋缠着自己脖子的手拂下来："你不是老说上帝不公平，既给了你惊人的美貌，又给了你逆天的智慧吗？来，现在展示一下你逆天的智慧，猜猜看。"

"猜啥？"夏晚淋被顾淮文前缀老长的话绕晕了，没反应过来他是在让她猜她自己问的问题。

顾淮文"啧"了一声，没再说话。

半分钟后，终于反应过来的夏晚淋："……"

为什么她会觉得顾淮文成为她男朋友之后，就可以不奚落、嘲笑、打压她了呢？

呵，天真。

"我大一刚入学见到的第一个人就是你，接着跟你告白，然后就到现在。其实没什么不好的，但就是觉得差了点儿意思。我高中时候想象的大学生活，不是这么一览无遗的。所以，我们干脆分开一段时间，试试看有没有别的可能。"

汤松年也不知道为什么，他可以背二十分钟单词，然后在三十秒之

165

内把之前二十分钟背的单词全部忘记。但是王梦佳说的这段话，隔了这么久了，他一个字也没忘。

　　他还记得第一次见王梦佳的情景。

　　他虽然也是大一新生，但早早地报完到，无师自通地跟学生会的师哥师姐在十分钟之内混熟了。那天下午太阳很大，迎新的学生会干部都挤在一个橙黄色的遮阳棚下，面对一拨一拨的新生和家长。一个师哥终于没坚持住中暑了。在一旁主动打下手的汤松年自然而然接替了他的工作——负责寝室登记表。

　　王梦佳那天穿了一条白色的吊带收腰雪纺裙，腰带是细细的一根编织绳子，戴了一顶米黄色的草帽。那个时候她的头发就已经很长了，但还没烫，直直地垂在腰间。

　　明明那天热得可以把人鞋底烫穿，但看着王梦佳，就好像天地突然起风，浮躁喧嚣的尘土在那一瞬间有了古筝伴奏的感觉。

　　总之，在一群刚刚高三毕业、刚刚脱离校服审美的大一新生里面，王梦佳脱俗得如同一堆芝麻里的莹白珍珠。

　　汤松年承认，见到王梦佳的瞬间，他的心脏瑟缩一下，如同突然被扎紧的袋子。

　　王梦佳看坐在桌子后面指导新生填表的汤松年，以为他是学长，傻乎乎地尊称了他一个多月。

　　直到一个月后大一军训，她在标兵里看到他。

　　什么人啊，居然一次都没纠正过她。王梦佳气呼呼地想。

　　然而她看着汤松年被晒黑的脸庞，以及踏正步时紧紧绷直的腿，红

霞慢慢染了她的脸。

检阅军训成果的那天，汤松年穿上正儿八经的军装，作为护旗手，踏正步从她面前走过，翻翻带起国歌和心跳。

她伸手想摸自己的心脏，想让它跳慢一点，还没举起来，被教官拍了一下："队伍里乱动什么！"

结束后，室友问她怎么了。

她故意没做掩饰，生怕被人抢了先机似的，率先把话撂出去："我喜欢汤松年。"

像镀了金边一样的显而易见，人人都知道王梦佳喜欢汤松年。

朋友问她为什么喜欢汤松年？

她正在给自己头发上发尾油，回答得理所当然："帅啊。"

朋友说她肤浅。

王梦佳回头挑挑眉，说出的话简直又直接又好笑："我对男生的责任感、道德感、家世背景也不抱太大的信心，帅就好了。"

之后的事情简直就是顺理成章。

王梦佳扬着下巴冲汤松年表白，不像表白的，倒像被表白的。

汤松年没多做纠结，点点头同意了，好像早就料到一样。

大概是外人都知道是王梦佳先告的白，所以交往之后，王梦佳总是热衷于"指挥"汤松年替自己做事儿来挽回颜面。

汤松年还记得第一次帮王梦佳买卫生巾的情景。

那天王梦佳反常极了，扭扭捏捏的，半天挤不出一句完整的话。

"我那个……那个来了，你……帮我买包那个吧……"

汤松年半天没听懂，一脸问号地反问："啥？"

"那个……"

"哪个？"他还以为王梦佳是紧张，还很温柔地拍拍王梦佳的背，安慰她，"慢慢说，不急。"

王梦佳：我急你二大爷的。

"我是一个正常的每个月要排卵的雌性！我生理期来了！姨妈！月经！"

面对突然爆发的王梦佳，汤松年先是丈二和尚摸不着头脑，等听清了王梦佳的话，脸噌地蹿红，他觉得路上所有人都在看他。

"你那么大声干什么！"汤松年面红耳赤地吼回去，然后像屁股被火点燃了一样，匆匆溜走去给夏晚淋买卫生巾和红糖。

那个戴米黄色草帽的女孩儿。汤松年自嘲地笑了笑。

他坐在便利店门口，远处是层峦叠嶂般的高楼，绯红的晚霞染红半边建筑，粼粼光线如同九宫格子规规整整地码在玻璃外壳上。

时光好像一下子倒流。

他拿着面包，一个人坐在便利店门口，一边迎风流泪，一边迎风啃面包。后来他拉了几天肚子，确定城市空气污染已经到了十分严重的程度。

现在，他坐在同一家便利店门口，手里拿着同样的面包。但是没有风，他也没有娘兮兮地哭。

结果上帝可能是铁了心要重现昨日。

因为汤松年下一秒就看见夏晚淋了。

确切来说，是先看见夏晚淋拎在手上的米黄色草帽。

已经深秋了，或者说，已经进入冬天了，哪还有人拿着草帽招摇

过市？

汤松年朝夏晚淋招手，同时用方圆五百米都能听见的声音喊她的名字。

因为很明显，夏晚淋原本是想假装没看见他，直接走过的。

"汤松年学长好。"夏晚淋不情不愿地打招呼。

"躲我干吗？"汤松年作势推夏晚淋的头。

"怕跟你稍微接触一下，回去路上就被暗杀。很有可能。"说着，夏晚淋心有余悸地退后半步。此时她跟汤松年之间的距离，可以站两头350公斤的大象。

"哈哈！"

车流不息，隔着人行道的树木，一辆一辆从俩人身边经过。沉默不让人生厌，但不自在的沉默就很可怕了。

夏晚淋眼睛骨碌骨碌地转，她在想该找个什么理由溜走。

要不说家里着火了吧？

瞎是瞎了点，但再高明的借口，汤松年这个人精还不是立马识破，不如来个扯的，直接把"我要走了"这个讯息放到台面上。

"我家……"

夏晚淋刚开了个头，汤松年就说话起话题了。

他努努下巴，对着半边天的晚霞："你拎顶草帽出来晃什么，遮阳啊？"

"在你印象里，我像是个脑残吗？"夏晚淋看着头顶的夕阳和晚霞，沉默了半秒。

汤松年哈哈大笑，然后逗她："想听真话，还是假话？"

"啥都不想听。"夏晚淋把草帽立在食指上，像转篮球一样地甩，"它带子断了，你看，后面裂了个小口，不知道哪儿弄的，现在想去找找修鞋的，看能不能修好。"

"我有没有跟你说过我喜欢你？"汤松年说。

夏晚淋觉得自己喉咙摔了个跤，刚才不是还在讨论草帽吗？怎么突然就从手工课转战爱情了？

"没有？"夏晚淋自己也有些忘了。王梦佳等人，总在她周围说着她和汤松年的"绯闻"，但真实情况汤松年有没有说过，她还真没什么印象。

"那还好。"汤松年点点头，有种松了口气的感觉，"差一点我就真喜欢上你了。"

虽然，她也没喜欢过汤松年，但听着别人用这种劫后余生的语气说着不喜欢，就好像在说"幸亏我没喜欢你"。但凡是个情绪感知正常的人，都不会在这种情境下……开心吧？

"我谢谢你？"夏晚淋说。

"我的意思是，"汤松年也知道自己说错了话，笑了一下，补救道，"幸好还没跟你说喜欢，不然以我的魅力，你肯定会疯狂爱上我。那样可就真对你造成实质性伤害了。"

一番话让夏晚淋听得目瞪口呆。她算是明白了平时自己说话，顾淮文的心理感受。

"小时候上的心理辅导课是不是成绩特好？"夏晚淋问汤松年。

"还好吧，我们没有这门课。"汤松年如实回答。

"啪啪啪！"

夏晚淋诚心地鼓掌，然后一脸敬仰地看着汤松年："那您这自信心是与生俱来的啊？了不起，被神明选中的男孩。"

"……"

"哎，等一下。"夏晚淋突然严肃起来，两条眉毛正经地皱在一起，"按理说，我身为女主角，你不是应该对我倾心吗？不是应该是个男的都会喜欢我吗？"

"敢问——"汤松年组织着措辞，小心翼翼地问，"您是哪本小说的女主角？"

"《于黑暗中点燃森林的火把——天才夏晚淋的生命之书》。"夏晚淋眼睛也不眨，脱口而出。

"你的心理辅导课成绩，肯定比我好。"汤松年噎了一下，然后找到自己的声音，真诚地说。

"哪有哪有。"夏晚淋笑得端庄优雅，"我小时候也没有上过心理辅导课，只有半节生理课。"

汤松年也不知道夏晚淋为什么会突然扯到生理课，但出于礼貌，还是跟着接道："生理课成绩怎么样？"

"没考。要是考的话，不说满分，来个高位截肢还是可以的。"

"高位截肢？"

汤松年其实已经想走了。

他深深地发觉自己已经跟不上夏晚淋的思路，或者说，他不想在这个时候跟夏晚淋插科打诨，没个正行。

在这个忧郁的黄昏，他特地来到这个便利店，对着满天的晚霞，都已经摆好了惆怅样子，正要怅然若失，就看见夏晚淋拎着顶帽子出现了。好歹也算参与了他的失恋，他很是热情地跟她打招呼。

毕竟满天的晚霞给这城市套上霓裳，满腔的郁结，没有观众欣赏，也显得太浪费。

他根本没打算在这个时候跟夏晚淋插科打诨。

他刚和顾淮文见完面，打输了一场篮球，第一次完整挖掘了自己
"被分手"后的内心。然后他要忧郁，要感伤，要有无法排解的挫败感。

而夏晚淋这个神奇的物种，一出现就自动把伤感文艺片变成了喜
剧片。

"就是说，比如 100 分满分，高位截肢就是 95 分及以上的分数。"

"哈哈。"汤松年无语地抽抽嘴角，配合着干笑了两声。

"算了，你还是丧着脸吧。"夏晚淋扶额说道，"你这一笑，我感觉
跟我拿刀架在你脖子上逼你似的。"

又是一阵尴尬的沉默。

夏晚淋眼珠子一转，又想起了"家着火了"的借口，正要开口，汤
松年又找着话题了。

"……"

这拖沓的对话时分啊。

夏晚淋脸上笑得和蔼，心里面无表情地想。

"想吃东西吗？"他指了指身后的便利店。

"别别别。"夏晚淋连忙摆手，"趁着我们还没进去。"

"什么意思？"

"哎呀，"夏晚淋一脸"二十岁小伙儿给六十岁妈妈讲什么是微信"
的表情，"你不觉得，只要你进了便利店，不买点儿东西就会被当小
偷吗？"

"不觉得啊？"汤松年一脸问号。

"那可能是我自己的问题吧。"夏晚淋微笑道。不，就是你的问题。
进便利店空手出来，世界上怎么会有这种生物存在？

"你是不是喜欢顾淮文？"

"……"

这被女娲娘娘亲手点化过的话语逻辑啊。

到底是怎么转，把话题转到这儿来的？

夏晚淋眨眨眼，一只手手指在裤缝那儿点了点，另一只手无意识捏紧手里的帽子。

半晌，她才把面部表情调整到微笑状态。

"关你什么事？"糟了，虽然面部表情微笑了，但语言系统还没跟上。

"我们同呼吸一片天气嘛。"汤松年反倒放松了。他悠悠闲闲地坐下，把自己放空在椅子上，两条腿直直地伸着。

"我们还同受用人类命运咧。"夏晚淋踢了下脚边的石子儿，她皱着眉，已经没了耐心，也不想再装和善，干脆就这么冷着脸，语调平平地反击，"地上的蚂蚁、水里的鳝鱼，都跟你同呼吸一片天气，也没见你把跟王梦佳的往事都一股脑儿倾诉出去啊。"

汤松年抬头看着夏晚淋，半晌笑出来，摇摇头，说："都说近朱者赤，近墨者黑，还真是这样。你现在这样子特别像一个人。"

夏晚淋没接话。

"顾淮文。"汤松年闭上眼，两只胳膊枕在脑后，嘴角扬起笑意，"他当时拒绝参加我筹办的活动时，神情、语调，跟现在的你，一模一样。我当时没生气，回到办公室，却气得踹了沙发好几脚。心里想这种怪脾气、恃才傲物的人，哪个不长眼的肯喜欢？"

"结果我就是那个眼睛不好的。"夏晚淋喜欢听这些旁人说顾淮文，语气软了一些，又是平时活泼好亲近的夏晚淋。

"其实，你也算得偿所愿了。"夏晚淋想了想，"我刚进宣传部的时候，不是交了一份关于教师节的板报吗？那份板报就是顾淮文帮我画的。"

汤松年猛地睁开眼，呆呆地看了夏晚淋半晌："你让……顾淮文，帮你画板报？"

夏晚淋点点头，知道自己当时是不知天高地厚，大材小用了，但面上却一脸做作地问道："怎么了？"

"你让——那个顾淮文，帮你画板报。"汤松年又重复了一遍，上一遍是不敢置信，这一遍却像是微微带着叹息和羡慕，他又闭上眼，"关键是，他居然也答应了。"

所以嘛，顾淮文不是恃才傲物，他是得分对象是谁。夏晚淋在心里添上一句，偷偷给顾淮文辩解。

汤松年笑了笑，接着说："我当时还想人不可貌相呢，你看着不着调儿，没想到从小也是练家子。宣传部长还跟我夸你呢，说看着构图简单，但用墨深浅多少都有计量，笔法又一气呵成，很少有人敢直接上手水墨，因为那不像水彩可以叠加调色。我们把你那份宣传板报摆在大厅正中央，院里书记看了，停下来赞叹了半天，说画好就算了，字也好。那字一看就是从小练到大的，字体端正典雅，但笔锋却带着锐利，落笔稳健又恣意，融合这么多矛盾的点在一起……要不是知道不可能，书记说还以为是久未露面的顾淮文写的、画的呢。"

"那必须。"夏晚淋骄傲得像汤松年在夸她自己，"顾淮文的手下出过次品吗？随手一挥墨点儿都是一幅寒冬墨梅图。"

夏晚淋夸完，觉得自己有点高调，接着想到平时顾淮文一直教她做人要低调谦逊，因此转了下眼珠，又补充道："当然，顾淮文自己画得

好也不管用，主要是你们还算有眼光、会识货。"

还不如不补这一句呢。汤松年笑得嘴角抽抽。

"一架飞机坠毁了。"他睁开眼，看着已经昏暗的天空，眼睛没聚焦，就这样散散的，"你会平安无恙。"

这是第几次了？

夏晚淋又一次折服于汤松年的话语逻辑。如果这就是传说中会来事儿、体贴可靠的学生会会长，那逻辑健全、谈话间有过渡的她，不是都可以当院党委书记了？

大概是看夏晚淋脸上的表情太过于蒙，以至于他都要负气离开的时候，汤松年总算开口解释："因为上帝保佑被爱的人。"

而他作为不被爱的人，如果天灾、人祸降临，他只能自己"勇敢奋发"地迎难而上，维持自己可怜巴巴的脸面。事后，他一个人坐在便利店门口，看着满天美丽，却一片也不属于自己的晚霞。

晚风温热地吹过，空气里有灰尘的味道。

"你是又哭了吗？"夏晚淋有点不确定。

汤松年把头别过去，声音伴随着风缥缈地传过来："不许看！"

夏晚淋知道这种时候不能笑，但她真的很想笑。好在仅存的良心，制止了她笑出声。像拍奥蕾莎似的拍拍汤松年的背，夏晚淋安慰他："没事，我什么都没看见。"

汤松年看见夏晚淋脸上隐忍的笑意，也觉得自己哭得挺莫名其妙。他调整一下自己的语调，拍拍夏晚淋的肩膀："顾淮文也很喜欢你，两情相悦太不容易了，珍惜吧。"

今天下午三点的时候，神通广大的顾淮文拨通了汤松年的电话。

"汤松年？"

"是。"汤松年听着话筒那边的声音低沉慵懒，有些意外。在他自己的记忆里，可从来没有见过有这种声音的人。

"你下午没课是吧？"电话那头的人声音波澜不惊，"三点半，体育馆篮球场见。"

"约架？"

"约什么架，大家都是学过鲁迅《故乡》的文明人。"

这位自称学过鲁迅《故乡》的文明人，就是顾淮文。

他还是穿着白衣短褂和青灰色棉麻裤子，高高地站在篮筐下，手插着兜，贵气清俊，跟这个建校以来就存在，现在已经破旧不堪的篮球场，一点也不搭。

"顾淮文——老师？"汤松年还是一脸蒙的状态，他有点想不明白，怎么就跟这尊大神扯上了关系？

去年汤松年主动去求顾淮文出席他办的书法展览，结果这个人顶着一头刚睡醒的乱发和没睁开的眼睛，拒绝得斩钉截铁："不要。"

"为了艺术——"

汤松年话还没说完，顾淮文跟听了个笑话似的，直接打断："师大？文学院？书法？艺术？"

他说："你大清早找我来玩前不着村后不着店的《连连看》呢？"

"打扰您休息了。"汤松年低下头，客气尊敬一如开始，"再见。"

倒是这点荣辱不惊的稳重，吸引了顾淮文的注意，他眯起眼，看

着汤松年的背影，心想这个孩子还行，以后找机会给院长引荐一下。

所以汤松年这一路晋升得顺畅，除了他自己争气，跟谁谁谁关系都不错，院长先入为主地欣赏也是重要因素之一。毕竟不是谁都能得顾淮文的一句赞赏。

"嗯。"顾淮文淡淡地点点头，心想，就是你小子整天闹得我家夏晚淋鸡犬不宁的。

"很荣幸见到您。"汤松年心想管他三七二十一，说好话总没错，把顾淮文伺候高兴了，只有利没有弊的。

顾淮文没说话，抬眸看了他一眼，面无表情地说道："一年不见，你现在挺成熟的嘛。"

听着像是在夸他，但汤松年怎么回味怎么觉得顾淮文是在讽刺他。

"还好……"汤松年干笑两声，"顾老师今天找我有什么事儿吗？"

"说起这个，"顾淮文"啧"一声，"早知道你们师大篮球场这么破，我就不挑这地儿了。"

"咱们今天打篮球？"

汤松年觉得这个世界有点魔幻，从来都高高在上、只闻其声不见其人的顾淮文，居然找他打篮球。

"嗯。"顾淮文指了指远处的器材管理室，"你去拿个球过来。"

所以说，您来这么早就干站在这儿耍帅吗？

汤松年默默地吐槽一句，但还是腿脚麻利地跑去器材管理室借球了。

本以为是天降大运，终于跟艺术家做上朋友的汤松年，心里的开心劲儿还没过去，手上自然也松了很多。不一会儿，顾淮文已经进了三个球。

"输了你就告诉我，是真喜欢夏晚淋，还是拿她做挡箭牌？"顾淮文跳起来，手腕轻轻地一转，手里的篮球已经流畅地飞了出去，随着一条精确的抛物线，他又进球了。这次是三分球。

听完话的汤松年一个没站稳，脚崴了一下。

他诧异地看向顾淮文，上次下雨顾淮文亲自来接夏晚淋的时候，他就觉得有点不对劲儿了。但想想对象是顾淮文，怎么可能跟一般人类谈恋爱，所以那个想法只在他脑中停了两秒就转瞬即逝。

现在顾淮文亲口把这话问出来，他再怎么不相信，也必须得接受了——

顾淮文是真喜欢夏晚淋。

这是来打抱不平了。

汤松年转转脚踝，掰了两下手指，他现在面临一个抉择：是要放水，不驳顾淮文的面儿，直接输了说答案；还是奋力拼搏打败顾淮文这个老男人，最后闭口不言，潇洒离场？

没等他想出答案，顾淮文已经又投入一个球了。

去他舅老爷的，他一个正值青春的热血少年，打篮球还赢不过一个常年待在工作室不出门的老男人了？

说出去谁信？

汤松年自己信。

菩萨做证，他真的一点也没放水。但顾淮文跟会飞似的，轻飘飘就把球投进去了。他拦也拦不住，因为鬼知道顾淮文哪儿来的那么灵活的步法，晃个眼顾淮文就不见了。等他转过身，篮球就像带着磁铁似的，欢快地朝铁篮筐奔过去了。

他,一个正值青春的热血少年,打篮球真的赢不过一个常年待在工作室不出门的老男人。

汤松年双手撑着膝盖,汗水连经过下巴的程序都省了,直接在额头凝聚成一滴,"啪嗒"落在地上,溅起微小的水花。

而反观顾淮文,他还像刚开始似的,仙气飘飘,气定神闲,衬得汤松年像一只在森林里晕头转向,掰了苞谷,丢了地瓜的猴子。

汤松年苦笑一声,干脆不再挣扎,松一口气,直接瘫倒在地上。眼睛看着体育馆上方明亮的灯光,眼角不知道是汗水,还是被灯光刺激出来的生理泪水?

"我其实还挺想相信王梦佳说的那番话——什么是因为开学第一个见的就是我,迷迷瞪瞪就跟我在一起了,直到现在。所以想换一下,试试另一种情况。"

顾淮文一听这是有故事啊。

他挑挑眉,手伸进裤兜里,换了个姿势站着。

"但是,这话你仔细揣摩揣摩,如果我阅读理解能力过关的话,我揣摩到的意思,是她喜欢上别人了呗,或者说对我厌倦了呗。不管哪一种情况,都挺丢脸的。反正还没有多少人知道我们分手了,与其被分手,做个伤情男主角,不如我这边也'动心',我也喜欢上别的女孩了。不存在什么王梦佳对我的居高临下的亏欠愧疚,我自己也没多对得起她。还不如这样。我是这么想的。"

顾淮文看着躺在地上的汤松年,心想,果然是个毛头小子。只有毛头小子才自尊心大过天,他也只是外表看着沉着冷静,会察言观色,会来事儿,一副可以委托重任的样子。

"所以,从头到尾,你都没有喜欢过夏晚淋,对吧?"顾淮文说。

承认吧，
你也喜欢我

　　"嗯……"汤松年"嗯"了半天，没"嗯"出个所以然来。他其实也有点搞不清楚。

　　要说喜欢，一开始靠近她的目的是真的上不来台面；要说不喜欢，但她真的很生动，随时随地都给人措手不及的感觉。这种女生，他是第一次见到。

　　"行了，你不喜欢。"顾淮文打断汤松年漫长的"嗯"，直接下了结论，"那网上那些乱七八糟的帖子又是怎么回事？"

　　"王梦佳找人弄的呗，这有什么可猜的。"汤松年笑了一下，"她们有个什么姐妹团，里面有校报记者部的人。校报每回一出来，挨个寝室发，上面有什么消息，传播得比微博、微信啥的还快还全面。"因为有的学霸致力于考研，手机里没有这俩软件。

　　顾淮文有些诧异："我以为校报是只发官方消息呢。"

　　"哦，你说的是正版校报。"汤松年坐起来，"我说的是民间校报。再说了，哪个脑子不正常的，要去翻正版校报啊？"

　　"你明知道王梦佳在诋毁夏晚淋，你都不制止？"顾淮文顿了一下，问道。

　　"我为什么要制止？我巴不得她们写得再离谱一点。那样就侧面印证了王梦佳在乎我，她后悔啦，这是第一；第二，夏晚淋在这学校里孤立无援，对我来说，不是更好发挥'英雄'作用了吗？第三，我这样不顾大家想法，只喜欢一个人的样子，我还挺欣赏的。"

　　顾淮文动了动嘴唇，半天不知道该怎么回。

　　硬要他评价汤松年和那个什么王梦佳，其实俩人就像是日德兰半岛之战的英国和德国，都不愿承认失败，都对外宣称获胜方是自己，给自己找面儿。

而这个汤松年，要说他自私，顾淮文自己也没什么资格，毕竟是个人就有私心；要说他不要脸，顾淮文也不忍心，毕竟汤松年也刚大二，只是个小孩儿。

但就这么把这个利用夏晚淋的小破孩儿放过去，顾淮文又觉得不痛快。

夏晚淋本来应该开开心心的，但她因为这件事儿，哭过多少回了，连学校都不敢去。

想想他第一次见夏晚淋的时候，她刚来这个城市，有多期待着她的大学生活。连他说带她去逛逛，熟悉环境，她都拒绝了。那么期待的大学生活，结果被面前这货搅得乌烟瘴气……

顾淮文越看汤松年越不顺眼。

他想来想去，觉得还是直接上手吧。男的与男的之间，说什么话都显得娘，直接动手来得痛快点。

顾淮文慢条斯理地关掉录音笔，把手从裤兜里拿出来，活动了一下修长的手指，然后一根一根地握紧，一个新鲜出炉的拳头就这么立起来。

但他又转念一想，自己的手那么金贵，随便拿刀划一笔就是几大千，就为这么个破事儿，值得吗？

答案显而易见。

于是顾淮文很是冷静地跟汤松年说了再见，临走前还耐心地教育汤松年："叫什么顾老师，显得我很老一样。"

回家后，顾淮文就把刚才在篮球场的录音发给了夏晚淋学校校报记者部。

传说中在校报记者部有"姐妹"的王梦佳，也没能阻止这篇一发出来就立马引起轰动的文章。因为很明显，相比女孩儿之间借睫毛膏的友谊，一篇够同学们在食堂里边吃饭边讨论的文章，重要多了。

而更重要的是，夏晚淋这个扬眉吐气啊。

她在吃饭的时候，一直念叨是哪位大英雄干了这么件功德无量的好事儿，洗清了她多年的冤屈。

顾淮文全程面无表情。

他是吃自己醋的那种傻瓜吗？

他是。

前脚夏晚淋刚说完"大英雄"，后脚顾淮文就接了一句："哪个大英雄这么阴损，还偷摸录音？"骂得那个顺口，好像干出这件事儿的那个人不是他似的。

不仅如此，他还吃汤松年的醋："下次别见个人哭，就上赶着递纸巾。你看，多麻烦。"

夏晚淋点头如捣蒜。

第九章

九月空气脆甜

他不关心人类，但他固执封闭的世界里，
多了一个叫"夏晚淋"的人。

感谢顾淮文，重获清白的夏晚淋终于可以在学校里走路，后面没有窸窸窣窣的小声音了；走去食堂打饭，再也没像之前那样，她坐下的地方，另一个人立马端着餐盘离开，搞得像她有传染病一样。

不仅如此，她还交到了一个朋友：丁小楠。

丁小楠啥都好，就是思想污秽，黄段子溜得飞起，想必小学时的生理卫生课学得十分到位。

夏晚淋和她逛了一下午超市，整个灵魂都升华了，头一次明白了什么叫"铁打的郭子，流水的嫂子"。

回家后，灵魂得到升华的夏晚淋看顾淮文的眼神怪怪的，隐约还有一丝兴奋。

因为顾淮文的腿毛十分旺盛，顾淮文的鼻子十分挺。

很好。平时人模狗样的，原来……夏晚淋又流鼻血了。

顾淮文转头一看羞愤奔向洗手间的夏晚淋，一边觉得好笑，一边很想砸开夏晚淋的脑子，看她整天在想些什么乱七八糟的东西。

比如现在，刚从洗手间里出来的夏晚淋，没消停三分钟，就吵着要看电影。

顾淮文一想，这是个好机会啊，重新给夏晚淋构建更高级的世界观和审美能力。

他挑来挑去，最后给放了部《辛德勒的名单》。

这片子顾淮文看过了，他去二楼说拿张毛毯下来给夏晚淋盖着。现在已经入冬了，屋里虽然有暖气，但夏晚淋瘦唧唧的，穿再多看着都单薄，顾淮文总觉得她冷。

等他拿着毛毯下来，夏晚淋哪儿是刚开始他上楼的样子，一点也没规规矩矩没正行地瘫倒在沙发上，歪着头，手里捏着块饼干，眼睛眯着，从小小的饼干洞里看着电影。

听见顾淮文下楼的声音，她立马坐正，三两口把手里的饼干"咔嚓咔嚓"嚼干净。

"你觉得我是瞎了吗？"顾淮文目睹完夏晚淋这一套动作，叹为观止。

"我觉得我要瞎了。"夏晚淋下嘴唇包住上嘴唇，朝刘海吹了口气，"我刘海太长了，挡眼睛，看什么都看不进去。"

"我看你从饼干洞里看世界看得挺津津有味的啊。"顾淮文把毯子盖在夏晚淋身上，然后压了压被角。

夏晚淋撇撇嘴，手脚被毯子禁锢着，身子和头却非常灵敏地往顾淮

文怀里拱过去。

"新视角，新发现。"

顾淮文乐了，亲一口夏晚淋的脑门儿，问："发现什么了？"

"确实刘海太长了。"夏晚淋点点头，说得十分认真。

"那剪呗。"顾淮文说。

"我这不愁着理发师听不懂话吗？"夏晚淋愁眉苦脸的，"我在这儿没混熟，不知道哪家理发店靠谱。你有没有什么好推荐？"

顾淮文眨眨眼，说："不知道。我理发不上理发店。"

"那您自己动手？"夏晚淋惊了，迅速地回头看顾淮文的头发，一头卷毛，看似杂乱无章，其实层次分明，拉直的时候很帅，不拉的时候很萌。顾淮文还有这手艺？

"顾家有专门的理发师，我从小到大所有的发型都归他管。"

夏晚淋沉默半秒："得罪了，忘了您出身名门了。"

"能不能好好说话？"顾淮文乐了，屈起食指敲夏晚淋的头，"我给你剪吧。"

"你会吗？"夏晚淋十分怀疑。她是看过《失恋三十三天》的，里面王一洋给黄小仙剪刘海那段，看的时候，她乐得像个穷了半辈子突然被告知是什么首富的私生子一样；看完之后，她认真地拷问自己从这电影里知道了什么。

答案很简单：找人剪刘海，得谨慎谨慎再谨慎。

已经谨慎了很久的夏晚淋看着顾淮文真诚的眼睛，觉得还是相信他好了。

这个人连那么贵的沉香都能雕好，还剪不了一个花样年华少女的刘海了？

没道理嘛。

这么想的夏晚淋，十分安心地闭了眼。灯影幢幢，顾淮文拿着剪刀的手在她脸颊前扫来扫去，像是下雨天的雨刮器，温柔地在眼前掠过浮影。

"好了。"顾淮文把剪刀放下，捏着夏晚淋的下巴，左右摇摆看了一下，很是满意自己的手艺。

"哇，什么样儿？"夏晚淋满怀期待地睁开眼。

看到自己那已经只离眉毛一厘米的短刘海，愣了三秒，夏晚淋又自欺欺人地闭上眼，催眠自己一切都是假象，一切都是幻影。

她再睁开眼——

OK，还是老样子。

去他的啊！这剪的是啥啊！跟个村头门上贴的送财童子一样！

"顾淮文，我今天跟你拼了！"

"干吗啊？剪得多好啊，"顾淮文看夏晚淋跟点燃的炮仗似的"噌"地朝他射过来，觉得好笑，一边躲着夏晚淋没章法的拳脚，一边试图解释自己这么剪的原因，"多喜庆啊！"

"……"

夏晚淋听完这话更愤怒了。

要说顾淮文是手残剪岔了，她给自己做做心理建设，这事儿就算过去了，结果这货居然是有意这么干的。

能忍吗？就问问能忍吗？

"鬼要喜庆啊！哪个风华正茂的美少女希望自己看着喜庆啊！"

顾淮文越看夏晚淋额头上那堆短短萌萌的毛，越觉得可爱，配上夏晚淋气红了的双眼和一脸要咬死他的神情，简直就是个活灵活现的愤

怒小茄子!

顾淮文大手抱过气得要踢他的夏晚淋,放在手里揉来揉去,直把她那头毛揉得更乱,才心满意足地撒手:"又喜庆又可爱,看着都喜欢得不得了。"

"……"

好吧。

夏晚淋皱起鼻子,满身沸腾的怒火就这么给平息,就着顾淮文的手,往他怀里拱进去。

"下次不许再剪这么短了。"

"好。"顾淮文答应得可好了,心里想的却是:下次还剪这么短。

早上夏晚淋去上课,下楼一看,顾淮文居然在。

"起这么早?"夏晚淋诧异地问。

"你不是想让我陪你吃早饭吗?"顾淮文打了个哈欠,"面包机不知道怎么搞的,坏了,将就着吃点吧。"

"你还做好了饭?"夏晚淋已经不是诧异了,她是觉得自己没睡醒了。

"啧,"被夏晚淋问得要害羞的顾淮文敲敲桌子,一脸不耐烦地说,"你还吃不吃了?"

"吃,吃。"夏晚淋眼睛盛着笑意,心里像被温度适中的炉火徐徐暖着一样。

"等一下。"

顾淮文叫住要坐上椅子的夏晚淋,招手让她走到自己身边,看了半天,把夏晚淋都看得不自在了,才慢吞吞地开口:"坐吧。"

187

夏晚淋转身就要走，顾淮文一把拉住她："在这儿坐呗，跑那么远干吗？"

"哦。"夏晚淋笑着坐下。

她喜欢的男人，有着世界上最不会表达爱意的嘴，有着世界上最具欺骗性的冷淡表情。她喜欢的男人，是世界上最最可爱的男人。

"今早你没打算吃早饭？"顾淮文帮夏晚淋往面包片上抹果酱。

"准备去超市买盒牛奶就行了。"夏晚淋如实回答。

"空腹喝牛奶对身体不好。"

"是吗？没事，一次两次不会怎么样。"夏晚淋张嘴要咬面包，却咬了个空。

顾淮文把夏晚淋递到嘴边的面包拿开，然后扯一张卫生纸蘸水，轻轻地擦掉夏晚淋嘴上的口红。

"行了，吃吧。"

夏晚淋笑得眼角弯弯，声音甜甜地答应："好！"

谁料刚才还温柔地给她涂果酱、温柔地给她擦口红的人，现在居然一脸嫌弃："你喉咙被压弯了，还是堵车发不出声音了？"

"……"

夏晚淋狠狠地咬了一口面包片，用力地嚼，嚼得牙齿"嘎哒"作响，恨不得嘴里嚼的就是顾淮文这个神奇的物种。

上午上完课，下午还有课，所以夏晚淋没回家，打算跟丁小楠一起去食堂吃。

丁小楠是个讲究人，老说食堂的筷子和餐盘不干净，每次都自己带饭盒跟餐具。结果今天丁小楠刚好把饭盒落寝室了，夏晚淋试图说服丁

小楠，就吃这么一顿食堂的碗筷没事的，毒不死人。但丁小楠去意已决，斩钉截铁地说要回寝室拿了碗筷再去食堂。

俩人正在互相说服呢，教室门突然被敲响了。

一看是汤松年。

自从录音事件后，夏晚淋再也没见过他，现在猛然地一照面……她眨眨眼，不知道该说什么。

毕竟眼前这个人拿自己当挡箭牌耍了一学期。但真要感受一下自己的心情，夏晚淋知道真相后也没多生气。她觉得自己能捡到顾淮文这样的大宝藏，已经是幸运值爆表了，再不遭点罪，她都不平衡。

某种程度上讲，如果不是她被孤立，她也不能赖在家里，赖在顾淮文身边。所以，她能和顾淮文在一起，其实还得谢谢汤松年和王梦佳。

"丁小楠，是吧？"汤松年笑得像四月杨柳依拂的湖面，"你家在云南，得赶紧订机票了，不然到时候来不及。"

"啊——好，谢谢学长。"丁小楠愣了愣，大概是想说他怎么知道自己的名字和家乡。

汤松年笑了笑，然后把手里的饭盒递给夏晚淋："这就是食堂二楼角落那家盖饭的干炸花生米，之前说过带你去吃的。"

夏晚淋抿抿嘴，手悄悄地拽住丁小楠："谢谢你。"

"同学之间，应该的。"汤松年言语间平淡自然，好像最近身处舆论风波中心的人不是他，"我先走了，你们快点去食堂吧，不然好吃的该没了。"

等汤松年走了，丁小楠拉过夏晚淋低声说："这学长是想……继续泡你？"

"泡什么泡，咋不去泡面？"夏晚淋翻了个白眼，把刚才汤松年连着饭盒一起递给她的纸,不露痕迹地揣进兜里,"他怎么想的关我什么事儿,马上要期末考试了,我自己操心复习还来不及呢。"

丁小楠点点头,觉得夏晚淋说得有道理,然后单手搭上夏晚淋的肩,一脸调侃:"可以啊,你居然用'复习'这俩字儿,我反正只配'预习'。"

夏晚淋:"……"

"我也就这么一说,我其实也是'预习'级别的。"夏晚淋挠挠头,"但是问题应该不大,毕竟上帝除了给我倾城的容颜,也给了我逆天的智慧。"

"应该是还送了一样东西。"

"什么?"

"惊人的自信。"丁小楠面无表情地说。

"去你的。"夏晚淋笑着踩丁小楠的脚。

下午上课的时候,夏晚淋把兜里汤松年给的纸拿出来。

是一幅漫画。一只加菲猫嘴角带着漫不经心的笑,软趴趴地瘫在秋千上,一只爪子托腮,另一只爪子逗空中的蝴蝶。

翻过面是汤松年规整的正楷字:

你应该挺喜欢加菲猫的吧?别问我为什么知道,从小练出来的条件反射,见一个人就习惯观察他的喜恶。

我小时候最喜欢看的动画片是《灌篮高手》。当然以我出生的年龄,它早就播过了,我是在网上搜来看的。

里面我最喜欢木暮公延。

樱木花道太明烈,一看到他,我就觉得自惭形秽。此外,他被甩过

190

50 次，太惨了。流川枫当然无可挑剔，每一个女孩子的梦中情人，每一个男孩子暗自想成为的对象。但之所以会这样，是因为现实里少有人是流川枫。大多数人攒了一身流川枫的不合群和坏脾气，却没有练成流川枫的牛 × 球技。

而木暮公延不一样。他以善良稳妥为技能，尽管各方面不突出，但赢得了大家的尊重和喜爱。

我觉得我就是他。

但是我忽视了很重要的一个点：木暮公延他真的热爱着篮球。而我不喜欢做什么所谓的会长、大队长或者部长。

你应该能看出来，其实我并不擅长谈话。

上次在便利店门口，我好几次都看见你因为我突兀的话题差点闪了舌头的样子。

当然，我平时不这样。

我是想说，那些谈话技巧都是后天观察学来，然后刻意矫正的。

外人赞叹我的记忆力，看一眼就能记住一个人的名字，更可怕的是还记住了其家乡、背景、爱好。其实，那都是我死记硬背来的。

小学做纪律大队长，那是我第一次开始熬夜背人名。我以为之后背多了就能快一点，结果直到现在，我还是得奋战到天明。

你肯定觉得不可思议，怎么有人这么乐意委屈自己？我是得多虚荣，才能每天熬夜下这死功夫来换得一点所谓的"官位"。

我想做一个画漫画的。

我想过很多次，如果有一个人试图来了解我，问我想做什么，我肯定含着泪，受宠若惊地说："我想做一个画漫画的。"

我不想做什么会长、部长、大队长、优秀学生干部啥啥啥……

但我爸妈想让我这样。

算了，一言难尽。

我发现"愧疚"就是所谓亲子关系的实质。

算了，说了你也不懂。

总之，抱歉。之前的所有，都很抱歉。

你上辈子应该是蝴蝶吧？轻飘飘的，被写进庄子的梦里，自由又……想不出来了，就这么着吧。主要是跟你道歉，当着面儿我说不出来。

我很久没拿画笔画了，有点生疏，肯定比不上顾淮文画的，但也希望你不要立马扔掉，至少看完这段话再扔。

夏晚淋看完，垂着眼睛，嘴唇微不可察地抿紧了一些，然后慢条斯理地把这张纸折了好几折。

她准备听从汤松年的嘱咐，现在看完了，待会儿下课就扔了。

每个人都有每个人的选择。她现在一味劝人勇敢，不就是成就他的"不孝子"身份——如果她没有理解错信的内容的话。

跟她有什么关系呢？

汤松年现在在她面前自述真情个什么劲儿？无非是孤独的人想借机倾诉，无非是心里有愧的人在借机转移道德注意力。

她现在听完了，也不能改变什么，也不能帮什么。

再说了……夏晚淋眼底有些嘲讽，汤松年可不是这信里说的这样讨厌做学生干部。他不挺享受那些暗自存在的特权的吗？什么查人学籍、排教室、调遣底下的人，正大光明地耽搁课业……他的梦想可能真的是想成为漫画家，但不可否认的是，目前这个状态，他其实挺乐在

其中。

算不算人的悲哀，夏晚淋不知道。

她只是感谢顾淮文。

"以你的智商，你就把每天当愚人节过吧，好歹能在知道什么事情后，反问一句是不是真的。"

顾淮文说得对。

现在她确实没那么容易被煽动情绪了。

上完课，夏晚淋收拾完东西正准备回家，投奔顾淮文又暖又宽阔的怀抱，于婷婷就把她拉住了。

"晚淋……我，你可以跟我一起去'星期九'吗？"

星期九是一家奶茶店，开在学院路。

于婷婷泼她水之前，她俩老一起去那儿喝奶茶，聊八卦。

夏晚淋估摸着她这是要来道歉？头皮一阵发麻，她最受不了这种正儿八经的煽情场面，也最受不了一个人"深情"地自述。

刚送走一个，又来一个，夏晚淋都想翻白眼了。

她连自己都顾不好，谁要去听你的艰难往事和复杂的心路历程啊？我管你是怎么想的，事情做了就是做了，事后的任何解释都是抵赖，都是在给自己寻求脸面和台阶。

"不了吧，"夏晚淋哈哈干笑两声，"你如果是要道歉的话，真的不用，我真没生气。"

"可是——"

"没什么可是，"夏晚淋认真地看着于婷婷，"我是真的没在意。只是一开始有点惊讶而已，我以为是哪个恨我入骨的呢，走路上'哗啦'

一盆水下来，结果后来汤松年才说那个人是你。知道后，也只是有点惊讶，后来想通了也就没什么了。怪不着你。你不像我通读，你得一直待在寝室里，得和同学相处嘛，我懂的啦。"

于婷婷听了这番话，鼻子就像被滴了两滴柠檬汁儿，然后热气顺着血液流到眼睛里，蒸发出一串委屈跟自责的泪水。

"我知道这样不对，那天泼完我就后悔了。我想别人不知道，但我不是别人啊。地震的时候，汤松年朝你走过来，你躲得比谁都快……但是……但是好像只有加入那些愤怒的女生中，才能证明我跟你没关系……我跟她们是在同一条阵线。对不起……"

"别别别，"夏晚淋连忙双手撑住于婷婷的肩膀，阻止她弯腰的动作，一脸"使不得"的惊惶模样，"我理解，趋利避害是人类本性，不要求他人，管顾好自己。有个人跟我这么说过。本来我特别伤心，后来慢慢地理解了他的话了，我就不伤心了。大家都是可怜人，没什么好指责的。"

趁着于婷婷还在消化这段话，夏晚淋连忙脚底抹油，扔下一句"我还有事先走了"就赶紧溜了。

这种大场面，她真的不适应。

夏晚淋吐一口气，抖了抖手臂上的鸡皮疙瘩，然后脚步轻快地往顾淮文家走去了。

快要到家门的时候，刚好看见王梦佳往小区外走。

什么情况？

王梦佳怎么找到这儿的？她是来找顾淮文的吗？有没有搞错？顾淮文的家庭住址是个人都知道吗？

她一肚子的疑问，在看到顾淮文的瞬间，"咕噜咕噜"全冒出来了。

"刚才那个女生是——王梦佳？"夏晚淋抬头问顾淮文。

"嗯。"顾淮文接过夏晚淋的书包。

等了半天，等来一阵沉默。

"然后？什么情况？"夏晚淋问道。

"她跟我说你被中年富豪包养。"

"谁？"夏晚淋一脸的不敢置信。

"王梦佳说你被中年富豪包养了。"顾淮文憋着笑。

"笑个屁啊！"夏晚淋打顾淮文，"你怎么回答的？"

"我说，哦。"

而实际上，听完王梦佳说完夏晚淋被包养那句话，顾淮文就想乐了。但他告诉自己要冷静，于是摆出一张深情款款的脸，用肉麻的语气表白道："就算那样，我也爱她。"

王梦佳当时气得脸都歪了，丢下一句"你迟早会认清她的真面目"就走了。

浑然不知自己错过一句深情告白的夏晚淋，在那儿心有余悸地感叹："太可怕了，这个人，居然找上门了。她是怎么知道你住这儿的啊？"

"问她自己咯。"顾淮文耸耸肩，"没事儿，这地方我也住腻了，等你毕业，咱们就搬走吧。"

"好！"夏晚淋兴奋地蹦起来，"咱们搬去云南吧！丁小楠也住在云南！而且我好喜欢上次我们住的那个客栈啊，去云南吧！"

"太热了，不去。"顾淮文话锋一转，"但我真的很好奇，包养你的那个神秘的'中年富豪'到底是谁？"

夏晚淋一五一十地交代完，从他那个 01234 的车牌开始。

承认吧，你也喜欢我

顾淮文听完哭笑不得，把人压在沙发上亲："原来我就是那个中年富豪啊？"

"中年"两个字被着重强调。

"不是不是，"夏晚淋被亲得上气不接下气，把自己的嘴唇从顾淮文一下一下的啄吻里解救出来，"你是青年，青年富豪。"

晚上，夏晚淋想着怎么也该把"看书预习准备考试"提上日程了。所以尽管十分想赖在顾淮文身边无所事事，但她还是乖乖地打开书本，坐在台灯下学了起来。

顾淮文在楼下找人找了一圈没找着，上二楼一看，我的个苍天有眼，日月普照，夏晚淋居然学习了。

"您被佛祖点化了？"顾淮文问。

"啥？"

"怎么突然开始看书了？"

"我一直都喜欢看书好不好！"夏晚淋面红耳赤地争辩。

"是是，您一直喜欢看《深情小王爷和他的娇蛮小王妃》。"顾淮文面无表情地讽刺。

"谁说的？"夏晚淋大拇指刮了下鼻子，言语神情间还颇有些骄傲，"我对外宣称最喜欢看的书是艾略特的《荒原》和博尔赫斯的《小径分叉的花园》。"

顾淮文沉默了，觉得自己早就准备就绪的调侃被一阵扑面而来的狂风堵住，半天不知道该说什么好：该夸她机灵，看脑残书还知道掩盖一下，还是该教育她不要虚伪，直面自己的低级审美？

但好像哪一个都不太合适。

"你呀你，"顾淮文哑然失笑，他去捏夏晚淋软乎乎的耳垂，"你还是好好复习吧。"

"我呀我，我复习不进去啊。"夏晚淋苦着一张脸，没精打采地把下巴杵在桌子上，看着写得密密麻麻的文学史教材和复印来的笔记，一筹莫展。

顾淮文小指和无名指摩挲了一下，慢条斯理地开口："你读出来，这样可以帮助你集中注意力。"

"真的吗？"夏晚淋"噌"地抬起头，像草原里突然立起脖子的羊驼。

"骗你我能得到什么？"顾淮文反问。

"你能得到快乐。"夏晚淋木着一张脸说道。

"哈哈哈哈哈哈哈哈！"顾淮文没想到夏晚淋能接上这么一句，乐了半天才缓过来，"这次真没骗你。你考试没过开学补考，丢的是我的脸。我得被你院长笑死。"

夏晚淋听话地开始念了出来：
我们在这里可以稳坐江山，
我倒要在地狱里称王，大展宏图；
与其在天堂里做奴隶，
倒不如在地狱里称王。
……动摇了他的宝座，我们损失了什么？
并非什么都丢光了：不挠的意志，
热切的复仇心，不灭的憎恨，
以及永不屈服、永不退让的勇气。

还有什么比这些更难战胜的呢？

弥尔顿笔下的撒旦形象是复杂的，他和歌德《浮士德》内靡菲斯特为形象有类似之处，既是恶魔，又是光明之子（他本是鲁西弗，即晓星、金星）：既有破坏的一面，又有促进改革的一面。他的魄力与庄严值得尊敬，他的狡猾阴险令人厌恶。《失乐园》的艺术特色在于雄浑宏伟的风格……

就像夏晚淋不知道顾淮文偷偷看她映在落地窗上的影子一样，夏晚淋也不知道，顾淮文在她认真念教材的时候，偷偷拿手机录了她的声音。

如果打开顾淮文的手机，点开"我的录音"栏，会看到好几个文件夹，分别标着"她生气的时候""她笑的时候""她逗奥蕾莎的时候""她着急要迟到的时候"……现在加了一个"她学习的时候"。

顾淮文从来不相信眼睛，眼睛把东西放反了再成像，这样曲折；而耳朵却是最直率的，就像嗅觉一样避无可避。

一个人年老了，他的外貌可以发生翻天覆地的变化，唯独声音，可以一直动听。

他收集着夏晚淋的声音，就像他小时候一个人独自收集着河流淌过原野的声音、露水离开花瓣的声音，以及火堆里木头燃尽掉落的声音。

在遇见夏晚淋之前，他对自然界的兴趣，远大于人类；遇见夏晚淋之后，他依旧不关心人类，但他固执封闭的世界里，多了一个叫"夏晚淋"的人。

期末考完，已经正式进入隆冬。

考完最后一科出来，夏晚淋甩了下手，跺了跺已经冻得快没知觉的脚，慢吞吞地走出校门，就看见顾淮文撑着一把伞，穿着黑色扩领大风衣，气场十足地站着等她。

夏晚淋笑了，留给丁小楠一句"我先走了，寒假快乐"，就飞奔到顾淮文怀里。

"好冷啊！"夏晚淋本来没觉得冷，躲在顾淮文怀里就觉得怎么这么暖，一下子觉得外面冷了。

"快点回家吧。"顾淮文摘下手套递给夏晚淋一只，然后牵着她另一只手揣进自己大衣口袋里，口袋里有暖手小包。

夏晚淋右手手心里握着暖手小包，手背上是顾淮文攥着她的手；左手虽然露在外边，却戴着顾淮文手温尚存的手套。

她笑呵呵的，眼睛弯得快看不出原来的形状。

过了一会儿，夏晚淋问顾淮文："我的脚已经冻得没知觉了怎么办？"

"你喜欢走路吗？"顾淮文慢悠悠地甩出这句话。

"不喜欢。所以快来背我吧！"

"那就没事。"

"啊？"

"腿冻瘸了也没事儿。"

夏晚淋："……"

"您还真是有一颗火热的心呢。"夏晚淋哼一声，讽刺顾淮文。

"也说不上火热，主要是比较理智，看问题比较有前瞻性。"顾淮文这话说得面不改色。

承认吧，你也喜欢我

"呸！"夏晚淋这话也说得面不改色。

顾淮文睨了夏晚淋一眼："这么冷的天儿，你再不走两下，我看你是真不想要你的蹄子了。"说完停顿了一下，他又接着说，"待会儿回去看看自己还要带点儿什么，大部头的我帮你收拾好了。"

"啊？"夏晚淋没反应过来，他是打算一起出去玩吗？

"我没跟你说？"顾淮文说，"这个冬天我要回顾家，你不一直说要看我小时候长大的地方嘛，机会来了。"

"哇！"夏晚淋眼睛放光，"就是那个传说中的顾家！"

"什么传说中，"顾淮文拍拍夏晚淋的头，严肃地纠正，"你别整天给我乱加名号，就是普通家庭。"

顾淮文谦虚了，夏晚淋看着面前宏伟壮阔的中式大宅子，雕梁画栋，陈朴稳重，以为这就是目的地了。结果，顾淮文指了指山上："那儿才是我们住的地方。"

"您……"夏晚淋组织着措辞，小心翼翼地说，"您家是一座山？"

"我不是山大王。"顾淮文手弯成半球体给夏晚淋暖冻得红通通的耳朵，"就知道你要这么说。"

夏晚淋嘿嘿一乐，突然想到一个致命的问题："咱们要一路爬上去吗？"

"你爬吧。"顾淮文说，"反正我是靠走的。"

"呵呵。"夏晚淋翻个白眼，干笑两声当作回应，"你的笑话真的比现在的天气还冷。"

"白眼翻得跟白内障似的。"顾淮文拉着夏晚淋往上走，"就走石阶梯，顺着走就到了。中途累了有些小亭子和客室，但我一般都住在最

上面。"

夏晚淋听着听着又警惕了："客室？那我得住半山腰的客室，你住山顶的主屋？"

如果那样的话，夏晚淋都打算好了，她立马走人。这荒郊野岭的，一个人住在半山腰，不是狼吃了她，就是鬼吓死她。

顾淮文挑挑眉："你觉得我会让你住那儿？"

"我觉得，"夏晚淋悄悄捏上顾淮文的衣角，小声地说，"我觉得我要跟你住在一起。"

顾淮文没说话，但是个明眼人都能看出来，他那嘴角弯得堪比雅鲁藏布大峡谷的那个弯儿。

一路上树木蓊郁，而且看得出来那些树都是有一定年头的，随便拎出来一棵，树干都比夏晚淋身体粗。

隆冬季节，山雾缭绕，越往上，山雾越重。翠鸟清脆的叫声，像山间的溪水悦耳欢快。偌大的山，整齐宽阔的石阶，上面刻着繁复的花纹鸟兽，一层一层地把人往山上送，像天宫的阶梯。栏杆也是石雕的，猴子、马、牛、羊……一路上，夏晚淋眼睛都看不过来。走着走着就有一个平台，平台宽大，上面建着四合中式庭院，屋脊翻飞，屋檐上时不时挂了一串风铃或灯笼。

"风铃跟这里好不搭啊。"夏晚淋停下来歇气，看见屋檐上的那串风铃，小声地跟顾淮文说。

可能是这里太静的缘故，夏晚淋都不敢大声说话，用句古诗来形容，就是"不敢高声语，恐惊天上人"。

"那是我挂的。"顾淮文说，"五岁时画的第一幅画，我觉得太好看了，裱哪儿都觉得不够突出，后来想了一个招儿，干脆放在风铃里，挂在这儿，是个人都能注意到。没想到，这么久了，居然还在。"

"但是我看不见里面画了什么啊？"夏晚淋眯着眼睛看半天也没瞧出个名堂。

"废话，离这么远，你又不是猫头鹰，看得见啥啊？"顾淮文说。

夏晚淋捶一下顾淮文的胸："你不是顾家大少爷吗，走了这么久怎么还没人来接你？"

"接我干吗？"顾淮文反问。

"就是——"夏晚淋回忆了一下，"一般来说，不是应该仆人一大堆，然后从山脚开始，一路整整齐齐地站着，一走过一处地方，就有一点'欢迎回来'的声儿吗？"

顾淮文沉默了两秒，拎着夏晚淋重新上路："求求你少看一点那些莫名其妙的书。还很远，快走吧。"

"很远！"夏晚淋惨叫一声，她已经累了，双脚弯一下就跟承受不住地心引力似的，"啪啪"往下坠。

"让你平时多运动，整天就知道窝在屋里看小说追剧。"

"我的生活方式我做主！"夏晚淋抗议，"谁让你家住在山上？顾爸顾妈老住山上会得老寒腿的。"

"放心，"顾淮文嘴上嫌弃着，身体却已经蹲了下去，示意夏晚淋趴到他背上，"他们来回走这条山路气儿都不喘的。"

夏晚淋象征性地撇撇嘴，当作自己最后仅剩的尊严，然后开开心心地跳上顾淮文的背上了。

这下果然轻松多了，一路上夏晚淋哼着歌儿，边走边看那些精美的石雕、木雕。

"雕刻世家就是不一样，"夏晚淋感叹道，"走哪儿都是一件艺术品。"

顾淮文笑了："你从哪儿看出来这是艺术品的？"

"就是，雕了花啊……"这话夏晚淋说得没底气，总觉得顾淮文下一句就会把她损回来。

"那是我小时候无聊，一路雕下去的。这一路你看的所有东西，都是我闲得无聊雕的。"

"哇！"夏晚淋惊讶了，觉得顾淮文好厉害。

见到顾淮文的爸爸妈妈了。

夏晚淋和顾淮文到的时候，俩人正在午睡，整个院落静悄悄的。顾淮文先拉着她的手去自己房间。行李已经送到了，夏晚淋觉得好歹是见家长的第一面，得换件衣服，这身衣服坐了这么久的飞机，万一有味道呢。

顾淮文从外面进来，就看见夏晚淋正撅着屁股在行李箱里找衣服。山上冷，他们屋里有火也凉飕飕的，她就穿着一件深绿色的连帽卫衣，外面搭着一件白色的飞行服，看着都冷。

他正要开口说话，就看见夏晚淋拎着一件更薄的大衣出来了，看那架势还准备换上。

顾淮文反省自己收衣服也是没长脑子，就拎着几件夏晚淋常穿的衣服就走了，忘了山上比下面冷多了。

夏晚淋没等把大衣穿上，身后突然有了暖意，像突然被丢进了一团软绵绵的云朵里面。

她低头一看是件黑色的羽绒服。

"这谁的啊？"夏晚淋问。

"我的。"顾淮文帮夏晚淋把衣服穿好，拉链拉到最上面，"放在家里的，这次给你带的衣服太薄了，穿我的吧。"

"哦。"夏晚淋乖乖点头，看着长了一大截的袖子和拖到膝盖的衣摆，忍不住问，"这么穿行吗，我咋觉得有点不正式？"

"六方会谈啊，还正式。"顾淮文敲敲夏晚淋的额头，"我爸我妈又不是怪物，你紧张干吗？"

"他们肯定都特别厉害，你们搞艺术的，都比较怪。"夏晚淋诚实作答。

"放心，他们雕得没我好。"顾淮文安抚夏晚淋，虽然他这话的意思其实更像是在显摆。

顾淮文的羽绒服上有股淡淡的香，悠久而古远。这个味道她再熟悉不过，是沉香的味道。她闻着这熟悉的味道，慢慢心安了一点。

没事儿，她夏晚淋不说人见人爱，好歹也是花见花开的程度。就这俩小老头儿小老太太，她还降不了了？

事实证明，她确实降得了这小老头儿小老太太，跟顾淮文爸妈见面没三分钟，立马热情地聊了起来。夏晚淋听顾淮文小时候的故事听得津津有味。

顺带知道了这一路山路上来的那些雕栏哪儿是顾淮文无聊雕的啊，明明就是他调皮弄坏了师父雷祁新雕的木刻，这一下损失了几十万，当时的几十万是个大数目，给雷祁气得轰着顾淮文去把这一路的石栏杆都雕了个遍。

托脾气暴躁的雷祁的福，顾淮文的雕刻手艺，经过这一回，噌噌噌往上升了好几个等级。

这段历史让顾淮文听得面红耳赤,他说他妈:"这都多久前的老历史了,还翻出来说干吗?"

"可某些人明明说,那都是他无聊时雕的。我听那意思还以为是他自愿的,原来是被罚的啊。"夏晚淋在一边凉飕飕地冒出这么句话。

"夏晚淋!"顾淮文恼羞成怒。

难得见他情绪这么外露,夏晚淋觉得新奇,心想果然人一回到自己长大的地方,整个人都会幼稚一点。

"男孩子碰见喜欢的女孩子,总是要绷面儿,都这样。"顾妈妈笑着说,"我家老顾不也这样,当年我们下乡,他明明就使不来锄头,偏偏不认,要在我面前——"

"这都多久前历史了,还翻出来说干吗?"顾爸爸说了句跟顾淮文一模一样的话。

四个人一愣,一起笑了起来。

"我大徒弟的媳妇儿领回来了?这欢乐一家亲的样儿,真让我羡慕啊!"没见到人,先听到这一串精气神十足的声音,紧接着就是一阵爽朗的笑声。

顾淮文叹了一声气,无奈地扶额。这是他师父雷祁。

这雷祁来了,不是得爆料更多,他的形象算是砸了,还是砸得稀巴烂的那种,惨状堪比落到地上的熟柿子。

果然,雷祁刚刚坐下,手里捧着茶杯还没喝呢,下一句就说:"我看见他这一路背着这位小姑娘上来,啧啧啧,年轻人啊!"

顾淮文脸一红,还没说话,雷祁咽下茶,又说:"谁能想到从小冷淡到大、谁都不理的顾淮文,一谈恋爱这么肉麻?连媳妇儿的衣服都要管，非得让人家穿自己的，这占有欲，啧啧啧。"

夏晚淋算是知道顾淮文那动不动就"啧啧啧"的语言习惯是跟谁学的了。

"师父，您采风回来了？"顾淮文见缝插针，趁着雷祁低头喝茶，连忙转移话题。

"早回来了，有的人有了媳妇儿忘了师父，哪儿还记得我啊？"雷祁把茶杯放在桌子上，慢条斯理地说。

饶是厚脸皮如夏晚淋也撑不住这一口一句的"媳妇儿"了，她悄咪咪地缩到顾淮文身后，遮自己红通通的脸。

本来计划的是年二十八把夏晚淋送回去，结果夏晚淋的爷爷夏国栋一听她在雷祁爷爷这儿，大手一挥，做了决定："他有的是钱，淋娃就在那儿住着吧，享两天福。能把他那大徒弟勾搭上最好，咱夏家也算是嫁了一回豪门。"

已经勾搭上大徒弟的夏晚淋眨眨眼，怎么有种自己被卖了的感觉。她决定不告诉她爷爷，她已经和顾淮文谈恋爱的好消息了。

本来以为偌大的一座山上面只住了俩孤独的老人，后来夏晚淋才知道自己错得有多离谱。到了晚上吃饭的时候，一群年轻人不知道从哪儿冒出来的，反正就是四面八方的都有人出现了。他们看见顾淮文还都尊敬地垂首喊道："大师兄。"

顾淮文点点头，颇有架势地沉声答应。

夏晚淋在一旁憋笑，每次一有人喊顾淮文"大师兄"，她就老想接一句："沙师弟。"

顾淮文怎么可能不知道夏晚淋的小心思，他目视前方，表面上光明

磊落, 手却悄悄从后面捏夏晚淋的手腕, 示意她收敛点。

"大师兄好久没回来了!"说话人的声音像是凌空劈开的光, 满怀着兴奋, "哟, 这还带——嗯, 嫂子? 是这么叫吧?"

"没正行。"难得见顾淮文回话这么放松。

夏晚淋好奇地探出头去看。

来者有点胖, 脸肉肉的, 很可爱, 笑起来有个酒窝。

"我叫易乐,"他笑呵呵地跟夏晚淋打招呼, "从小跟大师兄一起长大, 以后你要是想知道有关于大师兄的过往, 想找人问的话, 我随时在这儿等着呢。我电话是 15736……"

"差不多得了啊。"顾淮文笑着, 作势要打易乐。

"没事儿,"夏晚淋一脸"好说好说"的表情, "就念了一回的数字, 我也记不住。"

晚上睡觉的时候, 夏晚淋蜷在顾淮文怀里, 好半天才平静下来: "你在这儿也太……"想半天她也没想出来形容词。

顾淮文伸手把夏晚淋背后的被子掖好: "就问你爽不爽吧?"

"爽!"夏晚淋笑得贼兮兮, "我跟在你背后, 有种狐假虎威的感觉。"

"什么跟在我背后, 你是站在我身边。"顾淮文认认真真地纠正道。

夏晚淋抿抿唇, 不知道该说什么, 千言万语化作一个吻, 轻轻地落在顾淮文的嘴角。

顾淮文垂眸看怀里的夏晚淋, 她笑得眼睛弯弯, 弯弯的月牙里流淌着一条亮闪闪的河流, 河流上有风, 有月亮, 有满天数不尽的星星。

第十章

十月晚风滞留

夏晚淋生日要到了。顾淮文亲手给她雕了条翡翠脚链，很好看。

怎么个好看法儿呢？

这么说吧，一看就很值钱。

夏晚淋做了很久的思想工作，忍住把它拿去卖掉换钱的欲望。她真的很喜欢钱，国内沉香雕刻大师亲手雕的脚链，这得值多少钱啊！

但同时也真的很喜欢这条翡翠脚链，或者说，她其实一直都欣赏不来这些雕刻的东西，在她看来，有个好看的花边儿看着就很牛，好多顾淮文扔掉的废料，她捡起来看着还觉得十分好看。但顾淮文说哪儿哪儿哪儿没雕好。这条脚链也是，在夏晚淋看来，其实它跟顾淮文雕废的那些边角料没什么差别。

但这是顾淮文送的。

夏晚淋一想到这儿就觉得像是甜丝丝的蜂蜜顺着心脏脉络流淌一样，慢悠悠地把一切腥味苦辣都浸成了水蜜桃味的甜。

没关系，这次是第一次送，下一次送肯定卖，赚钱也不急于一时。夏晚淋这么安慰自己。

拿着顾淮文真自己亲手雕的脚链，夏晚淋想了想自己之前随便从陶艺馆买的号称是自己做的手工花瓶，十分愧疚。

于是，夏晚淋真去陶艺馆打算亲手做一个花瓶送给顾淮文。

但正如夏晚淋之前惊悚地发现想象的和画出来的不相同的情况一样，夏晚淋这次也惊悚地发现想象的和做出来的东西不是一回事儿。

夏晚淋不信邪。

她都跟在顾淮文身边耳濡目染那么久了，连个手工花瓶还整不好了？

说出来谁信？

夏晚淋看着第十二个"歪瓜裂枣"从炉子里出来，她沉默了。

有的人虽然天资聪慧、长相优美，但还是会有一两点不擅长的东西。夏晚淋默默地安慰自己。

最后好歹在十二个"歪瓜裂枣"里挑出来一个稍微"小家碧玉"一点的，夏晚淋兴冲冲地把它包好，拿回家，放在顾淮文工作室对面的置物柜上，准备给他一个惊喜。

因为给夏晚淋雕翡翠脚链耽误了正活儿的顾淮文，加班三天，混混沌沌地从工作室出来，迎面映入他眼帘的就是这么一个不只奇形怪状，连颜色都难以描述的类似花瓶的东西。

从小接受美感熏陶的顾淮文，陡然看着这么个东西，都吓精神了。

"……"

我的个苍天无眼，日月无光啊，这是怎么样的"能工巧匠"才能做出这么个——玩意儿？他找了半天也没找着适合的宾语，只好挤出"玩意儿"一词。

能工巧匠·夏晚淋见顾淮文出来了，她羞答答地开口："我送给你的礼物。"同时脚半踮着在地上画圈儿。

顾淮文眼睛一眯，看着夏晚淋不自然的肢体动作，知道面前这个人是要开始坦白什么事儿了。

他咳了一下，努力正了正脸色："说吧。"

夏晚淋没多想顾淮文平日里是对她有多上心，才会看见她这动作，就知道她是要坦白从宽了，她只是感激顾淮文高超的理解力和观察力，然后羞答答地开口："其实……上次……不是……一开始我不是打碎了你初恋送的花瓶嘛……后来我赔了你一个。但是吧，那个赔给你的，当时我是说那是我做的，其实吧，那个不是我做的……"

顾淮文挑眉，脑子里慢慢有了答案。

"这次这个，"夏晚淋指了指面前这个类似花瓶的东西，"才是我做的。但……但是，你也不能怪我啊，那会儿我求你帮我画板报，你明明顺手就可以做的事情，偏不答应我。我一寻思你肯定是在生我的气，换我，我也不答应。我就想着给你道个歉，但我心里也窝火啊，我也不是故意打碎花瓶的，结果你气得横眉竖眼的，所以就直接买了个新的给你……本来没想跟你说是我亲手做的，但一见着你，话不知道怎么就变了味道了……我现在知道错了。当时我刚刚高中毕业，整个人自大狂妄，以自我为中心，巴不得全世界都围着我转……以后不会了。"

听完夏晚淋磕磕巴巴的解释，顾淮文哭笑不得。

他喜欢的这个女孩，看着不靠谱，但其实知错就改，连道个歉都这么乖。让人怎么生得起气，怎么不喜欢？

顾淮文揉了一把夏晚淋的头发，把人横抱起来，放在床上，接着自己也躺下来，声音里全是倦意："夏晚淋，陪我睡觉。不许闹，不许出状况。"

第二天一早，夏晚淋还在睡觉，顾淮文走过来趴到她耳边说，他要出差，这几天不在家，她自己在家要乖，注意安全，不到万得已不要开火，想吃饭就打电话叫外卖，或者自己煮点儿清淡的。

夏晚淋迷迷糊糊地答应了。

醒来时，屋里空空荡荡的，她发了一会儿呆，然后觉得好冷。

已经六月了，居然还凉飕飕的。

夏晚淋把丁小楠叫过来一起住。丁小楠一进门就大呼小叫，嘴里嚷嚷着"久仰大名久仰大名，原来顾淮文家长这样儿"。

夏晚淋心想，顾淮文真正的家在一座山上，爬上去累死个人，第二天腿酸得碰一下都疼。

丁小楠的到来就像一把火，熊熊燃烧了夏晚淋的心窝。

俩人一起窝在地毯上打牌，奥蕾莎蹲在一旁打盹。夏晚淋连输五盘，被丁小楠嘲笑智商。

"打牌你算一下好不好？记一下牌好不好？"丁小楠抱着肥滚滚的奥蕾莎，看热闹不嫌事儿大地起哄。

"你烦不烦！"夏晚淋拿拖鞋丢她。

丁小楠躲开拖鞋，却看见夏晚淋脚踝上系着的脚链："哟哟！这是什么？顾淮文送给你的吗？我瞻仰瞻仰行不？"说着就伸手。

夏晚淋一个翻身，避开，宝贝得不得了。

"不行，你那凡夫俗子的手，也是能碰这脚链的？"夏晚淋说。

丁小楠气得差点儿拿奥蕾莎丢夏晚淋："能不能好好说话？"

"能不能稍微抑制一下你对顾淮文的垂涎之心？"夏晚淋翻了个白眼。

"哦——"丁小楠懂了，"原来你在吃醋啊。"

"哦，原来你的观察能力已经低到现在才反应过来啊。"

"哎呀，放心。"丁小楠拍拍夏晚淋的肩，"我主要是垂涎顾淮文的钱财，跟顾淮文本人没啥关系。"

"顾淮文的钱财是我的。"夏晚淋一提这个，急了，赶紧财迷十足地捍卫自己的权利，"他人是我的，钱财更是我的。"

"啧啧，现在的女大学生啊。"丁小楠说，"每天只想着暴富。"

两个钻研暴富的女大学生，饿了。想来想去不知道吃什么，最后两人一致决定还是混学校食堂吧。二食堂三楼新开了一家小火锅，据说好吃到让人暴风雨式哭泣。

其实味道怎样，到底有没有好吃到让人暴风雨式哭泣，夏晚淋还真没注意。她和丁小楠吃饭的时候，净注意周围人了。她俩成为朋友的基础，就是俩人得知，对方和自己一样，喜欢在吃饭的时候，偷听隔壁桌的人讲话。

今天也不例外，夏晚淋手法熟练地往自己的锅里打了一个鸡蛋，耳朵也一点没闲着，十分勤劳地探听着四面八方的小道消息和八卦。

还真来了一个，学校要举办"百事最强音"。

就是个唱歌比赛，百事可乐办的。奖品是什么，她和丁小楠也没怎

么听清，但可以肯定的是，当时现场肯定特别热闹。

于是，夏晚淋蹦蹦跶跶地去报名了。

顾淮文从云南回来，本来是期待家里有人亮着灯等自己，结果他推开门，别说灯了，连自己媳妇儿都跑了。

他面无表情地把行李放下，慢条斯理地开灯。奥蕾莎从楼上慢吞吞地下来，看见是顾淮文懒洋洋地"喵"了一声，当作是打招呼。

还真是冷清得感天动地，说句夸张的，这冷清程度，让顾淮文都觉得说不定方圆几千里里没有什么人烟。

他知道自己不能逼夏晚淋太紧，年轻人出去玩晚一点正常，他在这边打电话追问显得太老古板。

这么想着的顾淮文手上却用力地把杯子放在桌上，"啪嗒"一声响。

奥蕾莎盘在楼梯拐角处，目睹一切，尾巴很是配合地摇了两下，看好戏的时候到了。

准备去洗澡睡觉的顾淮文，刚上楼，没走两步，手机响了。

接起来一听，电话那头是吵得不行的背景音，顾淮文感叹自己是真的老了。

原来夏晚淋那小妮子不知道怎么想的，跑去报名参加了什么最强音，晚上非说得去KTV练练，于是拉着一伙人跑去K歌，结果就喝多了。

"……现在夏晚淋正躺在沙发上人事不省，麻烦……麻烦您来接一下吧。"好好一句话，丁小楠说得磕磕巴巴的，十分胆战心惊了。

顾淮文脸都没洗一下，直接开车去KTV接夏晚淋。

结果你说巧不巧，顾淮文到的时候，夏晚淋酒又醒了一点。顾淮文

承认吧，你也喜欢我

推开门，看见的就是夏晚淋在台上发光发热，她穿着米黄色背心和军绿色短裤，激情澎湃地唱着《失恋阵线联盟》。

台下小年轻男生们，看她的眼神就跟蘸了几吨蜂蜜似的。

顾淮文脚步顿了顿，眉毛一挑，然后继续往里走，脸上倒是笑得和蔼可亲，跟丁小楠道谢。

"谢谢你啊，陪晚淋玩到这么晚。"

"哈哈哈……"丁小楠干笑两声，她总觉得这句话很有深意，"您太客气了。"

"还用尊称啊。"顾淮文笑眯眯的。

"不不不——"丁小楠一抖，"不是，我不是这个意思。"

顾淮文深深地望了她一眼："同学之间在一起多探讨探讨学习，是吧？一起玩乐的朋友是不长久的。"然后冲丁小楠点点头，拎着夏晚淋就往外走。

丁小楠甩了甩胳膊上的鸡皮疙瘩，同学问她怎么了，她说："太可怕了，他一笑，我感觉他要咬死我似的。"

"唉，没事，继续唱歌唱歌。"

那边顾淮文抱着夏晚淋往外走，脸上面无表情。如果夏晚淋是醒的，她看见顾淮文这个样子，一定会立马躲得远远的。但她醉了，她赖在顾淮文怀里扭半天，觉得不舒服，还十分嚣张地让顾淮文换姿势，她要顾淮文背她。

顾淮文沉默了半秒，像是在犹豫是直接把这醉鬼扔在 KTV 大厅，还是顺着她，背她。

反正最后的结果是顾淮文叹一声气，他把夏晚淋放下来，扶着，然

后指挥着这个小醉鬼站好，艰难地把人背上来。没走两步，耳畔边突然传来温热的气息。

"你怎么这么久才回来？"她声音软软的，可能是喝酒的缘故，不复从前的清亮，而有些哑，像早上刚起床的声音。

"就两天而已。"顾淮文本来气得不行，听见夏晚淋软软的声音，那个蓄满气的气球无声无息地就破了一个洞，然后一点一点地瘪了。

"我一点也不想你。"夏晚淋慢吞吞地揪顾淮文的耳朵。

"你明天还记不记得今天发生的事儿？"顾淮文问。

"明天是多少天？"

"傻。"顾淮文笑了，"我想你了，非常想你。"他温声说道。

"骗人。"夏晚淋挣扎着要下来，"真正的顾淮文才不会这么说话。"

"真正的顾淮文要怎么说话？"

夏晚淋还没回答，一个尖厉声音打断了俩人的对话。

"你看，你一不在，夏晚淋就勾搭那个中年富豪了，今天还是那个人送她来的呢。车都停在那儿的，车牌号01234，你醒醒吧，她只是在耍你。"

是王梦佳。

她唱歌跑调，最讨厌来 KTV。自从上次校报录音事件后，她就总被人若有似无地排挤，所以这次难得有同学请她一起来 K 歌，尽管心里抵触，但她还是来了。

来了必定就要点歌，她被起哄唱一首。王梦佳拒绝了好几次，后来那个请她来的同学有些不高兴了，她心里一缩，咬咬牙就唱了。

结果大家发现众人眼中精致完美的王梦佳，居然唱歌跑调。

全场一片哄笑声。

王梦佳当然知道这个时候不能生气，更不能哭，所以她自动调出笑脸，一脸苦恼地说："都说了我不会唱歌，非要让我来，这下好了，给你们留下不好的印象了。"

因为这样，本来对她若即若离的众人，一下子乐了，热情很多地招呼着她。

王梦佳感受着终于归来的、来自同学的善意，松了一口气，又觉得有些悲哀，所以借口说自己得去洗手间。

她当然没去洗手间，而是去了通道尽头的阳台。

夜里的灯火比星星亮，一簇一簇地盛放在街道的两侧。王梦佳想到自己居然要靠哗众取宠的方式来换得人群中的温暖，就觉得闷，即使到了阳台都还是觉得闷。

她深呼吸一口气，往下张望着，正巧就看见停在 KTV 楼下的那辆01234 车牌的车。

王梦佳突然觉得闷了一晚上的气顺了很多。她冷笑一声，手敲了敲护栏栏杆，踩着高跟鞋，斗志昂扬地下楼了。

无非有两种情况——那个中年富豪包了别的女学生，或是中年富豪带着夏晚淋一起来 KTV。前者让夏晚淋伤心，后者让夏晚淋出丑。不管哪一样，她都喜闻乐见。

结果下了楼，王梦佳看见顾淮文背着夏晚淋出来，两个人举止亲昵。

王梦佳刚刚顺了一点的气又闷了。像是被不透气的塑料袋蒙着，外面有人拿着锤子一锤一锤地往上面敲，震得她耳膜几乎要破裂。

夏晚淋凭什么可以让顾淮文背？顾淮文怎么可以这么温柔那么平

凡地,去背一个人?

　　她站出去,用自己也不想相信的尖厉声音,说了一句自己也觉得讨厌的话。

　　顾淮文微不可察地皱皱眉,抬头面无表情地对王梦佳说道:"哦,你说那辆车牌号 01234 的车啊,就是我的。"然后继续背着夏晚淋离开,人一靠近车门,车子自动解锁。

　　他载着醉酒醉到人事不省的夏晚淋扬长而去。

　　王梦佳不瞎,即使隔着迢迢夜色和影绰灯火,她也清清楚楚地看到了顾淮文脸上的厌恶。

　　等红灯的时候,夏晚淋偏了下头,脑袋无力地搭在副驾驶的椅背上,顾淮文把她的头扶正。

　　"我想你大概是酒喝多了,产生幻觉了吧?"夏晚淋突然开口。

　　顾淮文一愣。

　　夏晚淋紧接着说道:"你如果是真的顾淮文,肯定这么说话。"

　　顾淮文看着安静躺着的雨刮器,红灯过了,前面的车一辆一辆慢慢地启动,像平地上断裂的珍珠项链,一颗一颗井然有序地移开。

　　顾淮文却没动作,他看向夏晚淋。夏晚淋的眼睛一片清明,哪有一点醉酒的样子。

　　"你能不能消停会儿?"顾淮文真心实意地问夏晚淋。

　　"你能不能告诉我余嫣是谁?"夏晚淋也真心实意地问顾淮文。

第十一章

十一月冬风得逞

回忆从来没有被淡忘，一触及就历历在目。

CHENGRENBA
NIYE
XIHUANWO

夏晚淋从来没想过，自己有一天会这样问一个人这样一个问题。

她当然知道顾淮文不是那种人，顾淮文说喜欢她，那么就是喜欢她。

可是问题在于，从开始到现在，顾淮文一句喜欢也没说过。

高一的时候，夏晚淋有一个很要好的同桌。夏晚淋每次洗完头发都去她那儿借她的吹风机用，时间久了，同桌直接把吹风机放在她那儿。夏晚淋也没客气，每次洗完头就拿着那个吹风机用，俩人都觉得没什么。

高二文理分科，夏晚淋选文科，同桌选理科，俩人分开了。前脚

说完"我会想你的，一定要继续联系"，后脚就是"我借你的吹风机……"。夏晚淋脸红了老半天，还的时候一直解释不是故意的，是真忘了。

现在夏晚淋觉得自己好像又回到了那个尴尬又羞人的时刻。

顾淮文是她自己张嘴借来的，现在得红着脸还给别人。

"你怎么知道余嫣？"顾淮文愣了，小手指不自觉地弯曲了。

整个车内空间都是凝固的，像是大雪后的清晨，所以顾淮文手指这一下不受控制的弯曲，如同突然掉落的松枝，在夏晚淋看来十分醒目。

她今天上午闲着没事儿，看屋子被自己弄得太乱了，于是决定勤快一回，给回家的顾淮文一个惊喜。

放上音乐，撸起袖子，夏晚淋很是开心地把家里上上下下拖了个干净，然后就发现在顾淮文工作室的墙角边，有一画筒画。

按理说夏晚淋是不会注意到的，但这筒画让夏晚淋眼熟。

她住的房间之前就是放一些字画，夏晚淋记得清楚，别的画都是裱好挂在墙上，唯独这里面的画，就光秃秃地被卷起放着。当时帮顾淮文往外运东西的时候，她多嘴问了一句，结果顾淮文跟被雷公电母问候了一样，愣了起码三秒，才甩出一句："关你什么事。"

当时她面上气得不行，但心里也没指望刚认识没多久的顾淮文对她有好语气，更没指望顾淮文对她诉衷肠。所以她更多的是诘问自己，为啥要多嘴好奇问一句。

而现在不一样了。

她好歹是顾淮文的女朋友了。

压下心底的不安——夏晚淋有种直觉，一般这种好奇打开的某种东西，都可能引起剧变，但她还是做了那个打开魔盒的人。

夏晚淋展开一幅，是一个女人的画像。

展开一幅，是一个女人的画像。

展开一幅，是一个女人的画像。

……

她把所有的画纸都打开了，都是女人的画像。

这不是最恐怖的，最恐怖的是，这些画像，都是同一个女人。

夏晚淋咬紧牙关，指甲快要掐进肉里。她自己没看见，她的眼睛里全是血丝。

冷静。

她深呼吸一口气。

突然身后传来有什么东西被撞倒的声音，夏晚淋迅速回头："谁？"

是奥蕾莎。

绿莹莹的眼睛像能把人看穿，加上空荡荡的屋子，夏晚淋第一次觉得瘆得慌。

"奥蕾莎？"夏晚淋不确定地唤它。

"喵——"奥蕾莎摇着尾巴慢慢走来了，像平常一样，把头蹭进夏晚淋的怀里撒娇。

心像摇摇欲坠的大楼，突然在上面盖上一张万吨重的毯子。毯子暖和，心安定下来了。

夏晚淋面无表情地把画像又一幅一幅地卷好，放进画筒里。然后她把手机拿出来，翻了一遍通讯录，毫不犹豫地打给了易乐——上次跟顾淮文回顾家碰见的小师弟。

她说"就念了一次的数字,我也记不住",那是骗人的。她从小最痛恨数学,但很巧,她天生对数字敏感,念了一遍她就能记住。

当天易乐报完手机号码,她就记住了,回头找了个空闲时间,便把号码存进了手机。

没想到,还真能用到。

夏晚淋抿抿嘴,等待电话被接通的时间里,一声一声的"嘟"像是一滴一滴滴下的水,夏晚淋觉得自己心里的石头,像是要被水滴穿。

"喂?"

"易乐,"夏晚淋换上笑脸,语气轻松,"我是夏晚淋,还记得我吗?!"

"嫂子!"

"乖!"夏晚淋一口应下来,"我猜你也没忘,毕竟我美若天仙,一般人见了都忘不了,你不是一般人,肯定记得更清楚。"

"您怎么知道我号码啊?上回说再给您重复一遍的,结果大师兄拦住了。"

"我这两百的智商,能记不住一串数字?行了,不跟你贫了,上次你不是说想知道什么关于你大师兄的过往都来问你吗?来吧,今天考验一下你话的真假。你大师兄他——"

没等夏晚淋说完,易乐自己迫不及待地招了:"就等着您来问呢!他就一个女朋友,还是那种青梅竹马的比谁都纯的初恋,叫余嫣。她是跟我们一起长大的,温温柔柔,对大师兄就像蚌壳对珍珠似的,含在嘴里怕化了,捧在手里怕捂着了……"

"余嫣,"夏晚淋垂下眼睛,"长什么样?"

"长头发,大眼睛,笑起来很温柔。"

"好，我知道了。"夏晚淋准备挂电话。

"你不知道，他俩——"

"没事，"夏晚淋乐了，逗易乐，"其他的我听他自己跟我讲。你是不是对你大师兄有意见啊，这么急着揭露？我还没问呢，你就兴奋地开始了。"

"谁让他小时候老逼我洗碗……"易乐在那边小声念叨。

"什么？"夏晚淋没听清。

"没什么没什么。"易乐在电话那头连连摆手，"哎呀，嫂子您放心，大师兄肯定是真心喜欢您。这么多年，您是唯一一个被带回山里的。"

"咱们能别说山吗？这么一来，我老觉得你们是一群猴儿。"夏晚淋说完这句话，不等易乐反应过来，先挂了电话。

她是说要等顾淮文回来自己跟她说余嬷的事儿，但这不代表她心里就一点没疙瘩。

她想来想去，越想越烦，干脆不想了。

夏晚淋把丁小楠叫出来，说世界上啥都不缺，就缺她那美妙的歌喉。现在刚好"百事最强音"来了，这就是造福人类的好机会。她得上台发光发热，贡献自己的力量了。于是叫着人一起去了 KTV，于是有了开头那一幕，于是有了现在这一幕。

车后面已经排起了长龙，不断有喇叭声在鸣叫，催促着顾淮文赶紧往前走。

喇叭声好像某种唤起噩梦的引子，顾淮文脚猛地一踩油门，车身像被咬了尾巴的豹子，"嗖"地往前蹿去。

夏晚淋被这一下突如其来的轰油门，轰得整个人往前倒了一大半，

本来晚上喝的酒就多，这样一来，她瞬间觉得胃就像被人紧紧捏住了一样，里面的东西叫嚣着要冲出来。夏晚淋压也压不住，"呕"地吐出来。

那边正在回忆艰难往事的顾淮文："……"

这个人都营造了这么应景的气氛了，怎么还带中途打断的？

顾淮文手忙脚乱地递给夏晚淋纸巾，然后靠边停车，轻轻地拍夏晚淋的背。

"麻烦开窗透下气……"夏晚淋憋了半天冒出这么一句话，是被自己吐的东西熏着了。

"开啥窗啊，"顾淮文好笑地拍拍夏晚淋的头，然后下车把夏晚淋扶出来，"来吧，下来，广阔天地给你足够的氧气。"

夏晚淋乐了，乐完之后想起来现在自己不应该乐，正在质问人呢。于是，她又严肃神情、冷着脸不理顾淮文。

顾淮文叹一声气，从车后备厢里拿出来一瓶水，递给夏晚淋，等她漱完口，又递上纸巾。

一切妥当后，他拉着夏晚淋坐在路边花坛上。

"想听听不？"顾淮文问。

"不想。"气鼓鼓的夏晚淋有意抬杠，顺嘴接了一句。然后才反应过来，这是要听顾淮文讲述他的前尘往事了，于是她连忙改口，"要的要的，要听。"

顾淮文好笑地瞄了一眼夏晚淋，然后移回目光，眼神缥缈地看着虚空的一点，整个人像浸在漫长无边的金色尘埃里。在长长的时间过道里，顾淮文借着这个久未被提及的名字，漫步走过一个一个的光影间距，来到尘封已久的盒子面前，伸手，打开盒子。回忆从来没有被淡忘，一触及就历历在目。

原来余嫣就是顾淮文的初恋，就是夏晚淋打碎的那个花瓶的创造者。

以及，原来余嫣坐飞机去欧洲看顾淮文时，遇上空难，死了。

夏晚淋傻眼了。

"挺……"她挠挠头，想半天才想出来一句，"挺徐志摩的啊，这经历，哈哈。"

"行了，别干笑了，"顾淮文揉一把夏晚淋的头，招呼她上车，"不知道说什么就别说。走吧。"

一路上夏晚淋乖得跟只鹌鹑似的，一点也没有之前嚣张的模样。

敢情她砸了人家遗物还不自知，还在那儿不懂事地吃一个去了另一个世界的人的醋。

但又一想，余嫣生命的终点是终止在去看顾淮文的路上，那顾淮文但凡稍微有点良心，都得记余嫣一辈子。而且她是不可能见到余嫣真人的，只能和顾淮文记忆中的余嫣"竞争"。说句耳熟能详的，谁能比过回忆？

但也只能是回忆了。今后的人生，顾淮文身边只能是她。死人有什么可担忧的，重要的是活着的日子。余嫣最终也只是顾淮文的一段回忆而已，就像他第一次雕刻的木雕，就像他第一次画的画。而她是他亲手制作的刀具，是他不曾更换的画板。

……

这么想的自己，其实又善良到了哪儿去？

她不想用"在爱情中的人都是自私的"这句老生常谈的话来敷衍自己的自责，更不屑用它来为自己的嫉妒找借口。

所以夏晚淋一面有些不甘，一面又真心觉得自己不懂事儿、没气量。

寂静的空气中有尴尬和羞赧的气息。

顾淮文心中却云翻云涌。

回到家，夏晚淋自觉去洗澡，看着水雾腾绕，一团一团地哈气到镜子上。夏晚淋看着镜子里模糊的自己，她偏头，镜子里的自己也偏头，只是镜子里的自己看不出表情。

最好看不出表情。

夏晚淋慢吞吞地在脑子里调出了这句话。

她怕在镜子里看到自己嫉妒的模样。

嫉妒的面孔最丑陋，因为嫉妒的根源是不安。不安的人类也好，不安的动物也好，都不会是好看的模样。

她不喜欢自己不安。

夏晚淋希望自己一直信心满满，像春雨后挺拔的桉树，眼里有光芒，嘴上有笑容，身体在风里摇曳生姿。

夏晚淋伸手抹去镜子上的白雾，冲着镜子里的自己咧嘴乐了一个，然后推开门，走了出去。

顾淮文见夏晚淋出来了，他深呼吸一口气，分三次慢慢地吐出来，然后站起来，背后是映着他背影的落地窗，窗外是万家灯火和良辰数盏。

他身披万家灯火和良辰数盏，一步一步，坚定地向夏晚淋走来。

夏晚淋手指抠住睡衣边，眼睛一眨不眨地看着顾淮文的靠近，就像看着慢镜头下朝自己奔涌而来的海啸。

他单膝下跪,食指钩起,圈住夏晚淋的无名指。

"夏晚淋,我从来没想过会和任何一个人一起过完这一辈子。小时候我最期待的就是离开家里,一个人逍遥自在。我以为自由是我人生中最不能被侵犯的。回忆可以拿来修改,时间可以拿来浪费,公平正义可以拿来调笑。唯独我的自由意志不能被移动一丝半毫。

"你不止一次地打乱我按'自由意志'建立起的生活。如果我的生活是一池平静的水,你就是那粒被信手丢进来的莲花种子,随着日夜黄昏成长:落根、发芽。在我忙着消化你撂下的一个一个烂摊子的过程中,你开出了一朵白色的花——花瓣晶莹剔透,惹人怜爱。像是凌晨五点最晚收枝的昙花,最早沾上的那滴露珠。

"良辰万载,也有熄灭的时刻。生命热闹,也有荒芜的那天。我不想错过跟你在一起的每一天。说句俗的,你永远不知道明天和意外哪个先来。假如意外突如其来,跟我结婚,至少能留给你坚实的物质基础——我们结婚吧。"

夏晚淋还能怎么样,当然是答应了。她哭着扑进顾淮文怀里,嚷嚷着:"怎么有人这样啊,徒手求婚,连个易拉罐环儿都省了。"她在顾淮文衣服上擦干净眼泪和鼻涕,威胁说订婚戒指上的钻石要是少于100克拉,她就跟他拼命。

顾淮文想告诉夏晚淋,100克拉的钻戒戴上,她的手估计得残,但是他忍住了。

让我们用掌声鼓励他,顾淮文终于学会了审时度势,不说不该说的话。

但是，有个大名鼎鼎的名家说过这么一句话：东墙补个够，西墙肯定漏。

顾淮文好不容易补齐了说话技能，夏晚淋那边却出岔子了。

她哭完后，趴在顾淮文怀里，不懂就问："你说的前两段话是什么意思？我只听懂了'物质基础'和'结婚'两个短句。"

顾淮文柔情似水地抱着夏晚淋的手僵了僵，牙齿猛然咬紧，他微笑着把在自己怀里的夏晚淋转过来，看着她的眼睛，一字一顿地说："你、是、傻、子？"

一向自诩文雅有教养的顾淮文，都飙了脏话，可见他对夏晚淋的嫌弃之情已经溢于言表了。还有什么比自己做了一番深情告白，结果被告白对象啥都没听懂更气人的了？

有。

夏晚淋那家伙还不服气地回嘴："你居然骂我！"

"让你没事多看点儿书！"顾淮文恨铁不成钢。

"我看了！"夏晚淋一蹦三尺高，"老子中文系的能没看过书？"

"你跟谁老子呢？"顾淮文把蹦得三尺高的夏晚淋扯下来，继续教训，"你当然看过了，《深情王爷和娇俏王妃》嘛——"

话没说完，夏晚淋羞得去捂顾淮文的嘴："你这么大声干吗！跟你说了我对外宣称喜欢看《荒原》和《小径分叉的花园》！"

"你《荒原》看了有十页，我跪下来叫你爸爸。"

夏晚淋突然沉默了，然后笑得贼兮兮的，一脸兴奋地喊："你等着！"

"现在开始看的不算。"顾淮文伸手揪夏晚淋的脸，捏着软肉往两边扯，直把夏晚淋的嘴揪成一条直线了，才慢条斯理地反驳。

承认吧，你也喜欢我

"喊。"夏晚淋翻了个白眼，"给我松手！我告你家暴，我跟你说。"

顾淮文听完这话略一挑眉，好整以暇地又捏了两下夏晚淋的脸，然后往里挤，把她的嘴嘟成圆圆的一团，像草莓味儿的棉花糖。顾淮文看了半天，越看越觉得可口，一口亲了下去。

夏晚淋脆弱的小心脏，被这突然袭击搞得跟下了特大级冰雹一样，"哐哐哐"往下砸，震得她胸腔都要裂开。

好不容易以为要完了，结果顾淮文想着想着又舔了一口。

"……"

夏晚淋僵直着身子，心脏已经不像是被冰雹砸了，这属于被松鼠毛茸茸的尾巴末端，那一点最软绵绵的小毛毛，轻轻挠了一下。挠一下，痒七七四十九天，比太上老君的药丸还灵验。

"告啊。"顾淮文突然笑了，像是冰封千里的雪国最深处的树梢上，一只飞鸟"扑腾"扇起翅膀，抖落一身冰霜。春风妩媚，翩翩带起春色，最妖娆的花朵霎时绵延万亩。

夏晚淋又流鼻血了。

伴随着身后来自顾淮文的一串明目张胆的笑声，夏晚淋又一次羞愧地奔向洗手间。

妖妃误国啊！

丁小楠在得知夏晚淋已经是顾淮文的未婚妻之后，眼睛里闪闪发光，像是看着一座移动的金矿。

"夏晚淋，咱俩做一辈子的好朋友吧。"丁小楠真心实意地说。

"丁小楠，如果你这话说得早些，我会更感动。"夏晚淋也真心实意

228

地说。

"喊。"丁小楠翻了个白眼，"那时候鬼知道你会不会在三月内就被顾淮文抛弃？"

"呸呸呸！"夏晚淋气得拿书捶丁小楠，"快闭上你这嫉妒的乌鸦嘴！"

"现在不一样了，"丁小楠朝夏晚淋挤眉弄眼，"现在都是他未婚妻了，不能再随便抛弃了。"

"嗯。"夏晚淋深表赞同，然后未雨绸缪道，"我现在就盼着毕业，然后正式结婚。那样更稳妥。"

丁小楠说："啧，你这志向真够远大的，怎么每天老担心着被顾淮文抛弃？你的人生价值真是浅薄得堪比当代偶像明星。"

"你也不怕出门被粉丝砸死。"夏晚淋说，"有的女生就是必须得努力去实现所谓的人生价值，其实说句不好听的，所谓的人生价值，也不过是借口，拿来掩盖她们没人爱的事实。我天生运气好，笑一下就可以得到想要的东西。"

"靠。"丁小楠飙了句脏话，然后狂砸夏晚淋的头，"你还是担心你自己出门被砸死吧。"

"没关系，"夏晚淋笑得很是谦逊低调，"顾淮文哥哥会保护我的。"

丁小楠沉默了半秒，甩手走人了。

"哎哎哎！"夏晚淋赶紧追，"我错了，我错了，我重说，你肯定得一辈子努力，才能实现你的人生价值！"

"夏晚淋，"丁小楠转过头，看着夏晚淋，眼神很是绝望，"你还是发点善心，祝我一辈子坐享其成吧。"

晚上，夏晚淋给顾淮文讲了这个事儿，顾淮文哈哈狂乐，点着夏晚淋的额头说："得亏人家丁小楠心大，没跟你计较，换个人得被你气死。"

"换个人我也不这么说话啊。"夏晚淋噘起嘴，仰着头，一脸洋洋自得。

"你说我要不要教育你努力的重要性？"顾淮文问。

"努力还用你教吗？人活着不努力，等死啊？那也就是顺势而为说说俏皮话，"夏晚淋认真地说，"其实我们每个人都很苦的。来个比喻吧，天上不会掉馅饼，我们只能自己和面。有的人更惨，面还得自己买。生活本来就是一眼望去就想晕倒装死的事情。但没办法啊，大多数人求生欲都挺强的，你要说主动去死还真挺难。所以就努力呗，不然活着也太让人瞧不起了。"

顾淮文发现夏晚淋真的很奇特，你要说她肤浅，但有时候又能冒出几句人话；你要说她深刻，但她干出的事儿还真不是深刻那一卦的。

"不错嘛，"顾淮文鼓掌，"看着开心乐呵的，心里还是有面镜子。"

"那必须，跟你说了我中文系的，"夏晚淋做作地甩头发，"很有内涵的。"

"有内涵的夏晚淋同学，请你赶快洗澡，准备睡觉。明天早上我不想听见某人又大清早惨叫着要迟到了。"

顾淮文把夏晚淋推进浴室，自己去阳台给花花草草浇水，夜晚静谧，不远处的沙发上传来奥蕾莎"咕噜咕噜"的打盹声，再远一点是夏晚淋放洗澡水的声音。顾淮文嘴角带着他自己都没意识到的笑意，慢条斯理地拨弄花的叶子，细心地给花瓣喷上水。

夏晚淋从浴室里出来，故意穿男式白布衣，松松垮垮地包在身上，细细小小的肩头勾不住宽大的衣领，搭着右边垮了左边。

她本以为顾淮文肯定看自己看得眼睛都直了，那样好歹能挽回一点颜面——毕竟她有太多次看顾淮文看得流鼻血了。

结果那人悠悠闲闲地给花草浇水，半点没注意她。

"咳咳！"夏晚淋试图引起顾淮文的注意。

顾淮文手里动作没停，说："怎么的，大晚上想高歌一曲啊？"

"我还深情朗诵呢。"夏晚淋翻了个白眼，"你转过来看我！"

顾淮文转身，看见夏晚淋穿着自己放在洗衣篮里的白布衣。

他眨眨眼，不小心捏紧了手里的喷水壶，"呲"的一声，水被挤出来了，染湿了顾淮文的裤子。

"你看我像不像出水的芙蓉？"夏晚淋朝顾淮文抛了个笨拙的媚眼。

"我看你挺像落水的小鸡崽儿。"

顾淮文笑着说道，放下喷水壶，大手揽过夏晚淋的膝盖弯儿，把人抱在自己怀里亲。

亲完就看见夏晚淋头发湿漉漉的，滴的水把领口都浸湿了，顾淮文抱着不得劲儿，伸手搓了搓夏晚淋的发梢，拍她的肩，示意人起来。

"快去吹头发，到时候感冒了。"

夏晚淋沉默了半秒，抬眼一脸幽怨道："一般这种情况下，男方都给女方吹的，哪有女方自己动手的。"

"你手断了？"顾淮文"啧"一声，嫌弃道，却已经站起来去拿吹风机。

夏晚淋看着顾淮文高大的背影，笑得像只摘到森林里最甜的桃儿的猴子。

承认吧，
你也喜欢我

很快，夏晚淋脸上那笑意就下去了，脸上一脸心疼的模样。

"你不能这么吹！你得顺着来，哪能这么薅啊？你当炒菜，还是学宋丹丹呢？"

"什么宋丹丹？"顾淮文问，手上的动作慢慢停了下来，试图找到夏晚淋头发的纹路，然后顺着吹。

"宋丹丹跟赵本山那个小品啊，还有崔永元。薅社会主义羊毛，你不知道？"

"不知道啊。"顾淮文诚实作答。

"不可能啊，"夏晚淋"咦"一声，"这个小品就是你那个年代的啊？我是博闻强识嘛，知道也不足为奇——嘶！疼！"

顾淮文拽着夏晚淋的头发，笑呵呵地："我哪个年代？"

"同一个年代，同一个年代，"夏晚淋认怂，"我们同呼吸共命运。"

"油嘴滑舌。"

顾淮文批评夏晚淋，手上却放了夏晚淋的头发，温柔地把它们捋到一边，用中档的风，轻轻吹着。

吹完，顾淮文发现夏晚淋已经靠着他睡着了。

"每个人都很苦，但我要连你命里那份苦一起担了。以后你只有没心没肺的甜。"顾淮文又拾起了他的常规操作：趁着夏晚淋听不着，才说"人话"。

抱着夏晚淋回房间的顾淮文没有看见，本该睡着的夏晚淋，蜷在他怀里，嘴角却微微笑着。

今年冬天，夏晚淋考完试还很早，顾淮文就带着她去滑雪。

夏晚淋人生中第一次滑雪，兴奋得不行，倒完时差一看外面一片白

茫茫的，当场大叫起来。这种把所有东西都盖了的雪，才是真正的雪！

顾淮文住在她对面，她穿上鞋就去敲他的门，起码敲了半分钟，屋里才有一点动静，是翻身的声音——夏晚淋跪在地上，耳朵紧紧贴着门板，仔细听顾淮文房间里的动静。

她又敲："顾淮文，顾淮文！下雪了！雪好大啊！咱们出去滑雪吧！吧！吧！"

是枕头被人从后脑勺下面抽出来，砸到床上的声音。

"夏晚淋，现在才六点半。"总算听到顾淮文的声音了，虽然声音里全是隐忍的愤怒。

夏晚淋十分勇敢，无所畏惧地继续敲门："六点半去滑雪才好呢，中午多热啊。"

"这么多雪，你说热？"顾淮文说完，又倒下去，"快去睡觉，咱们十点再说。"

"不行，就现在，快点！"

夏晚淋听见顾淮文一声长长的叹息，然后就是趿拉着拖鞋的声音，一步、两步、三步……夏晚淋数到第九步的时候，门开了。

"你别告诉我，你穿着这身衣服就打算出去滑雪。"顾淮文看了一眼夏晚淋，她还穿着樱桃小丸子睡衣，脚上一双毛茸茸的兔耳朵拖鞋。

"我想着先把你叫醒，然后我们俩一起收拾，到时候一起收拾，就不用谁等谁了。"

顾淮文抓抓头发，面无表情地说："你确定我俩一起收拾，你能让我不等你？"

"大概？"

"夏晚淋，下次你能不能收拾完再来找我？"顾淮文很是真诚地问道。

"顾淮文，这次你就不能等我收拾完再走吗？"夏晚淋也很是真诚地问道。

最后两人大眼瞪小眼，各骂一句脏话，各回各的房间开始收拾了。

等夏晚淋收完出来，顾淮文已经在大厅等得又要睡过去。

"行了，咱们出发吧！"夏晚淋元气满满地大吼一声。

顾淮文从迷迷糊糊的状态中惊醒，看着把自己裹成一个球的夏晚淋，哭笑不得，说："你还能走路吗？"

"这你就不用担心了。"夏晚淋志得意满地扬下巴，然后率先开路，走出酒店。不远处就是滑雪场，夏晚淋眯着眼睛看了看，看完想起来自己头上有滑雪镜，她把滑雪镜抹下来，觉得自己像是 21 世纪的奥特曼。

奥特曼·夏晚淋走了两步就累了，她站在原地等顾淮文。

顾淮文来了，问她怎么不走了，她露出八颗牙的标准微笑："等着你背我呢。"

十分理直气壮，十分理所当然。

顾淮文叹一声气，隔着夏晚淋的帽子，捏了把她的脖子，然后蹲下来，示意夏晚淋上来。

"我会不会很重啊？"夏晚淋假惺惺地问顾淮文。

顾淮文走了两步，才慢悠悠地开口："我不想骗你。"

夏晚淋怒道："你谎报军情！我龙颜大怒了，放我下来！"

顾淮文等夏晚淋说完这一长串，笑了半天，然后说："主要是衣服重。"

在顾淮文背上扭得跟蚯蚓似的夏晚淋，听到这句话，消停了。她哼哼两声，然后亲昵地抱住顾淮文的脖子，追着顾淮文问路边的树叫什么

名字。

　　说是滑雪，其实夏晚淋一看那么陡的滑雪道就怂了，只敢拽着顾淮文在场边打雪仗。可怜顾淮文一身连专业滑雪人员都赞叹的技术无处施展，因为夏晚淋不让顾淮文把她丢一边，自己去玩。

　　顾淮文看着远处不断有人在雪地里炫技，蛇形转弯连着耍，赢得一片喝彩，就手痒难耐，再一次说服夏晚淋去试试。

　　"不。"夏晚淋言简意赅地说道。

　　"早上是谁六点半就挠门让我起床的？"

　　"不知道，反正不是我。"夏晚淋矢口否认。

　　"行吧，"顾淮文乐了，觉得一脸怂样儿生怕他把她硬拉出去滑雪的夏晚淋看着好欺负，"那咱们童心一回。"说完就扔了个雪球过去。

　　从刚才起，夏晚淋就一直专心致志地堆城堡，眼看城堡就要差不多了，顾淮文这一个雪球砸过来，城堡损伤惨重。

　　"你……"夏晚淋瞠目结舌，半天没组织好语言，"你……"

　　"我觉得你城堡堆得跟鬼屋似的。"

　　"那是被你砸的！"夏晚淋跳起来打顾淮文。

　　"哈哈哈哈哈哈。"

　　城堡被毁了的夏晚淋鼻子不是鼻子，眼睛不是眼睛的，边走路边踹积雪，没两分钟，顾淮文已经吃了三口。

　　他一把抱起夏晚淋："谁家小姑娘路都不会走了，没见着旁边有人吗？"

　　"你管我！"夏晚淋在他怀里挣扎。

　　"别闹了，"顾淮文放下夏晚淋，牵着夏晚淋的手揣进自己兜里，里面照常放了个暖宝，"陪我走一会儿。过年咱们就见不着了。"

　　吵吵闹闹的夏晚淋终于乖了。

　　过了一会儿，顾淮文塞过来一个耳机。

　　两个人就这么，背对着热闹的人群，面对着皑皑白雪和起伏的高山，朝着那栋温暖的屋子，牵手慢慢走了过去。身后是两行脚印，一大一小，左左右右，平行着。

第十二章

十二月时光狡黠

反正，新的一年，
你得继续爱我，不许松懈。

CHENGRENBA
NIYE
XIHUANWO

夏晚淋之前生日的时候，顾淮文不是送了她一条脚链吗？夏晚淋当时可想卖了，后来想着这是顾淮文第一次送她东西，如果就这么卖了，也太划不来了，于是下定决心等顾淮文第二次送她东西时，她一定卖个好价钱。结果，顾淮文送第二条手链的时候，她又舍不得了。

今天又是她生日，夏晚淋想了想丁小楠说的"你在那儿装啥左右为难啊，你压根就没想卖顾淮文给你的任何东西"，决定不管顾淮文送她什么，她都得卖了。

开玩笑，她是夏晚淋，是不可能被一个男人迷乱心智的，她爱钱胜过世界上的一切。

然而一直都到晚上了，顾淮文一点动静都没有。

夏晚淋已经不是在纠结卖不卖顾淮文给她的东西了，她是在想顾淮文是不是已经忘了今天是她生日的事儿。

夏晚淋撇撇嘴，手撑着下巴，看着寂寥的夜空，独自惆怅。

都说伴侣到了后头热情会减退，这才三年，减退得也太快了。

昨晚两人还在沙发上你侬我侬呢，咋今天就冷淡得跟被冲泡了三十多遍的茶似的了？

顾淮文洗完澡出来，看见夏晚淋一个人在阳台上发呆，过去把毛巾搭在她头上："你怎么还没去洗澡？不睡觉了啊？"

夏晚淋回过头，眼神灰暗："从前有一只可爱的小熊，后来有一只说要爱她到老的老熊不爱她了，于是小熊决定不去洗澡了，她要一个人对着怅远寥廓的夜空，寄托自己无处宣泄的哀愁。"

顾淮文乐了，一巴掌拍上夏晚淋的后脑勺："谁是老熊，谁是小熊，你说明白一点？"

"老熊对自我认知还不准确，非不承认自己老。"夏晚淋嘴上跟装了弹夹似的，噼里啪啦往外倒弹壳。

"等我证明自己不老的那天，你就遭罪了，傻孩子。"顾淮文笑得很慈祥，他慈祥地摸摸夏晚淋的头。

"你要年轻的话，怎么年纪轻轻就忘了那么多事？"

"那么多事？"顾淮文反问。

"算了！"夏晚淋气呼呼地把毛巾扔给顾淮文，气呼呼地走了。

顾淮文手里拿着毛巾，看着夏晚淋每一步都像是要把地板踩穿地走开，笑了。

晚上，顾淮文从门缝看到夏晚淋房间灯都熄灭了，她睡着了。

轻轻推开门，看着夏晚淋睡熟了的样子，顾淮文轻轻趴下去亲了

一口。

"笨死了。"顾淮文给夏晚淋掖好被子，又理了理她睡乱的头发。眼底的宠溺像是28℃的海水，暗潮涌动，爱意正浓。

隔天早上夏晚淋睡醒，习惯性从枕头底下摸手机，却摸了个空，再扑腾两下，还是没摸到手机，却意外地摸到一个尖尖的纸质的东西。

瞌睡醒了大半，夏晚淋定睛一看，是一个信封。

打开，是顾淮文的字，雅致高贵，但笔锋又十足锐利：

生日礼物在床头柜，我没忘。

另，下次再拐着弯儿说我老，我不介意给你展示一下我的活力四射。

夭折了，这还是顾淮文吗？活力四射这个词也说得出口。

夏晚淋撇嘴，努力压下自己往外溢出的笑意，掀开被子起床，看见床头柜上一个大大的方方正正的盒子和一个扁扁的小小的盒子。

变异版俄罗斯套娃吗？

夏晚淋拆开那个大的，是一个梵·高的自画像拼图。

梵·高是夏晚淋最喜欢的艺术家，这不是因为她认识的艺术家少——事实上，夏晚淋文学史常识不知道多少，但美术史的知识水平还不错。

她喜欢梵·高是喜欢梵·高的那股劲儿：一切行为围绕自己的艺术，不断汲取外界的知识，吸收印象派和日本版画的精髓来充实自己的艺术；有天赋又肯努力，虽然是自由的画家，但每天准时出门采风画画，比一个正常上班的人还要规律严苛；对世界投以好奇的目光，镇上的女人、花朵、墓地……一切都可入画；对自己的才华坚信，直率预言之后的艺术只属于他；古怪，割下自己的半只耳朵给妓女；但又善良，自始至终没有伤害任何人，甚至有研究表明他的死是当地小孩儿开枪所致，然而他没有怪罪他们，而是默认是自己想自杀……

"在众人眼里我是个怎样的人？内心空虚，惹人讨厌，怎么样都无法在社会里得到一席之地的人。但有一天我会用自己的画做证明——卑贱、无足轻重的我，对生活充满了怎样的渴望和憧憬。"

说出这样的话的人，怎么样也不会招人讨厌吧？

夏晚淋从没跟顾淮文说过自己喜欢梵·高，顶多就是在云南的时候，跟着顾淮文去采风，看见一棵柏树，笑着说了一句："这怎么跟梵·高画里的柏树长得不一样。"

当时顾淮文还回了一句："你看到的星空跟梵·高笔下的星空长一个样儿吗？"

后来两人又扯了几句，这个话题就算是过去了。

没想到顾淮文居然记着，而且敏锐地察觉到夏晚淋言辞间对梵·高的喜爱。

夏晚淋摸着这幅巨大的拼图，顺着梵·高的脸颊轮廓，划了一圈儿。手法温柔，像是抚摸着天底下所有带着香气的爱意。

接着打开那个小盒子，是条珍珠项链，不是那种让密集恐惧症避之不及的紧凑珍珠，而是隔着五厘米一颗，细细的链子将它们串在一起，像是一条夜里川流不息的车灯形成的金色河流。

身后传来一阵暖意，是顾淮文靠近了。

"喜欢吗？"他问。

"喜欢……"夏晚淋放松身体，把自己往顾淮文怀里靠，"你怎么

不自己做东西给我了啊？"

"这个拼图是我做的。"顾淮文抱住夏晚淋，手拿过盒子里的项链，给夏晚淋戴上。

"自己画的，然后自己分块儿？"夏晚淋惊了，顾淮文到底是什么样的物种啊？

"嗯。"

"我去，这跟梵·高的自画像一模一样！以后你要是雕的东西没人要了，你还可以去伪造名画卖钱！"夏晚淋很是激动地转身抓住顾淮文的衣领，一脸兴奋，为自己想到了致富之道感到骄傲。

"我谢谢你把后路都给我想好了。"顾淮文面无表情地说。

夏晚淋嘿嘿一乐，然后想起来："这都第二天了，昨天才是我生日，你干吗去了？"

"听说某个人一直想把我送的东西拿去卖了，给点教训。"顾淮文像突然想起来什么似的，瞬间换上笑眯眯的表情。

一见顾淮文这个表情就肝儿颤·夏晚淋瞠目结舌："你从哪儿听说的？"丁小楠也不是那种告密的人啊，顾淮文怎么会知道？

顾淮文笑而不语，只是捏了一下夏晚淋的脸，然后招呼着夏晚淋下楼吃饭。

之后夏晚淋一直缠着顾淮文问，顾淮文最烦别人揪着他不放问东西，然而此刻他脸上却带着乐在其中的笑容，夏晚淋问一句为什么，他就回一句你猜，十分有耐心。

这个样子的顾淮文要是让他那些小师弟见着了，估计小师弟们会以为自己食物中毒出现幻觉了。

晚上夏晚淋一放学就钻进厨房，"哐啷哐啷"一阵响，最后端出来一盘颜色鲜艳的红椒炒土豆丝。卖相很好看，红的是红的，黄的是黄的，但是，顾淮文咬了一口——

上下牙齿一停顿，听见这脆生生的声响，像是夏天咬的一口黄瓜的那种清脆。顾淮文面不改色地把一筷子土豆嚼完，咽下去。

他一边扯了张纸巾擦嘴，一边慢条斯理地开口说道："做饭最基本的东西是什么，你知道吗？"

"好吃？"

顾淮文摇摇头。

"好看？"

顾淮文摇摇头。

"好闻？"

顾淮文摇摇头。

"那是什么？"

顾淮文把纸巾放下，眼睛看着夏晚淋："得熟。"

夏晚淋不好意思地挠挠头："可是我炒熟了，它就黑了。"

"你有没有想过是你油放得有点少？"

"可是加油，它就会往外溅啊。"

好嘛，听这意思，这货炒个土豆丝还没加油。他说刚才怎么嚼的每一口土豆丝都那么清脆，就跟刚切的一样。

顾淮文食指和中指并拢，盖住眼睛，无奈地笑着说："你还是别下厨了，不适合你。"

"但是这是我第一次给你做饭哎，"夏晚淋看着顾淮文，"你就没有一点点感动吗？"

顾淮文想说不能肯定，不然到时候她对做饭这件事太积极，受苦的就是他了。这次没熟还能天经地义地不吃，下次熟了他不就必须得吃了？但是顾淮文又想了想，觉得不能打击孩子的信心。

艰难地抉择了一会儿，顾淮文还是选择了人性一点，他吸一口气，挤出一个鼓励的微笑："感动。夏晚淋真棒。"

并没有意识到顾淮文的良苦用心的夏晚淋，着急地问："那你是不是能告诉我，你怎么知道我打算卖你送的链子？"

这个问题真的很重要，夏晚淋太好奇了，因为丁小楠不可能说，那么就没人知道了啊？她自己不可能傻到主动跑到顾淮文面前说她要转手高价卖他送的链子……难不成她的身边其实一直有个隐形人，监视着她的一举一动？这就很恐怖了。

顾淮文挑挑眉，食指和拇指摩挲了一下，两手十指交叉撑在下巴下，笑眯眯地看着夏晚淋："你给我做饭，是为了套话啊？"

"当然不是！"夏晚淋否定得很快，"我是出于对你的爱。所以现在你也可以出于对我的爱，跟我说说为什么。"

"算了吧，"顾淮文笑得咬牙切齿，"我看你的爱也没多少诚意。"

其实不是顾淮文不想说，实在是夏晚淋醉酒太可爱——他是说真正的醉酒。

今年寒假她回家前的最后一晚，可能是不舍离别，也可能是知道有顾淮文她醉了也没事儿，所以没控制量，几杯下去，夏晚淋切切实实地醉了。

整个人都很蒙，问什么说什么，没有问的她也老实交代。

"你送给我的手链、脚链我都好喜欢，特别好看，跟我的手腕脚踝都特别合。但我老在想，你说你顾淮文亲手雕的链子能卖多少钱啊？我老在小楠面前说要卖了换成现钱当养老金，其实真有点这个想法，但是想到这是你亲手给我做的，我就舍不得……"说完夏晚淋还十分嫌弃自己似的皱了皱眉。

"你怎么现在就在想养老金的事情了？"顾淮文伸手抚平夏晚淋的眉头。

"因为我老觉得跟你在一起不真实。我毕业之后干吗呢？不想当老师，想到要面对那么多中二的青春期傻×就觉得可怕，还要教他们语文……拜托我自己高中时期都没听过语文课。但是别的好像也干不了，所以我多半还是去当语文老师。当语文老师又不能像数学老师给学生补课，就拿着那点死工资，我这一辈子肯定就是个穷光蛋！现在趁着你还喜欢我，从你身上多刮一点钱财下来，以后被你抛弃了我好歹不至于沦落街头。女人得为自己打算啊！"夏晚淋突然换上香港 TVB 的腔调，说完又恢复正常，"我自己都莫名其妙呢，我俩怎么突然就在一起了，然后突然你就求婚了，明明你一直都看我不顺眼啊。"

她打一个酒嗝："上次你出差，阿姨打电话来我接了，说了好久，你以前对余嫣可好了，千依百顺的，对我你咋不这样？啊？"越说越委屈，夏晚淋红着脸颊，气得拍顾淮文的脸。

顾淮文一只手抓住夏晚淋乱动的手，好笑地问："我对你还不够千依百顺的？都没等你提要求，我先未雨绸缪地给你冲锋陷阵了。"

"说什么成语？"夏晚淋醉酒的脑子反应不过来，"就你有文化，我以后可是光荣的人民教师，你能比我有文化？"

"所以你还是别去当老师，再祸害一些祖国花朵了。"顾淮文见夏晚淋醉得人事不省了，整个人热腾腾的，脸颊红得像富士山顶飘着的晚

霞，眼角也红，落不着实点，虚虚地飘在空中，时不时打个酒嗝，酒气腾绕的，像是活在某个迷蒙的温柔乡。

顾淮文也不装冷淡了，整个人抱着夏晚淋亲昵得不得了，那架势跟捧着滴世界上最后的水一样，含在嘴里舍不得，放在心上舍不得，恨不得舍去春天的蚊虫，夏天的炎热，冬天的冰雪，造一个一年只有秋天的星球，把她放在里面，不分昼夜悉心照料着。

"反正，新的一年，你得继续爱我，不许松懈。"夏晚淋手指都伸不直，也对不准顾淮文的眼睛，摇摇晃晃的，却拼命想要做出威严的样子。

顾淮文张嘴咬住夏晚淋的手指，笑得很是宠溺："不会松懈的。"

嘴上说着"不会松懈"，十分感人，十分宠溺，但是是非分明的顾淮文同时也记住了夏晚淋那句"真的很想把你送的链子卖了"。

即使半年过去，他也记得清楚。

所以这次夏晚淋的生日，他全程装作没想起来，等夏晚淋气鼓鼓地睡着了，他才摸进夏晚淋的房间，放下早就准备好的生日礼物。

又一年冬去春来，夏晚淋迎来了毕业季。

丁小楠看着拍好的毕业照，又看看大一军训时拍的照片，十分唏嘘："时光荏苒啊，感觉还没怎么玩，也没怎么学，但就毕业了——我现在可真好看。"

夏晚淋："……"

这两者之间有任何联系吗？

"女人果然还是要经历一点岁月的沉淀才好看。你看我大一的时候，也好看，但是好看得很肤浅，很表层。"丁小楠接着说。

"你确定？"夏晚淋伸手去扒丁小楠的头发，"快让我检查检查你是不是偷偷安了我的芯片，怎么说的每句话都是我的风格？"

丁小楠还没说话，夏晚淋放下了扒丁小楠头发的手，转而深沉地摸着自己的下巴："没有，果然，仔细一回味，你说的话乍一听之下很像我，但是还是没我的有味道。"

"你的是啥味道？"丁小楠问。

"说实话的味道。"夏晚淋甩头发，"而你，就是虽然说出的话很自大，但你自己其实也很心虚。我就不一样了——"

"你就不一样了，你是恬不知耻。"丁小楠面无表情地接道。

夏晚淋将毕业照拿回家之后，顾淮文看了好久也没找着夏晚淋。

夏晚淋气得一把抓过去，说："你根本就不爱我！你个虚情假意——哦，拿错了。"

她拿成丁小楠班的了。

"来来，夏晚淋，把你那句没骂完的话补充完整。"

"算了吧，"夏晚淋笑得很是谄媚，"我想看电影，咱们看电影吧？"

顾淮文冷笑一声，点点夏晚淋的额头当作警告，然后走去找影碟。

本来打算配合夏晚淋的智商看《蜡笔小新》的，但是夏晚淋说她大学毕业了，得看些有内涵的东西，两人选来选去，选中了《赎罪》。

看完给夏晚淋哭得稀里哗啦的。

她趴在顾淮文的腿上，埋怨顾淮文："你怎么不跟我说这个故事这么惨？明天我们毕业聚会，我的眼睛肯定肿得跟刚割完双眼皮一样。你赔我的清誉！"

顾淮文好笑地捏了捏夏晚淋的脖子："你自己选的片子，怪谁？早跟你说看《蜡笔小新》了啊。"

"可我都二十二岁了，还看野原新之助也太没出息了吧。"

"你在我这儿永远是小孩儿啊，"顾淮文说，"可以看一辈子的动画片，没人敢说你没出息。"

第二天夏晚淋眼睛确实肿了，但幸运的是除了顾淮文没有人看见，因为她没出门去参加毕业聚会。原因是，她感冒了。

"我就半夜起来上了个厕所，居然就感冒了？"夏晚淋一边擤鼻涕，一边不可思议道。

"你是不是便秘啊，蹲太久冷着了。"顾淮文分析病因。

"胡说！"夏晚淋红着脸给自己辩解，"我肠道运转得跟栋国会大厦一样有条不紊好嘛！"

"请你跟国会大厦道歉。"顾淮文伸手摸夏晚淋的额头，没发烧，"被子盖好睡一觉。"

"不吃药啊？"

"吃什么药。"顾淮文把夏晚淋塞进被子里，将边边角角掖好，"小感冒让你体内的白细胞去战斗就好了。"

"哦。"夏晚淋似懂非懂地点点头，刚闭上眼没两秒，"欻"地睁开，"睡不着，你给我讲个故事吧？"

"我要不再搭个台子给你唱个曲儿呗？"顾淮文伸手合上夏晚淋的眼睛。

"你这样感觉我像是死不瞑目的人，然后你来合上，嘴上再说一句'安息吧'，简直就齐活儿了。"

"闭嘴。"顾淮文去捏夏晚淋的嘴，"整天咒自己那么勤快呢。"

"那我要吃火龙果。"夏晚淋趁着自己得了小感冒，捏着嗓子可劲儿提要求，"要红心的，切成块，得均匀，太大太小不吃的。"

顾淮文都气乐了："说话正常点，嗓子被掐了吗？"

"噢哟，对病人这么凶的啊？"夏晚淋撇嘴，委屈巴巴道，"你说要爱我疼我一辈子的。"

顾淮文面无表情道："我没说过。"

一觉醒来，顾淮文坐在一旁看书。

夏晚淋把顾淮文的一只手拽过来，贴在自己脸边。顾淮文把手换了个方向，掌心捧着她的脸。

"像奥蕾莎似的。"顾淮文收收手指，在她的颧骨处点了两下，评价道。

夏晚淋枕着顾淮文热乎乎的掌心，很是舒服地"呼噜"一声，从鼻子发出两声哼哼，像刚出生的小崽子，朝顾淮文手心里拱。

"起来吃火龙果。"顾淮文动动手指，"红心的，切成块，很均匀，不大也不小。"

夏晚淋乐了，想起来也觉得自己睡前那段话太恶心，红着脸说："你烦不烦。"

她翻了个身，软趴趴的不想动，伸手给顾淮文："起不来，你拉我。"

"懒虫。"

"夏晚淋是顾淮文的小懒虫。"夏晚淋乐呵呵地圈住顾淮文的脖子，"吧唧"一口亲上顾淮文的脸，留下一圈明晃晃的口水。

"您还是睡觉吧。"

大家都说，虽然嘴上互相祝福毕业快乐毕业快乐，但真到了散伙这

一天还是有点伤感。

　　夏晚淋因为这场感冒，错过了这份伤感，一直到丁小楠上门来拿夏晚淋拿错的毕业照，说了几句话后道别，夏晚淋站在门口看着熟悉的眉眼和背影逐渐消失，突然就觉得胸腔像被掏空了一块儿，里面呼呼吹着风。

　　"我一直都崇拜顾淮文，那是顾淮文哎……你知道吗？顾、淮、文，这三个字，本身就代表了一种传奇。这个像是活在天上的传奇，居然在下雨天来学校接你，然后帮你挡王梦佳扔来的手机……我就很好奇，你是何方神圣，但你也没什么特别的啊——除了特别自恋。好长一段时间，我以为顾淮文就好你这口的，比如说自大啦，说话不着边啦，整个人没心没肺的只知道傻乐……但是不应该啊，那是顾淮文，怎么看女人的眼光这么差？我就很不服气。那个时候全院，或者夸张一点，全校的女生都不喜欢你，王梦佳事件只是个借口，我们主要是想看你的热闹。我知道你走路被泼了水，我们都知道，我们还知道泼你水的那个人就是一开始跟你亲近的于婷婷。我一直都是看好戏，对你我说不上嫉妒，更多的是好奇。直到那天于婷婷来找你道歉，我以为你怎么也该奚落几句。毕竟说严重一点，你是被好朋友背叛了。但是你居然一句责备也没有，而且不是那种装的不责备，是你真的不在意。我感觉一下子被你的光辉给照蒙了。所以主动接近你，跟你做朋友。"

　　夏晚淋听完丁小楠这一串告白，愣了起码半分钟，想了好几种应答，最后选了最轻松的一个："你投资股票呢，观望这么久才下手。"

　　"哈哈哈哈哈哈！"丁小楠抱住夏晚淋，"后来跟你熟了我才知道，那不是你的光辉，那是顾淮文教的。你的出色在于你不矫情，错了就认，教你的你就照做，怂了你就不面对，有底气了，你就怼回去。你不装坚强，也不装柔弱，你就像……就像一面镜子，没有人会不喜欢这样的人。顾淮文喜欢，我也喜欢。所以，今天之后咱俩可能见不着几面了，但我会一直惦念你。"

说完，丁小楠跟夏晚淋告别。夏晚淋目送着丁小楠逐渐消失在视线里。

这份伤感没持续太久，因为别人毕业忙着找工作或者考研，她先步入了婚姻的殿堂。

夏晚淋想象的结婚仪式应该轰动全城，鲜花铺满地，穿最繁复精致的婚纱，被最多的人祝福。

结果顾淮文趁她睡觉把她拎走了，醒来是在飞机上。

夏晚淋知道顾淮文有钱，没想到顾淮文有钱到能自己买私人飞机，连起床气都没了，言语间极尽狗腿。

"哇！顾淮文哥哥！"夏晚淋笑得像朵向日葵，眼睛闪闪发光，"原来您这么有钱啊！我说您怎么平时连随便穿件白布衣都这么时髦，这么仙风道骨，这么不可多得！这种钱堆儿里养出来的尊贵感真的不是一般人可以比拟的，关键您还不是单纯的有钱，您还有一身比那个太平洋的什么海沟还要深不可测的才华！我真的太崇拜您了，顾淮文哥哥！"

等夏晚淋说完了，顾淮文悠悠来一句："这飞机是我借的师父的。"

夏晚淋咽下一口老血："好的。我就当我锻炼口才了。"

觉得自己被耍的夏晚淋气鼓鼓下了飞机，结果到地方一看，是她之前和顾淮文来云南住的客栈。

远远望去那房子从围墙里探出半边身子，还是橙黄色的墙，白蓝边的窗子。

顾淮文把钥匙给夏晚淋。

夏晚淋开锁，推开门，院子里的桉树依旧挺拔清俊，右侧桉树边的葡萄架上还是蓊蓊郁郁的，葡萄架下的两张藤椅和一张半米长的小藤桌还在老位置。只是墙角没了那些盆栽，代之以满满当当一院子的黄水仙。

牧师笑眯眯地站在中间等他们，在场的只有至亲和顾淮文的师父雷祁。

夏晚淋看着自己的小丸子睡衣睡裤，哭着跟顾淮文商量能不能等她换一套衣服再开始。

顾淮文斩钉截铁道："不能。"

他借着出差的名头来云南这么多回，就是为了从原房主阿敏的手里买下这个夏晚淋心心念念的小院儿。

其实买倒是不花时间，阿敏一见买主是他就答应了。

顾淮文后来才知道，在云南的时候，夏晚淋摔了腿坐轮椅，他着急地出来找夏晚淋，找到后又舍不得骂，只好推着夏晚淋往回走的全过程，都被阿敏看见了。

所以顾淮文来说买下这个院儿做婚房的时候，阿敏十分爽快地签了合同。

费时间的是重新布置。

顾淮文不信任别人的审美，所以屋内每一样家具和摆设，都是他选的。一开始把一楼全打开的空间都封上，毕竟以后这里是私人住宅，

承认吧，
你也喜欢我

万一想在一楼亲一下夏晚淋，一不小心还得被现场直播。楼梯也从一开
始传统的水泥板全换成木头架；二楼大致结构没变，大大的套间；三楼
的套间拆了做成花房，里面放着吊椅，天花板全卸掉，换成透明的顶，
云南的星星那么美，夏晚淋一定喜欢。小院儿的桉树不变，葡萄藤也不
变，加了一池鲤鱼和莲花。

全部弄完，夏晚淋差不多也毕业了。

想到那次醉酒后十分老实的夏晚淋说的真心话，她原来那么不
安。所以，顾淮文虽然觉得夏晚淋刚毕业就结婚有点夸张，但还是直接
定了。

趁着夏晚淋在被窝里，就把人挖起来，直奔云南。

顾淮文牵过夏晚淋的手，问她："什么最重要？"

夏晚淋吸吸鼻子，瓮声瓮气："开心最重要。"

顾淮文看着夏晚淋，他其实也不知道自己是什么时候开始对夏晚
淋动心：也许是从第一次见夏晚淋，看到她额头弯弯曲曲的绒毛开始；
也许是她苦着脸抱怨军训给自己擦防晒霜后一抬头马尾的弧度开始；
也许是夏晚淋前脚跟他犟完嘴，后脚看着洗澡出来的他就流鼻血开始；
也许是她抱着个比自己还大的花瓶来认错开始；也许是后来又坦白那
花瓶是买来的开始；也或许是被同龄女生排挤，一个人躲在热闹的电影
院里哭开始；也或许是即使前一秒哭得那么惨，后一秒就胃口很好地吃
东西开始；更或许是不管多难过，她都可以轻松对话、绝不让自己伤感
开始……

顾淮文捏了捏夏晚淋的手，笑着说："我跟你在一起时最开心，看
你说大话圆不了场最开心，看你好心办坏事之后自己愧疚得不行最开

心。我猜以后即使你老了，看你变老变丑，我也只会觉得搞笑和开心，所以让我开心一辈子吧。你快点变老变丑吧，我迫不及待跟你白头偕老了。"

"……"

夏晚淋感动的泪水掉到一半戛然而止。

她咬着牙，手指收紧，掐着顾淮文手掌心的一点软肉转圈儿，看着顾淮文不受控制地抽动了一下的眼角，满意地松手，笑呵呵地说道："要不是我真喜欢你，也是真的愿意嫁给你，就冲你刚才这段话，我是真想甩你俩鞋底子。"

还不如求婚时候说得深情呢！果然老夫老妻什么的，一点都不浪漫！

"哈哈哈哈哈哈哈哈哈！"

"哈哈哈哈哈哈哈哈哈！"

在场的人都笑了，顾淮文笑得最大声。

他叫顾淮文，他是个生活随性又单调的沉香雕刻师，他对这个世界兴趣不大，对很多常人在意的事情只觉得麻烦。他活这么多年来，没有多开心，也没有多难过。他太早之前就主动选择了孤独终老，他从来不知道有一天他对一个女生那么着迷。

但他知道，眼前这个红着眼睛的女孩，是他要爱、要保护一辈子的女孩。

"丁小楠，你猜怎么着！"夏晚淋兴冲冲地给丁小楠打电话，"顾淮文把云南的那个院儿买了！我以后住云南了，咱们又可以常见面常联系了！"

"嘟嘟嘟……"

"喂？喂？我靠？挂我电话？"

丁小楠挂断电话，面无表情地想：早知道夏晚淋那二货要来云南，毕业后她俩不是生离死别，她在那儿深情地自我剖析干吗呢？现在好了，怎么面对夏晚淋？

喜欢加菲猫的你，别丢下他。

我是一只猫。

我是一只苏格兰混苏黎世中途折转天安门，拥有错综且复杂的血统的，高贵的猫。

我的祖先加菲猫曾经教育我们猫族：要想成为一只备受敬仰、不被愚蠢的人类和狗族压榨的猫，必定会先经历挫骨扬灰的痛，必定会先经历颠沛流离。

所有现阶段看起来流离失所的流浪猫，都是将来会统领猫族的杰出之猫。

我想问问加菲猫，我都流离失所这么久了，西广场的水仙花都开了两轮，东钟楼的茉莉花都香了四次了，为啥我还没有成为杰出之猫？

也不说统领猫族了——现在个别的猫同志已经丢掉猫的尊严，沦为人类的宠物了，我也不稀罕当这样不齐心的种族的统领。

我这样心高气傲、洁身自好的猫，没有成为杰出之猫我认了，不是统领我也认了，好歹给我一个遮风挡雨的棚啊！这很难吗？

第379次被人类从车底下、灌木丛里、屋檐角落、垃圾桶旁之类的地方撵出来的时候，我对这个世界已经丧失热爱了。

呵，这种由人类建立起来的世界，有什么好眷恋的？

明天我就抬起我高贵的臀，用最优雅的步伐，漫步到车辆底下，以最从容的姿态，用最绚烂的方式，迎接我的死亡。

——因为反正不这样，我也得饿死。

好气哦。我堂堂一只苏格兰混苏黎世中途折转天安门，拥有错综且复杂的血统的高贵的猫，居然沦落到饿死的程度。

由此可见，这个世界算是完了。

太阳唤起了万物，包括一只有白色翅膀的蝴蝶。我皱皱鼻子，这只蝴蝶飞走了。

我看着它边飞边掉渣儿，怀疑它其实是只扑棱蛾子。

但今天好歹是我的大限之日，我决定单方面确认，刚才飞离我英挺湿润的鼻头的，是只五彩斑斓的美丽蝴蝶。

虽然原计划是要走得从容优雅，但我已经太久没吃饭了，这直接导致我四条腿像干枯的树枝，僵硬又脆弱，不堪重负地载着我的背脊骨，虚弱地前进着。

可能是饿晕了的缘故，我总觉得周围人都在转圈儿，路也在转圈，一会儿横着，一会儿竖着。我支撑着身子站了很久，也没能确认了到底

哪边才是正确的大马路方向。

好嘛。这年头，一只猫想死得有尊严些都不可能。

正晕着呢，一个黑色的阴影挡住了阳光。

我抬头，是人类的雄性品种。

他长得好不好看，我不知道，毕竟在我心里，加菲猫是最帅的。

但我想我这一辈子都不会忘掉他。

他有一头乱蓬蓬的卷毛，虽然面无表情，但我看得到，他的眼睛里像铺了一层暖暖的棉花，软绵绵一片。他跟那些面带和善的微笑，但眼底冰冷的人不同。

他蹲下来看了我一会儿，看那意思是想抱，但是又嫌脏半天伸不出手。

我这么高贵的猫，能允许你抱是你的荣幸好吗！你在那儿嫌弃个什么开心麻花！

我又不是故意搞这么脏的，要不是只有垃圾桶里有点吃的，要不是下雨了没地方躲，要不是人类车开得太猛老溅我一身泥水，我至于吗！

他到最后也没过了心理那一关徒手抱我起来，只是解下脖子上的围巾，把我绕了一圈，然后隔着围巾，把我抱走了。

围巾很暖，我差点就睡过去，但我没睡。

我看着他的腿，人类走路跟我不一样，他们两条腿一前一后就走了。很好玩。我有时候吃饱喝足了，会专门趴在花园边上看人类走来走去。现在这个人也是，两条腿一前一后走着，但他跟别人不一样，他走路很慢，很悠闲，慢条斯理的。好像前方火山爆发了，他也不会改变步调似的。

喊，装什么运筹帷幄的鬼淡定。

我翻了个白眼。

这个男人肯定从来没有照顾过人，哦，不，猫。

因为我跟着他到家后，看他在厨房冰箱里翻半天也只翻出了片早就萎了的白菜叶子。他又在橱柜里翻半天，最后拿出一袋花花绿绿的东西，很是认真地问我吃不吃。

"喵？"

"青椒牛肉味的，还有——"他又翻了一圈，又拿出一袋紫紫的东西，"还有酸菜牛肉味的，你要哪个？"

"喵！"我哪个都不要。

"行，就酸菜牛肉味吧。"他点点头，"因为我想吃青椒牛肉味的。"

过了一会儿，他突然说："两个都给你好了，好像过期了……"

"喵！"我去你个大狗蹄子的！

后来还是没吃成，因为他发现家里没热水。

在他做出更离谱的决定之前，我先撑不过倒了，我在倒之前听见他碎碎念："哎，浴室热水也可以泡吧……"

醒来时，我先看见一片白花花的天花板。要不是我确定周围说话的声音里有那个男人，我以为我提前去见加菲猫了。

"吃三勺这个就行了是吗？"他问。

"对的哦。要是猫猫不喜欢这种硬硬的话，你还可以给加点温水冲一下，泡软了，它说不定就会喜欢吃了哦，然后我们店还可以免费赠您三次洗护美容哦……"

我想这个男人应该长得很帅。

因为那个穿着白色工作服的女生，说话的声音和笑容，跟那些见到帅哥犯花痴的女生一模一样。

"啊，不用了。"男人冷冷淡淡地拒绝，"它不是我的猫。"

"哇，你好有爱心哦！"女生捧着脸，一脸崇拜地看着他。

呸。

我"喵"了几声，试图引起他们的注意。是男人先转过头来，然后指着我，一脸茫然地问那个女生："它要干吗？"

"没关系，猫猫可能刚醒，饿了哦。"

"喵——"我不饿，我想撒尿。

但是，没有人听懂我的话。

我又"喵"了几声，还是没人理我。

那个男人一直处于放空状态，不知道在想什么。他周围好像隔了一层透明的玻璃罩，浓浓的沮丧和哀伤围绕着他。

后来我才知道，那个时候，他的女朋友飞去见他，遭遇空难刚刚去世。

但当时我不知道这些，我只知道我憋不住了，于是我就尿了。

"它是不是尿床了？"男人又指着我，一脸茫然地问那个女生。

"呃——"女生干笑两声，"是的。"

"那你刚才还说它是饿了。"他语调平平地说。

"呃——哈哈，哈哈，哈哈……"女生一脸尴尬，同时手忙脚乱地给我换床单，擦湿漉漉的毛。

我突然看到他的嘴角轻微扬起了一点弧度。

……

他是故意那么说的。

我打了个寒噤，觉得他有点可怕。

大概一周之后，我从宠物医院出来了。

那个男人从第一次送我来之后，就再没来看过我。

现在宠物医院的人打电话让他来领我回家，他居然说："那不是我的猫……不不，我不养……喂东西太麻烦了，我记不住该喂多少……还得洗澡……不，不养……你们把它放在街上就行了。嗯，给什么动物中心也行。"

宠物医院的人想把我留下来养着，但是又说什么钱不够。我想，我是一只苏格兰混苏黎世中途折转天安门，拥有错综且复杂的血统的高贵的猫，怎么能沦落到让别人为难的地步呢？

所以我趁着下午人多，溜走了。

怎么讲，我很感谢自己的先见之明。

那天男人抱我回家，我故意忍着困意没睡觉，就是在记路。

虽然我对从宠物医院出来的路不怎么熟，但多晃两圈，总可以找到方向。

我找到了。

看着熟悉的房子，我伸了个懒腰，然后学着男人慢条斯理的样子，慢吞吞地把自己团成一团，守在了他门口。

晚上，男人出门觅食。我是怎么知道的呢，因为他一脚把我踢醒了。

他也很错愕："你怎么在这儿？"

"喵——"你踢到我了。

"你居然认得路？"

"喵——"你踢到我了。

"你听得懂我说话吗？"

"喵——"你踢到我了。

"我是不是有病，"他挠挠头，"居然在这儿跟猫说话。"

"喵——喵——"你踢到我了，以及我可以留下来吗？

我留下来了。

第七次看见我在门口守着之后，他叹了声气，然后进屋了。我看见那道没关紧的门缝，"喵"了一声，钻了进去。

"喵——"我入住啦。

晚上，他坐在沙发上研究刚买的猫粮，我看着屋子里温暖的灯光，还有光着脚的他，突然眼睛有些热。

上一次我眼睛热，是在一个沙尘暴天气里，即使我躲在灌木丛中，还是有沙子钻进我的眼睛，眼珠子像被火灼似的，热辣辣的，然后就是酸，酸得要命。

他研究完猫粮看向我，不知道在想什么，半分钟之后，他开口："你长得好像《奥特曼》里的怪兽啊，你就叫奥蕾莎吧。"

我热乎乎的眼珠子突然像被一阵大风吹过，凉了大半。

呸你姥姥的。

但不知道为什么，我还是走了过去，用头顶开他的手，然后眯着眼睛，拿脸颊蹭他的手心。

我看过，那些宠物猫就是这样跟主人撒娇的。

但我不是撒娇，我只是觉得他手心有些凉，想分给他一些热量。

他很惊讶，但紧接着我就看见他像是流露出了一些怜爱的情绪，因

261

为我偷偷看见在我蹭他手心的瞬间，他眼神突然像融化了的冰激凌。

那之后，我渐渐地胖了起来，因为男人似乎做了很多功课，各种猫粮他分得很清，每天准时准点给我备好。

日子一天一天地过去，我渐渐地掌握了一些男人的生活习性：

比如，他只要叹一声气，就说明他被磨得没办法了，要妥协了。

比如，他每周都会拿着篮球出门，回来后一身大汗。

比如，他每天晚上都睡不着觉，即使工作做完了，还是会坐在窗台上拿着个本子，不知道画些什么。

比如，他白天会扯上窗帘睡很久很久。

比如，有个声音很大的小老头儿时不时会来家里，风风火火地吼他几句。

比如，那个很凶的、被男人叫作"师父"的小老头儿来家里时，男人嘴角会难得带上笑意。

比如，他很孤独。

他在好长好长一段时间里，都画着同一个女生的样子。

长长的头发，柔顺地搭在肩头，戴着一副细细的眼镜，眼镜里的眼睛弯弯的，正温柔地笑着。

有一次我看见他伸手，摸着那个女生画像的轮廓，嘴里喃喃自语念着："余嫣……"

后来，男人终于不再画那个女生。

他把所有的画都收起来，卷着放在画筒里。

那个下午，他坐在画筒边，看着虚空，发了很久的呆。

又过了很久很久，我都有些老了。

他接到那个叫"师父"的人的电话，"师父"让他去机场接一个人。

他大概很不乐意的样子，在那儿故意拖时间。

我想，是何方神圣能还没见面就让顾淮文这么讨厌？毕竟，我太久没见到有情绪起伏的顾淮文了。他像是自愿待在一个水桶里，把自己和周围世界泾渭分明地分隔开。

那个"何方神圣"没让我等太久，当天晚上，她穿着白T恤和直筒牛仔裤，清清爽爽地"登堂入室"了。

从此，寂静了很久的顾淮文好像被淋上了各种色彩。

他会生气地追着那个女生打，也会笑着被那个女生追着打；他会因为那个女生捂着肚子哈哈大笑，直到笑出眼泪；他会因为那个女生可怜巴巴的无助样子心软，他开始变得生动。

他越来越少地在半夜坐在窗边发呆，他越来越多地因为那个女生干出的事儿目瞪口呆。嗯，实话讲，我很喜欢他目瞪口呆的样子，看着很傻。

这片岑寂了太久的石头森林，慢慢变得热闹。好像黑屏的电视，突然被擦去了灰尘，放上了彩灯，明媚地发着光。

我也喜欢那个女生，从见第一面开始就喜欢。

不是因为她没出场就把顾淮文给气着了（好吧，我承认有这个原因），而是因为她的书包上，挂了一个加菲猫的毛绒挂件儿。

要知道，机器猫不是猫，凯蒂猫是我们猫界的耻辱，只有加菲猫，才值得我们摇旗呐喊。

喜欢加菲猫的女生，不会差的。

承认吧，
你也喜欢我

　　时光像是凝在罐子里的蜂蜜。我跟着他俩一起搬到了云南。云南一年四季都热，屋子里像永远盛开着金色的阳光。

　　虽然我很想陪着曾经那么孤单的他一起变老，但时间老头儿可能嫉妒我们猫族的智慧，于是只分给我们十年时光。

　　所以尽管很不讲义气，但我还是得提前离场。

　　我走的时候，他和那个女生应该已经有孩子了。因为她的肚子看起来很大，像是塞了一只加大号的加菲猫。

　　她看着很伤心，而他个没良心的只顾着抱女生，安慰女生，一眼都没看我。

　　但我跟他在一起生活了那么久，我知道，他是不忍心看我。

　　我现在已经很老了，眼珠子那么混浊，胡须都软趴趴的，再也没了以前的光泽。

　　即使还想和从前一样，他抱着女生，女生抱着我，但也没有那个力气跳上女生的腿。好在女生一向懂我，她弯腰把我抱起来。

　　我"喵"一声。

　　她愣了一下，然后破涕为笑，眼睛像是盛放着露水的一朵花瓣。她拍拍我的头。

　　时光还像是凝在罐子里的蜂蜜，云南一年四季还是那么热，屋子里还是像永远盛开着金色的阳光。

　　但当我闭上眼，阳光枯萎了。

　　闭上眼的刹那，我听见他对夏晚淋说："……"

　　不知道他说了什么，我没听清。

　　你看，我连耳朵都不好使了。要知道当年刚被他捡到的时候，即使在饿晕的刹那，我也清楚地听到他说了什么。

也该走了。我这样一只苏格兰混苏黎世中途折转天安门,拥有错综且复杂的血统的高贵的猫,刚才"喵"的那一声居然那么虚弱,真是有损猫的脸面。

他最后到底有没有看我,我不知道。

我只知道,他旁边的女生一定听懂了我的话。

我那声微不可闻的"喵"说的是:喜欢加菲猫的你,别丢下他。

谁让你爱上的是
一个绝色倾城的小妖精呢?
CHENGRENBA
NIYE
XIHUANWO

夏晚淋把顾淮文送的梵·高拼图拆开了,然后拼不回去了。

顾淮文幸灾乐祸地冒出一句:"你可真会给自己找活儿干。"

半小时后——

顾淮文蹲在茶几前,一块一块地慢慢把拼图还原,面无表情地说道:"我可真会给自己找活儿干。"

此刻正坐在沙发上,一边吃薯片,一边欣赏顾淮文臭脸的夏晚淋:"谁让你爱上的是一个绝色倾城一刻也闲不下来的小妖精呢?"

"咔嗒"一声,顾淮文手上的一块拼图被捏得断了个角。

夏晚淋跟被踩了尾巴一样,"啾"地蹦起来:"你慢点儿! 你不心疼,我还心疼呢!"

266

顾淮文心想,这是心疼自己做的礼物,还算她有点良心。

正欣慰呢,下一句夏晚淋就说:"这坏了一块就不值钱了!"

我可真会往自己脸上贴金。顾淮文面无表情地想。

晚上十点多了,夏晚淋还捧着平板电脑看电影。

顾淮文让她洗澡准备睡觉了。

她说:"才十点!夜生活刚刚开始!"

顾淮文揪着夏晚淋的耳朵把人拎起来:"海盗八点就睡觉了,你在这儿'开始'个什么劲儿?"

深夜两点,夏晚淋红着眼角凝着泪,虚弱地从顾淮文怀里探出头:"都两点了,你怎么还没完……"

夏晚淋看着自己修好的编织草帽,很是可惜自己之后居然没戴过。于是当即穿好雪纺连体短裤,背上背着草帽,对着镜子前后左右地照。

顾淮文一推开门,就看见夏晚淋正抬手比在嘴边,送飞吻。

"您……开演唱会呢?"顾淮文把门关上。

"没有啦,"夏晚淋很是害羞地低下头,再抬头是一脸期待,"咱们什么时候去海边玩?"

"咱们什么时候说过去海边玩?"顾淮文反问。

"好吧……"

夏晚淋失落地低下头,心里却想:姑奶奶迟早把你雕的那些链子拿去卖了,然后揣着钱自己去海边流浪。到时候你后悔都来不及。

"知道你在骂我呢,别装了。"顾淮文面无表情地说。

夏晚淋撇撇嘴,没说话。

"想什么时候去,快点决定,三,二——"

"明天！"夏晚淋眼睛发着光，跳到顾淮文怀里，手忙着去掰顾淮文正在迅速收回的手指。

顾淮文笑了，恨铁不成钢地把夏晚淋放在怀里揉："小样儿！"

愿望得到满足的夏晚淋很开心，一到海边就欢呼雀跃不停歇，围着顾淮文象征性地跑了两圈，表示了一下爱意和感谢，就飞奔到卖刨冰的小摊边，搓着手排队。

顾淮文看着她的背影，她正穿着那件莲花白的雪纺连体短裤，后面背领有两根带子，随着夏晚淋的步伐，像是两个在风中摇曳的风筝，一前一后地飘着。

她一直心心念念要戴，并且就是为了戴它才来海边的帽子，此刻却因为大概是影响到她的跑步步伐，跑到一半就被她人为地拽下来，拎在手里。

两条小细腿白得像刚出炉的白面筋，白得晃眼。

"多加冰，多加糍粑，多加蓝莓，多加红豆，谢谢！最后，再多加一点冰……"

"加那么多冰干什么？"后头赶来的顾淮文一来就听见这话，皱着眉头说道。

"夏天，海边，不加冰，我吃烤红薯啊？"夏晚淋摆摆手，嫌顾淮文啰唆，然后就指挥着摊子的老板加了一勺又一勺的冰。

顾淮文在旁边看着不停咽口水的夏晚淋，想阻止又算了。她馋吃一回解了就是了，后头拉肚子她遭殃，自己也能长点记性。

这么想是没错，按理说顾淮文该就此打住。但他终究没忍心就这么扔着不管，于是一点也没有大师风范又苦口婆心道："你分我一半，

你吃这么多——"

　　然而谁能想到夏晚淋这么护食呢，她眼睛一瞪，警惕地看着顾淮文："我吃得完。"

　　好嘛。

　　顾淮文都气乐了。

　　他干脆转过头去，眼不见心不烦。

　　当天晚上，夏晚淋就因为吃冰的吃多了拉肚子了。

　　第五次从厕所里出来，夏晚淋腿都立不稳，扶着墙，颤颤悠悠地指着顾淮文——那人正坐在沙发上很悠闲地跷着二郎腿看书。

　　"你个没良心的，都不关心我……"

　　"你这纯属自讨苦吃。"顾淮文慢条斯理地把腿放下，端起茶桌上的茶，闻了闻，然后优雅地抿一口，"谁让你不听我的话？活该。"他笑呵呵地说。

　　之后的三天，顾淮文都因为这一句尽管正确，但不合时宜的幸灾乐祸而奔波。

　　"顾淮文，好想吃西瓜啊。"

　　"噢哟，冰的西瓜，你也敢拿给我吃啊。"

　　"顾淮文，我说的西瓜不是这种切成块的，得是雕了牡丹花的那种。"

　　"牡丹花只是举例子嘛，你又不是不知道，我怎么可能喜欢牡丹花？我喜欢黄水仙啊。"

　　"顾淮文，我饿了，想吃蔓越莓味的手撕面包。"

　　"噢哟，你知道我肠胃很脆弱的，面包得吃现烤的。"

承认吧，你也喜欢我

"顾淮文——"

顾淮文忍无可忍了，他来海边度假，居然顺道学会了烤面包。这时间、地点、人物和事件，合理吗？

他直视夏晚淋："你不早就不拉肚子了吗？"

夏晚淋没说话，只是眨着黑白分明的眼睛看他。

顾淮文先败下阵来："您说，您想要什么？"

"我想出去玩。"夏晚淋这几天为了整顾淮文，自己也跟着在室内憋了三天，每天看着大海在眼前冲来冲去，自己却身陷囹圄，只能卧床休息。

"你行吗？"

"比你行。"夏晚淋翻个白眼，掀开被子就要出去浪。

"等一下。"顾淮文却抬手把夏晚淋按回床上，眼睛里全是危险的味道，慢悠悠地压上夏晚淋，挑眉问道，"你解释一下，我哪儿不行？"

夏晚淋看着不断逼近的顾淮文，脑子里全是警报声："行！行！都行！你哪儿哪儿都行！"

这要是让顾淮文开始了，她又得卧床休息几天，她还能拥抱大海了吗！

"晚了。"顾淮文和善地笑笑，很是慈祥地摸了摸夏晚淋的头。

等夏晚淋身手矫健地从酒店床上下来的时候，沙滩上的游客都换了一拨。

没事，好饭不怕晚。

夏晚淋安慰自己，接下来，就是她夏晚淋证明"霹雳浪花小白龙"称号的时刻了！

正在纵享大海丝滑的夏晚淋，在下一个浪头来临之前，眼尖地看见顾淮文身边围了一群女生。

嗯？当她是被浪打死了吗？

她微笑着从冲浪板上下来，然后手拖着冲浪板，就像拖着一把四十米的青龙白日刺须幽冥大长刀。

太阳透过遮阳伞和墨镜照下来刚好的温度，顾淮文正睡得香甜，突然察觉到一丝不对劲。

他睁开眼，就看见自己身边不知道什么时候开始，围了几个不认识的女生，拿着手机自以为动作很轻地偷拍他。

而夏晚淋正手提冲浪板，气势汹汹地从远处赶来。

顾淮文嘴角带上一抹不易被察觉的笑意，悠悠闲闲地又闭上眼。

正好。他早就看不顺眼穿那么少还到处招摇的夏晚淋了。

"淮文哥哥呀。"夏晚淋声音甜甜地打招呼。

"嗯？"顾淮文装作刚睡醒的样子，"怎么了——哎？"言下之意是他也很惊讶周围怎么有人。

"我是你的什么啊？"夏晚淋睁大眼睛卖萌。

顾淮文憋笑道："优乐美？"

"哈，原来人家只是奶茶啊。"夏晚淋做作地撇嘴，然后跺脚，手拢成叶状抚在脸两边，"哼。"

"噗——"顾淮文没忍住，乐了，他把表演欲爆棚的夏晚淋拉下来，坐在自己腿上，"下一句是啥来着？忘了。"

夏晚淋挠挠头："我也忘了，这广告太老了。"说完反应过来自己给顾淮文带出戏了，于是咳了咳，又用被上帝捏过的声音，撒娇道，"人家是你的老婆哎。"

"嗯。"顾淮文眼睛里带着夜里城市漫天灯火一样的温柔，点头，配合夏晚淋的表演。

"那这些人待在这里干什么啊？哼，不开心。"嘴里软软甜甜，表情也无辜清纯，手指却毫不客气地一一指了指那些偷拍的人。

等周围无关群众退去了，夏晚淋一张脸迅速变得面无表情："你很受欢迎哦，那么多人围着你。"

"你也不差。"顾淮文笑眯眯地捏夏晚淋的脸，"我看你穿梭在一个又一个浪头中，也很出风头嘛。"

婚后胆子越来越大，也越来越作的夏晚淋，天不怕地不怕，就怕顾淮文对她这么笑，立马吓成鹌鹑，乖乖地躺进顾淮文怀里，假装什么都没发生。

这才对。

顾淮文满意地点点头，把早就备好的浴巾搭在夏晚淋身上，严严实实地裹着。

"热——"

夏晚淋话没说完，顾淮文紧紧地给浴巾系上死结，拍拍她的头，说："晒黑了到时候。"

从海边回来，也到了快过年的时候，于是顾淮文携家眷夏晚淋回顾家。

第二天一早，顾淮文揉着手臂就出来了。

雷邝年轻时候风流潇洒惯了，现在老了孤苦伶仃，过年一向跟顾家一起。

此刻他看见顾淮文揉手臂，很是关心啊。毕竟干雕刻这一行的，手伤了可是大事儿。于是，他问顾淮文："怎么了啊？"

"哦，没有。"他那徒弟笑得很是谦逊，"主要是我家晚淋，一睡觉就爱往我怀里拱，头必须枕在我的手上，整个人像只小虾米似的，可乖了，缩在我怀里。哎呀，这种感觉您不懂……"

雷祁手指捏得咯吱响，咬着牙牵强地笑道："为师也不是不懂，当年我纵横情海的时候——"

"也怪我，惯着她，"顾淮文表示不想听雷祁的往事，开玩笑，他是来炫耀自己的媳妇儿的，"有一次她睡觉，我手痒拍了一回她的背哄她睡觉，结果后来每一次睡觉，我家晚淋都让我拍她的背，停一下都不行。唉，当时怎么就没管住自己的手呢？"

雷祁："……"

"是啊，"雷祁阴森森地笑了一下，"我现在可不就是管不住自己的手吗？"说完抓起一旁的笤帚就朝顾淮文身上打，"小兔崽子在我面前炫耀什么呢，嗯？太久没打你，我看你是皮痒了是吧？给我站那儿，跑什么跑！别以为你结婚有老婆了我就治不了你了，我告儿你，你就是有孙子了，我还可以打你，我不信我治不了你了还……"

"哈哈哈哈哈哈！师父您都多大了，已经追不上我了，歇会儿吧您。"

他叫雷祁，他是个踏踏实实、勤勤恳恳的雕刻师。他的大徒弟是国内首席沉香雕刻师，他的一辈子逍遥自在，育人无数。他活这么多年来，第一次知道，他那沉稳可靠、天资聪慧的大徒弟那么欠扁。

273

你好，我叫正月初三。

是一个重度"散癌"患者，顶着水瓶座的名号肆无忌惮地撒欢，然后突然沉默。爱萨冈，爱西尔维娅，爱爱玲，爱库切，爱银魂，爱小丸子，爱阳光下温柔坚定的桉树和山茶花。

我对自己没啥要求，只发誓过一种轻盈的生活：不占有，不讨价还价，勤于丢弃……

算了，也没人关心。我也只是装一下深刻，展示一下我中文人的文学素养。

熟悉我的朋友都知道我整天哈哈哈哈哈哈哈的皮囊下，灵魂里却是个万事随缘的虚无主义者。

但我必须坦白，活到现在，我不是没有争取过什么。

我当然也曾经为了某个事后想起来微不足道的荣誉，跟别人争得面红耳赤，像树上的一只滑稽猴子。

我当然也曾经为了某个事实证明也没喜欢多久的人，伪装做作，编一些以为能接近他的假话，做一些现在回忆起来想立马失忆的蠢事。

得到了那个东西、和那个人亲密，就能扭转卑微、抹平渺小吗？

当我这么问自己的时候，得到的答案往往都是"想多了"。

事实上，用这个问句去考问生活中发生的一切时，答案都指向虚无。

西绪福斯推石头上山，石头滚下来，西绪福斯继续推石头上山——这就是人的一辈子；吴刚砍月桂树，月桂树再长起来，吴刚继续砍——这就是人的一辈子；浮士德追求爱情，追求事业，然后统统失败，然后继续追求——这就是人的一辈子。

随缘。朋友们，这就是我活到现在的第一个人生经验。

警惕荣誉不是和他人争得的，而是自己赋予的。"争"来的荣誉本身就是个笑话。

警惕喜欢的人不是靠做作和弯曲自己去靠近的，而是不管怎样吧，真诚地面对他，勇敢表露真实的自己。

警惕生命短暂，花大半时间去假装合群，去勉强自己，去应景，才是真正的浪费。

这可比剩半盘食物的浪费严重多了。

——吃完整盘饭又能怎么样呢？也只能证明你牙好胃口好，是新时期骆驼。

我常常会在半夜睡不着的时候想,人作为群居哺乳动物,一辈子追求的不外乎配偶、居所、地位。真是一眼就可以望到头的生命历程啊。

啧啧啧。

所以我想说,珍惜。

愿现在看着这本书的你,好好感受躁动的青春。珍惜,然后怀念。

因为纯真的爱情就应该是发生在没见过世面的青春时期。

都已经看尽繁华,懂得了怎么哄人,怎么撒娇,怎么化解矛盾,怎么"曲线救国"了,那还是爱情吗?

纯真的爱情就是"你昨天和隔壁小红说话了,我好难过""你前天和对面小黄说话了,我好难过"以及"我爱你""我更爱你""我最爱你""我爱你都溢出来了""我爱你都癫了"……

尽兴。朋友们,这就是我活到现在的第二个人生经验。

石头滚下来了,滚就滚呗,接着推好了。

月桂树长好了,长就长呗,接着砍好了。

谁要在乎结局啊?

人活一世,快活最重要。

不稀奇的人生里,我尽兴而来,兴尽而返。

所以,我把随缘自在给了顾淮文。

他任性、随缘的前半生里,懒得纠正,懒得辩解,懒得经营关系,爱咋咋的爱谁谁。

好在上帝给了他一身手艺,让他可以不被指摘地避开人群,随心所欲地生活。

我太爱顾淮文了。

我的毕生愿望就是成为顾淮文。

他不是生活的斗士，他没有反抗精神，或者说，所有的反抗、支持，在他看来都是多此一举，表演性质十足。

他的表叔拿人情做"要挟"，逼着顾淮文见周天晨。顾淮文稍稍想想就能明白背后的故事，但他也不过是觉得"真麻烦"。之后，他会气势汹汹地去质问表叔吗？会去讽刺吗？

都不会。

他以后对着表叔依旧礼貌周全，但不会再跟他有任何半点的瓜葛。

他不是斗士，他更像是天上的云，慢悠悠地俯瞰土地上的嘈杂。

对于那种看起来神气十足、像上了膛的生活，他嗤之以鼻。那只是用热闹掩盖一团糟而已。

他看得比谁都明白，他对世界漠不关心，对于人际关系也没有多大的热情。

我把尽兴快活给了夏晚淋。

某种程度上，夏晚淋是我最喜欢的那种女孩。

知道人类没有那么好心肠，更知道人与人之间的那点暗涌浮动，尤其是女生与女生之间那点掀开来分析，就显得难以启齿的小心思。

所以当学校里万众瞩目的汤松年主动朝她走来时，她第一反应绝对不是觉得"你们这群凡人快羡慕我"，而是条件反射地远离。

相比在众人面前出尽风头，她觉得更可能出现的结果是被众人编派，成为观众促进各自友谊的聚会的谈资笑料。毕竟这个时代不欢迎女王，只接受"和自己差不多嘛"的普通人。

强行寻找相似点的众生，不允许一个高出自己太多的人平安度日。

夏晚淋懂得这个道理。她不是那种打着"无辜"的旗号，自愿成为枪头鸟的女生。

她被排挤。本来与她挺要好的于婷婷缩在人群里不敢出头，夏晚淋没有伤心欲绝地叩问上苍，也没有当场气得指着于婷婷骂，她只是叹一声气。她本来也没对这些友谊抱多大期待。

她看着单纯无知，其实对于世俗人情有着无师自通的领悟力。

有位朋友问我，为什么小说里没有安排烧了余嫣的画像的情节，这么一大段回忆，一直梗在夏晚淋和顾淮文之间，多硌硬啊。

我说，烧了画像，余嫣还是存在。

夏晚淋能不明白这个道理？她为什么要多此一举让顾淮文一辈子铭记余嫣：曾经我给她画过像，曾经夏晚淋让我把那些画像烧了。

还不如忽视掉。

她尊重顾淮文的从前，她更看重的，是和顾淮文的以后。

这何尝不是顾淮文喜欢她的原因？他本人常年看破不说破，喜欢的人自然也不会太白痴。或者说，顾淮文喜欢的就是夏晚淋那点纯真之下的小聪明，小聪明之下的屌，屌之下的那点傻气。这里的傻气可以理解为"向善、向阳"。

我向来讨厌女主傻白甜，所以夏晚淋其实有很多的冷漠厌世面，时不时钻出来刺一下。

夏晚淋的珍贵在于，她知道这个星球就是个荒原，她也知道人活着无时无刻不在面临小径分叉的花园，但她选择快乐浅薄，她选择相信深情王爷和他的娇蛮小王妃。

所有的怀疑、讽刺，都被她压在心底妥善保管着，露在外面的表情永远是乐呵呵的模样。

跟顾淮文去云南采风，掉沟里了，她当时已经对顾淮文动心了，但不得不承认，她并没有完全信任顾淮文。

但她选择不去想。

她哼歌，用开玩笑的口吻掩饰自己的无助。即使手脚不能动弹，但还是一副悠闲自在的模样，看似坚定地等着顾淮文回去救她。

直到顾淮文真的举着梯子出现在她眼前，那一刻，她才真正确定了自己的心，承认：OK，她是喜欢顾淮文，顾淮文是她喜欢的人。

她识破冷酷的人间，对于人间的好转，她也没有抱多大的期望。

她不做那个站在风中的斗士，不去解剖自己的心理活动，不去怀疑，不去苛求，她选择自己模糊地开心。

我的学生时代过得太过壮烈，于是我太早开始思考人生和意义。前者悲哀，后者虚妄。

没什么不好。这让我学会不沉溺悲伤，学会拿狼狈打趣。

这个星球热闹也无情，瞬间的明朗壮阔，后面是持续的单调无意义。

"重要的是死时在做什么。"

我希望死时我正欢乐，正在被爱着。

因此我执意放纵笔下的人物欢脱，毕竟从开场，我就蓄谋着圆满。

因此相比现实生活中的常人因羞耻心阻碍倾诉欲，我让夏晚淋坦率、真诚。

——而这正是一个人能够被爱的原因。

顾淮文不是人人能做的，自在需要太多的物质基础和本人能力加持。

但像夏晚淋那样人为地让自己开心，却可以做到。

我希望把这本书看到现在的你，能坦率、真诚。

我相信每一个跌跌撞撞成长的女孩子，未来都会有一个高大清俊的男人站在她面前说，你来得也太晚了。嘻嘻。

最后，谢谢我的亲姐。她从头到尾支持我的写作梦想，谢谢她忍着笑，帮我把我高中上晚自习时，我手写的悲情故事，打成文档发给杂志社。

谢谢我的亲妈。她见我熬夜，于是每天深夜给我煮面、泡燕麦、炒饭、煮粥，成功让我在一个暑假胖了十二斤。

谢谢我的亲爸。因为笨拙不善言语，所以他总是拿钱温暖我们的父女情，时不时就拿自己买烟剩下的零花钱给我发红包。感谢他，希望全天下的父亲都学学。

谢谢某人。当时答应过要在《后记》里感谢他，当时可能也没想到等书出来了，咱俩已经可以合唱一首《分手快乐》。

谢谢声音软甜、跟我同专业、跟我一起惊叹"某男星咋那么帅""某剧咋那么好看"的，我的编辑——娄薇小姐姐。谢谢她全程陪我写稿，在一日之计的晨八点准时督促我"别玩忘了，滚去写稿"；谢谢她一遍一遍给了我很多修改意见，及时扭转我不小心就跑偏的文风。在她的帮助下，这本书才能以这样轻松快乐的基调完成。（不然，以我的秉性，绝对在半道儿开始挖苦讽刺一去不复返！）感谢她！祝她早日拥有某剧中人物，以及早日挣得很多很多钱！

哦，忘了。

谢谢我的达斡尔胖仙女：丁楠，感谢她冷笑着把自己的名字借给为取名而焦头烂额的我。听说她这名字有讲究，是哪个贵人取的，我听她这意思是要我给钱。巧了，我穷。所以只能衷心地在精神层面感谢她：祝她早日嫁给富二代，拥有好姻缘。（微笑）

最后的最后，其实挺没必要，但我实在怕这种感觉，所以还是解释一下——

我的真名里有一个"淋"字，但不要因为这本书女主角名字里也有一个"淋"就代入我。我不是夏晚淋。我虽然完美无瑕，但一向低调、羞耻感爆表，不至于自恋到专门写本小说投射我。

之所以给她起这个名字，是因为我觉得我的"淋"是全天下 lin 音里最好看最特别的一个字。

那就祝看完这本书的你，能一辈子被爱，能一辈子欢乐到底。

正月初三

图书在版编目（CIP）数据

承认吧，你也喜欢我 / 正月初三著. —— 南昌：百花洲
文艺出版社，2019.4
ISBN 978-7-5500-3204-0

Ⅰ.①承… Ⅱ.①正… Ⅲ.①长篇小说 – 中国 – 当代
Ⅳ.①I247.5

中国版本图书馆CIP数据核字(2019)第039529号

承认吧，你也喜欢我

正月初三　著

出 版 人	姚雪雪	
责任编辑	余丽丽	
特约编辑	娄　薇	
装帧设计	颜小曼　西　楼	
封面绘制	池袋西瓜	
出 版 者	百花洲文艺出版社	
社　　址	江西省南昌市红谷滩世贸路898号博能中心A座20楼　邮编：330038	
电　　话	0791-86895108（发行热线）　0791-86894790（编辑热线）	
网　　址	http://www.bhzwy.com	
E-mail	bhzwy0791@163.com	
经　　销	全国新华书店	
印　　刷	长沙鸿发印务实业有限公司（长沙黄花工业园三号　邮编410137）	
开　　本	880mm×1230mm　1/32	
印　　张	9.125	
字　　数	222千字	
版　　次	2019年4月第1版	
印　　次	2019年4月第1次印刷	
书　　号	ISBN 978-7-5500-3204-0	
定　　价	35.80元	

赣版权登字：05-2019-57